天地大冲撞

萧星寒◎著

中国画报出版社 · 北京

图书在版编目（CIP）数据

天地大冲撞 / 萧星寒著. -- 北京 : 中国画报出版社, 2023.3

ISBN 978-7-5146-2153-2

Ⅰ. ①天… Ⅱ. ①萧… Ⅲ. ①幻想小说—中国—当代 Ⅳ. ①I247.5

中国版本图书馆CIP数据核字（2022）第139935号

天地大冲撞

萧星寒 著

出 版 人：方允仲
责任编辑：郭翠青
责任印制：焦　洋

出版发行：中国画报出版社
地　　址：中国北京市海淀区车公庄西路33号
邮　　编：100048
发 行 部：010-88417360　010-68414683（传真）
总编室兼传真：010-88417359　版权部：010-88417359

开　　本：32开（880mm×1230mm）
印　　张：9
字　　数：233千字
版　　次：2023年4月第1版　2023年4月第1次印刷
印　　刷：天津市天玺印务有限公司
书　　号：ISBN 978-7-5146-2153-2
定　　价：45.00元

目　录
Contents

癌变蟠桃

1

那只小白鼠耳朵边有一个明显的异常隆起，背部的毛稀稀拉拉，就像被野火焚烧过的荒地。刚才它还用湿润的眼睛盯着刘子豪，现在尾巴却无力地摆动几下，骤然间四肢抽搐，肛门漏出微黄的体液，旋即不再动弹。

刘子豪用镊子碰了碰那只畸形的小生命，没有任何反应。遍布全身的肿瘤在极短的时间里耗尽了它全部的生命。

实验再一次失败。

刘子豪用镊子把死老鼠夹起来，近距离观察了一小会儿。没有新的发现，也没有奇迹发生。小白鼠死了就死了，和以前数百次实验的结果一样。他叹了口气，连做细胞切片观察的心都没有了，直接把死老鼠丢进了专用垃圾箱，等着工人来处理。

刘子豪脱下无菌手套和无菌工作服，走出生物医学实验室，站在枭阳市肿瘤医院综合实验大楼八层的阳台上向外眺望。夜正深，整个城市都在恬静的梦里。打搅这一梦的，只有远远近近的车辆奔驰呼啸的声音。

到底是哪里出了错？刘子豪双手撑住栏杆，任由微冷的夜风吹拂着自己燥热的脸，思绪也不由自主地飘散开去。在这个夏夜，只有他一个人还在实验室里忙碌。他必须为自己的一再失败找到原因。

六岁那年，妈妈给小子豪买了两条金鱼，一条红色，一条黑色。小子豪把红色的叫甜甜，黑色的叫蜜蜜。他总是趴在鱼缸边，看金鱼们自由自在地游。什么也不想，也能看上大半天。有一天，黑色的蜜蜜不游了，肚皮朝天浮到了水面上。

“妈妈，妈妈，蜜蜜怎么不动呢？”很久以后小子豪都还记得自己那时的惊声尖叫。

妈妈正在拖地，听到小子豪的尖叫，放下拖把，走过来，随便瞅了瞅鱼缸，说：“儿子，黑色小金鱼肚皮朝天，已经死了。”

小子豪仰面问：“什么叫死？”

“死就是死了。”妈妈皱着眉头说，“赶紧捞出来，扔掉。”

小子豪不满意妈妈这个回答，继续追问：“妈妈，什么是死？你会死吗？”

这个问题显然触犯了妈妈的禁忌，她生气地说：“你这孩子，说什么呢？”

“妈妈，我会死吗，就像蜜蜜一样？”

妈妈已经不耐烦了，伸手从鱼缸里捞出蜜蜜，使劲儿丢进垃圾桶。“没事儿不要瞎想，什么死不死的，不吉利。”她说，“赶紧，去看动画片。”

妈妈按着小刘子豪的肩膀，将他推向沙发，同时用遥控板打开电视。电视里放着《狮子王》。老狮子王木法沙被它的弟弟刀疤推下悬崖，小狮子辛巴下到谷底，找到了父亲的尸体。小辛巴哭喊着：“爸，爸，起来。你一定要起来。爸……跟我回家啦。”它撕心裂肺的哭喊没能唤醒爸爸。

小子豪靠在沙发上，泪如泉涌。

从那时起，小子豪就知道，死亡是活着的反义词，但那是一个不能谈论的话题。好像不谈论死亡，死亡就不存在了，这是多么荒谬的想法呀。妈妈会老会死，就像老狮子王和小金鱼一样，而他自己，也会和他们一样，会老会死。

光阴荏苒，日月如梭，就像影视剧里的快进，转眼间刘子豪长成了高中生，然后不可避免地来到那节生物课。现在回忆那节生物课，刘子豪的脑子里呈现出的是一个清晰的影视片段：

光线渐渐亮起，占据整个屏幕，然后稍弱，看得出是一盏日光灯的轮廓。镜头转向下方，扫过课桌和学生的头，定格在写满粉笔字的黑板上。生物学老师，戴着眼镜，穿着中山装，无比庄严地走上讲台。

“……人的正常寿命受制于细胞的分裂次数。在细胞染色体的末端，存在一种特殊的染色体粒，叫端粒。端粒保护染色体在分裂过程中免遭磨损，但它无法保护自己，细胞每分裂一次，端粒就减少一半。当细胞分裂超过 50 次的时候，端粒消耗完了，细胞就会衰老，然后凋亡。正常细胞分裂次数有最高限制，这种现象最初由美国人海弗利克发现，因此称为海弗利克极限。但是——”

镜头在生物学老师的讲课声里后移。十八岁的刘子豪趴在桌子上睡觉，忽然间他醒了，茫然地看看四周，随即把注意力集中到了老师身上。在此之前他很不喜欢这个生物学老师，因为他总是表现出一种“宇宙的真理尽在我的掌握之中”的嚣张态度。但这次，情况发生了变化。

生物学老师竖起食指，顶了顶滑落的眼镜，说：“——但是，有一种细胞却不受海弗利克极限的约束，这就是癌细胞。”

刘子豪坐直了身子，凝神听讲。

“为什么癌细胞可以无限制地分裂呢？”老师在黑板上用红色

粉笔画了一个大大的问号，“原来癌细胞拥有一种特殊的酶，叫端粒酶。当癌细胞分裂，端粒变短时，端粒酶就会立刻将端粒失去的DNA片段补上，使端粒一直维持在固定的长度。于是，癌细胞就能无限制地分裂了。”

刘子豪觉得自己的每一个细胞都在颤抖。他从抽屉里拿出钢笔，在教科书的空白处激动地写上了一行字：这不就提供了人类永生的可能吗？

人生里总有几个能改变命运的关键点。刘子豪认为，那堂生物课，就是他人生的关键点之一。

当时他的心情澎湃犹如大海，觉得人类长寿乃至永生这件事就是为他准备的，他就是为这件事而出生的。强烈的使命感促使他在高考填报志愿时，选择了医科大学肿瘤专业。这违背了父母要他从政的意愿，为此，他几乎与父母断绝关系。

在医科大学，他如饥似渴地学习一切与癌症有关的知识。毕业后，他本想进研究所进行深入研究，但阴差阳错，他最终进入枭阳市肿瘤医院当了一名医生。

夜风中，刘子豪深深地叹了口气。

刚到肿瘤医院，刘子豪兴致勃勃，准备大干一场。然而，他申报的课题《肿瘤发病机制与人类长寿研究》被院方以跟肿瘤治疗无关为由拒绝。

然而，他的心是不满足的。

当生活步入正轨，一切都像之前一样千百次地重复之后，刘子豪的心又开始蠢蠢欲动。好像那“疯狂的想法”在他心底扎下了根，被野火烧过之后如今又迅猛发芽，想要探出头去看看世界到底是什么样子。要满三十岁的时候，他重拾了自己幼年时的梦想，再次致力于探索癌症与人类长寿之间的秘密。他在研究肿瘤发病机制的名义下，悄悄地在实验室进行着相关研究。他现在是实验室主任，没有人管他；即使有人怀疑，他也很好地掩饰住了。

有好几次，他以为自己成功了。

他将癌细胞的端粒酶植入正常细胞，结果令人振奋。细胞不但没有排斥端粒酶，而且在细胞分裂之后，端粒也因为端粒酶的缘故，没有缩短，保持着原来的长度。但是，实验一进入活体阶段，就问题连连。有时候小白鼠一开始就表现出癌变的特征，另外一些时候，小白鼠好端端地活着，突然之间就癌变了，恶性肿瘤转眼间遍布全身，整个身体成了癌细胞肆无忌惮的繁殖场所。他想过很多办法，结果都和今晚一样，归于失败。

问题到底出在哪里？刘子豪双手攥紧了栏杆，手指因为用力而发白，脑袋因为高速运转而发热。

但是，问题还是问题，没有任何明晰的答案。

2

“刘医生，刘医生，刘医生。”

刘子豪从办公桌上迷迷糊糊地抬起头，因为经常熬夜，他一直有午睡的习惯。一个老头儿站在办公桌前，头发花白，大约五十多岁，T恤外面罩着皱巴巴的灰色西装，走路蹑手蹑脚，就像一个进了富豪家却不知道偷什么的贼。

刘子豪揉揉眼睛，照例问道：“检查过吗？”

老头儿颤着声音回答：“检查过。”

“在哪家医院检查的？”

“去了十几家医院。”

“医生怎么说？”

“他们不知道是啥病。”

“有什么症状？疼痛？呕吐？咳血？气急？”

老头儿摇着头，说：“都没有。”

“没有这些症状你跑医院来干什么？”刘子豪有些生气。

老头儿急忙说：“不是我，不是我病了，是我家黑娃儿病了。”

刘子豪这才注意到老头儿抱着一个婴儿。因为太安静了，他此前居然没有注意到。那个叫黑娃儿的婴儿应该不到一岁，长得很结实，圆滚滚的脑袋，肉乎乎的脸蛋，两只眼睛紧闭着，正在呼呼大睡。

刘子豪看了两眼，问：“什么时候发现的？”

“一年前。”

一年前才多大？出生才几天吗？可怜的娃儿。

“还是个婴儿，”刘医生说，“你该送到儿童医院去。”

老头儿摆摆手，带着羞涩的歉意笑着说：“我去过，去过好几次。可他们查不出黑娃儿得了什么病。”

又一个癌症恐惧症患者，刘子豪这样想。“你觉得黑娃儿得了什么病？”他问道。

老头儿说：“他就是长不大。”

“什么？”刘子豪惊讶地问。

“不瞒刘医生。我知道这事儿说来荒唐，但确实是真的。”老头儿说，“黑娃儿是我三年前在工地上拣的。可是医生你看，三年过去了，三年前是啥样子，三年后还是啥样子。黑娃儿他长不大。”

“不是侏儒症吗？”

“不是，儿童医院的医生很肯定。”老头儿腾出一只手来，轻轻牵动着黑娃儿的手臂，“是侏儒症的话，手臂，还有腿脚，不会长得这么均匀。黑娃儿正常得很。”

刘子豪盯着熟睡中的婴儿，半晌不说话，心里在琢磨老头儿所说的话有几分可信。如果是真的话……

老头儿把孩子递到刘子豪面前："刘医生，你摸摸他的脉。"

刘子豪学的不是中医，但从医这么多年，摸脉还是会的。他伸手搭脉，脸色骤变。这婴儿没有脉象，就像死人一样，如果不是因为他的肌肤是温热的，刘子豪几乎就要判定这是一个死婴了。怎么回事？刘子豪急忙又去摸婴儿的胸口。除了肌肤的温热，没有感觉到那里的起伏。"他，他没有心跳！"刘医生尽力压制住自己的恐慌。

老头儿说："不，黑娃儿有心跳。就是比一般人要慢。有时五六分钟才跳一次。"

刘子豪惊讶万分地盯着黑娃儿。那小孩根本没有得癌症。和癌症打了这么久的交道，他几乎能从人的一切外在特征判断他是否患上了癌症。但如果真如老头儿所说，黑娃儿长不大，意味着什么？那有没有可能……

刘子豪沉吟片刻，说："这样吧，先给孩子做一个全面的基因检查。我怀疑他基因上有问题。"

老头儿点点头。"查吧，进医院不检查就不叫进医院了。"

刘子豪低下头，开了一张肿瘤基因筛查的单子。忽然他想起什么，抬起头来，问道："你带了多少钱？"

"一千，够吗？"

"够了。"

刘子豪在检查单子的后面加了个括号，写上："二级全套，888元"。然后他对老头儿说："先去一楼缴清费用，再到五楼检验科去检查。后天上午来拿检查结果。记住，后天上午。"

3

今天该刘医生巡查住院病房。

222床乳腺癌可以出院了，家属感激不尽；375床肺癌离死不远了，一家人有人欢喜有人忧；634床直肠癌刚做过化疗，得让他安静；858床淋巴癌的家属抱怨住在走廊里很不方便，想住进病房里……如果有一台摄影机紧紧跟在刘子豪身后，不间断地记录下刘医生巡查住院病房的全过程，观众将通过这个长镜头看到真正的人生百态。尽管每个观众的结论可能大相径庭，但心灵受到的震撼肯定是一样的。

身处其中，刘医生就像平日值班一样，观察着，记录着，处理着，解决着，冷漠而高效。常人难得一见的生离死别，在他，却是司空见惯。与平日值班唯一的不同是，他惦记着一件事，急切地想知道黑娃儿的检查结果。

好不容易巡查完，已是10点35分。回到办公室，检查结果还没有送来。刘子豪给检验科打了个电话，那边说结果已经出来了，马上送过来。几分钟后，一个大大的资料袋被丢到了刘子豪面前。"看去。"那个年轻的护士咯咯地笑着跑开了，好像刘子豪说了什么笑话。

刘医生快速地从办公桌上拿起资料袋，抽出里面的打印纸。果然不出他所料，黑娃儿没有得癌症，在诊断结果那里明明白白写着："没有发现癌变。"但关键不在这里。长寿是个极其复杂的事情，不是说哪一个基因发生变异就必然导致长寿，而是需要一组相关基因相互合理搭配才能实现。黑娃儿有完美的长寿基因组合吗？刘子豪的手指在密密麻麻的基因序列表上迅速移动。

——ApoE，载脂蛋白 E，隐性。说明黑娃儿不容易患上心血管疾病和阿尔茨海默病。

——CETP，胆固醇酯转移蛋白，隐性。说明黑娃儿不容易患上高血压、心血管疾病和与衰老有关的代谢疾病，即使很老了，认知能力也不会明显下降。

——MTP，微粒体甘油三酯转移蛋白，显性。说明黑娃儿不容易患上冠状血管疾病和心肌梗死。

完美！刘子豪的手指哆嗦起来。一个携带着完美的长寿基因组合的婴儿。他几乎尖叫起来，却强行把这一声尖叫掐死在喉咙里。

他需要更多的证据。于是，向来谨慎的他从书架上找来《基因检索》，一条一条地对比，查找更多的长寿基因。到 12 点的时候，他已经可以百分之百地肯定自己的发现了。

现在的问题是：怎么最大限度地利用这个发现。发现一个可能轻松活到 120 岁的婴儿顶多算是个新闻，发现他长寿的根本原因，并能推而广之，进行商业化运作，才是真正的奇迹。他的脑袋拼尽全力思忖着，有时盯着打印纸，有时望着眼前的虚空，琢磨这个问题。

老头儿姓陈，资料袋上他的名字写得又大又丑：陈富贵。很有中国特色的名字。

然而不知道为什么，陈富贵没有来领检查结果。

上午没来，下午也没来。刘子豪耗尽了所有的耐心，下到一楼大厅去找前台值班护士。“看见一个带着婴儿的老头儿没有？叫陈富贵，前天来过。”他急切地问。

值班护士摇着头，说：“刘医生，你都来问过四五次了。看见他来，我一定亲自带他去找你。是你的亲戚吗？”

刘子豪摇头，漠然地望着门厅来来去去的人群。多数时间里，医院门厅都如同农贸市场一般熙来攘往，好像打针吃药也和买米买菜一样是生活必需品。他掏出手机看时间，4点45分，又扭头看看医院门口，咬了咬牙，跟值班护士说了一声，就拿上资料袋，下楼，到停车场，开上那辆纯黑色的奥迪A6L，去找陈富贵。

4

资料袋上有陈富贵的地址，枭阳市高新产业CBD，在枭阳市的北郊。开工那会儿，媒体有过密集的报道，说是要把北郊的荒地建设成为枭阳市的王府井。开了约莫一个小时，下了主干道，道路开始崎岖颠簸，刘子豪小心翼翼地驾驶着奥迪。远远地，可以看到蓝天之下，荒野之上，十几栋被脚手架和绿色的防护网包围着的高楼拔地而起。整个工程已经进入后期，拆卸下来的塔吊码放在地面上，等待奔赴下一个工地。

刘子豪将奥迪拐进即将投入使用的高新产业CBD。前面街道聚集着一群脏兮兮的农民工。刘子豪打开车窗，大声问："你们谁知道陈富贵在哪里？"

一个顶多十八九岁的农民工好奇地跑过来。他好奇的是奥迪，从上到下，仔细打量着奥迪，眼里满是渴望与羡慕。

"喂，你知道陈富贵在哪里吗？"刘子豪问。

年轻的农民工犹豫着，似乎没有听明白他的话。

"带一个婴儿，不到一岁。"刘子豪提示他，"那婴儿长不大。"

"哦哦。"年轻人明白了，"他在那边那栋楼里，清扫垃圾呢。"

刘子豪关上车窗，转动方向盘，将奥迪驶向年轻人指的大楼。后视镜里，聚集的农民工逐渐远去。

刘子豪把奥迪停到那栋大楼的前面。下了车，把车锁好，刚走两步，就遇到两个满身是灰的农民工从楼里出来。“能帮我叫一声陈富贵吗？”他拦住他们，“我找他有事儿。”

两个农民工狐疑地望着刘子豪，显然对于一个开着豪华轿车的人来找农民工陈富贵这件事情不能理解。其中一个嘀咕着什么，另一个人扯开嗓子嚎了一嗓子：“陈老头儿，有人找！”

陈富贵答应着，从楼里走出来。两天前他至少看上去像个人，现在看上去活脱脱就是一个垃圾筒，身上、脸上、头发上全是灰，就剩两只眼睛还眨动着，证明这是一个活人。

老妈退休之后无事可做，结果患上了癌症恐惧症。隔三差五地打电话来询问：我胃口不好，中午才吃了一小碗饭，会不会是得了胃癌啊？听说得了胃癌的人吃不下任何东西，会活活饿死。我的儿呀，我要是得了癌症你可不能不管你妈。你妈我把你养大可不容易。

刘子豪不得不一再向老妈保证：你没有得癌症，什么癌症都没有得；任何情况下，我都不会不管你。

老妈还是有疑惑：几天前我听说我原来那个单位的一个女的，得了宫颈癌，我好怕哟。还有一个原先那条街上的邻居，也得肝癌死了好几年了。还有还有，听说我的一个同学得了骨癌，打什么麻醉剂止痛针都不管用，最后活活痛死的。我的儿呀，为什么现在得癌症的这么多啊？

刘子豪耐心地解释：以前根本不知道有癌症，当时的人只知道哪里痛了，痛啊痛就死了，也没地方检查。现代医学发达了，有各种仪器，一检查，就会告诉你，你那儿痛是因为那儿得了癌症。现在通讯发达，很远的地方有人得了癌症，你都会知道，累积起来，你就会有癌症多发的错觉。当然，也不全是错觉。因为现在人口总数比以前多得多，而癌症本身有一个基本发生率，所以癌症患者的相对数量还是增加了。另外，癌症也确实是非常典型的现代人的富贵病。以前的人因为战争、瘟疫或者其他种种原因而寿命短，平均年龄只有四五十岁，癌症来不及发作人就死了，而现在的人，拜现代医学所赐，平均年龄有七八十岁，但与此同时，细胞因为老化而癌变的可能性也大大增加了。

后面这句话不够科学，刘子豪自己也知道。可是老妈的知识有限，给她讲癌症的发病机制她是听不懂的。老妈是个普通人，和很多普通人一样，认为人死就是被各种各样的疾病（尤其是癌症）先拖瘦再拖垮最后拖死的。你要是和她讲每个人都可能得癌症，每个正常细胞都携带着能导致自己发生癌变的基因，细胞的每一次分裂繁殖都可能促发基因癌变，而这样的细胞分裂每分每秒都在进行，她还不得直接疯掉啊！

同样的对话每隔两个月就会重复一次。

这就是说，老妈的癌症恐惧症每隔两个月发作一次。

这种病无药可治。

——刘子豪的眼睛眨巴着，回到现实。“老陈，今天看黑娃儿的检查结果，你怎么没有来？”他劈头就问。

“刘医生，我记得的。但老板临时安排人清扫7号楼的垃圾，150块钱一天，别人都讨要工钱去了，所以我就……”

刘子豪明白了。他隐隐有些难过。“清扫垃圾至少得戴个口罩啊。”他说，“灰那么大，很容易吸进肺里得病。”

“原先有口罩的，不久前掉了，还没来得及买。”陈富贵讪讪地笑着，“刘医生，那个小护士说得对，你真是好人。”

“谁这样说的？”

“那天我到市肿瘤医院大厅，问哪个医生医术高明。值班护士就让我去找你，她说你是个天大的好人。”

刘子豪想不出哪个护士会这么说，就打开车门：“上车，去看黑娃儿。”

“刘医生，我——我这么脏，会弄脏你的车。”

“上吧，没事。”刘子豪坐到驾驶座，看着陈富贵瑟缩着挤到后座上。似乎除了小半边屁股，他不打算让身体碰到车的任何地方。

刘子豪发动奥迪，向陈富贵说的那个工棚驶去。

5

从陈富贵嘴里，刘子豪听说了黑娃儿的更多故事。

三年前的春天，陈富贵跟着老家的包工头来到这个工地。他人老实，手脚还算麻利，也肯热心帮助人，工友们都很喜欢他。有一天黄昏，陈富贵出去倒垃圾。在垃圾场那儿，他发现了一个包裹得严严实实的婴儿。婴儿睡得正香，根本没有意识到自己被遗弃了。陈富贵在黑咕隆咚臭气熏天的垃圾场等了两个小时，丢弃婴儿的人没有反悔，于是他就把婴儿抱回了工棚。

婴儿的到来在工棚里引起了轰动。工友们纷纷跑来围观和询问。陈富贵觉得这个婴儿是上天赐给他的。不是常说“好人有好报”么？他当了一辈子好人，现在好报终于来了。于是，他给婴儿取了个名字叫天赐，又按照老家的习惯，给他取了个贱名，叫黑娃儿。叫得多了，大家都知道黑娃儿，却忘了他的大名叫陈天赐。

但渐渐地，陈富贵就发现黑娃儿不正常了。老话常说，“三翻六坐九拿抓”，说的是婴儿三个月会翻身，六个月会坐正，九个月就会满世界抓取东西了。黑娃儿不这样。从垃圾场抱回来的时候，他大概三个月大，勉强会翻身，可是九个月过去了，他还是只会翻身，既不会坐直身体，手也不会胡乱抓东西。他吃得不算多，觉却睡得足，每天的大部分时间他都在梦乡里度过。除了不会长大之外，黑娃儿没有任何异常，甚至比一般婴儿还健康，根本就没见他生过什么病。

也许当初黑娃儿的父母之所以扔掉他，就是因为他有什么不治之症吧。陈富贵找过一两个药店医生，可没有哪一个医生说得出黑娃儿患了什么病。陈富贵没办法，就继续养着吧。

转眼间，两年过去了。工地的几十栋房子都起了五六十层了，黑娃儿还是当初那个样子。当然，也不是完全没有变化。陈富贵注意到，黑娃儿的眼睛比以前明亮了，耳朵比以前灵敏了，自己走过的时候，他的脑袋会跟着移动。还有，睡觉的时间比以前少了些。但变化也就这些了，不是像陈富贵这样仔细观察过的人，根本看不出来。

正如纸包不住火，黑娃儿长不大的秘密很快在工友中传开。有人说陈富贵拣到了一个白痴，也有人说他拣的是个侏儒，最后的结论都一样：让他把黑娃儿丢掉。

陈富贵不同意他们的说法。他不丢，他要养着黑娃儿，他要把黑娃儿养大。他有一个朴素的想法：既然上天赐给他一个儿子，就没有理由赐给他一个带残疾的；退一万步来讲，带残疾的又怎么样？就不能养吗？

陈富贵坚持了自己的意见。别人除了骂他是笨蛋也拿他没有办法。

时光匆匆，又一年过去了。整个枭阳市高新产业 CBD 的建设要结束了。包工头告诉陈富贵，去下一个工地之前必须把黑娃儿送回老家去，否则就不带陈富贵去。包工头有些迷信（很多包工头都迷信），早就为黑娃儿的事情和他说过很多次了。包工头说，黑娃儿肯定是个不祥之物。幸好，这三年里工地没有出事故。

没办法，陈富贵筹划着回一趟老家，把黑娃儿交给老婆养。老婆在家里带着上高中的女儿，也不容易。出来三年，除了寄些钱回家，他一趟都没有回去过。但在回去之前，陈富贵希望确认一件事。那就是黑娃儿到底有没有病。

城里最好的地方是医院。在老家时陈富贵就看到同村的人生了大病都往城里的大医院跑。有些人去了就没有回来，也有人活蹦乱跳地回到村子里放鞭炮庆祝。但这回，陈富贵跑了十几家大医院，都没有查出什么结果。听陈富贵说了黑娃儿长不大的事儿，几乎没有医生相信那是真的。直到他来到肿瘤医院，找到刘医生。

因此，陈富贵再三对刘子豪表示感谢。

刘子豪挥挥手，止住陈富贵滔滔不绝的谢意。他向来不爱听这些。“检查结果已经出来了。”他说，“很不幸，黑娃儿脑子里长了一个肿瘤，只有豌豆大，可它刚好压住了松果体。知道松果体吗？”

陈富贵惶恐地摇摇头，期待着刘医生的解答。

“松果体在脑子的下边，负责管身体发育的。人能够从婴儿长成大人，全靠它了。可是，黑娃儿的松果体被豌豆大的肿瘤压住了，没法儿正常工作，他当然就长不大了。这在医学上叫作幼态持续。”

这种说法不科学，不过糊弄陈富贵足够了。刘医生说完，居高临下地看着陈富贵。他的个子本来就比陈富贵高，站在低矮的工棚里，必须低着头才能克服随时会撞上天花板的恐惧，而陈富贵蹲坐在床前，目光集中在沉睡的黑娃儿身上。

良久，陈富贵抬头，声音哽咽着问:“还有希望吗？我是说，能治好吗？”

刘医生很肯定地点点头。老头儿扑通一声给刘子豪跪下，哽咽变为痛哭。“刘医生，你是好人。你一定要救救可怜的黑娃儿啊。”

“老陈老陈，快起来。”刘子豪急忙把陈富贵搀扶起来，对方的反应比他想象的要激烈得多。

“需要多少钱？”

“起码五十万。”刘医生报了个市场价，拿手指在脑袋上画了一个圈，“因为要开颅，费用要比别的癌症手术高。”

“我哪来那么多钱啊？五十万，别说挣，我一辈子都没有见过这么多钱。”

“钱的事儿你不用太着急。我来想办法解决。”

6

离开陈富贵和他的工棚之后，刘子豪驱车去了附近的 CBD 售房部。那里装修得宛如皇宫。他对迎上来的售楼小姐说：“把你们的大老板找来，最大的那个，就说刘局长找他。”五分钟后，黄经理气喘吁吁地出现在接待室门口。他头发梳得油光顺滑，蚂蚁都爬不上去。看到刘子豪，他微微吃了一惊：“哎哟，这不是刘公子吗？什么风把你吹来了？上个星期还和你爸爸刘局喝酒来着。”

刘子豪说：“也没别的事儿。你知道我是医生吧。”

黄经理笑吟吟地回答：“医生好呀，白衣天使，收入也高。”

“你的工人里有我的病人。我听说你克扣他们的工资？”

黄经理急忙否认：“没有的事儿……”

刘子豪说：“没有当然好，如果有，还麻烦你把工钱按时足额地发给他们吧。我正好有几个新闻界的朋友，他们还在为明晚的头条发愁呢。”

黄经理讪讪地笑着：“当然没有。我当老板，工钱向来按时发，足额发。我很体恤农民工的。”

刘子豪按捺住心中的恶心，微笑着说:“那就好。”

拒绝了黄经理吃晚饭的要求后，刘子豪驾车离开了那里。他很少利用自己的家世，但需要的时候，他也不会吝啬。

回到家的时候，天已经黑尽了。老婆跳舞去了，不到30岁的她总是嚷嚷着要减肥要保持身材；女儿住在学校里，那是一所名气很大的私立小学，一年学费要十几万；家里只有刘子豪一个人。他打开手机，登陆微信，精心撰写了一条。发送成功之后，他关了手机，吃饭，洗澡，睡觉。

梦里的光线异常强烈。

刘子豪扒开草丛，把一颗黑色的种子丢进土里。只一小会儿，种子就生根发芽。

刘子豪退后，怔怔地看着。嫩绿的小树以一种近似于疯狂的姿势生长着。绿色渐渐变浓，进而变成黑色。树干越来越粗壮，长出更多的枝叶。

枝叶间蔓生出无数粉嘟嘟的大花，即开即谢，结出青绿的果实。那些果实摇摇晃晃，见风就长，转瞬间长到两个拳头那么大，颜色也由青绿变成深黄，只在尖端有一抹诱人的红晕。

那是传说中的蟠桃！刘子豪喜滋滋地看着，想要爬上去，摘一个下来。可是——

那些蟠桃继续膨胀，颜色越发地深，黄色与红色交织在一起，互不相让，仿佛两支鏖战的军队，而墨一般的黑色在其中隐隐闪现。当那些蟠桃膨胀到脸盆大小的时候，表皮开始裂开，现出无数道嘴唇一般的口子，流溢出黏稠而恶臭的黑色液体……

——癌变！刘子豪惊叫起来，再抬眼时，他看见那无数的巨大蟠桃都爆裂开来，每一个蟠桃里面都堆满了黑色液体，并且都浸泡着一个手舞足蹈的婴儿。

那些婴儿都长着黑娃儿的脸！

7

在微信上，刘子豪给黑娃儿的“病”起了一个拗口的名字：先天性幼态持续，并且说这是一种极为罕见的病症，甚至可能是世界首例。需要进行价格昂贵的开颅手术，如果需要，还要进行不是十分成熟的而且非常危险的基因治疗。他以煽情的笔调讲述了陈富贵拣到和养育黑娃儿的经过，特别强调了他农民工求生的艰难和目前的经济窘境，最后号召全社会行动起来，帮助陈富贵和他可怜的黑娃儿。

刘子豪精心撰写的微信第二天就收到了效果。先是那条微信被转发了一万多次，并且还在不断增长中，然后三家本地网络媒体进行了转载。作为枭阳市肿瘤医院实验室主任及著名的癌症专家，他的朋友圈里有不少名人。上午，刘子豪在《枭阳日报》工作的老同学就打来电话。他在电话里对老同学说：“对，微信是我发的。内容保证真实。行，我可以安排你们的专访。不过，老同学，我要头版头条。对，我要把这件事情炒大，越大越好。行，就下午三点，不见不散。”

刘子豪带着两家本地报纸和一家电视台的记者去陈富贵打工的地方转了一圈，给陈富贵和黑娃儿拍了大量的特写。他事先给陈富贵说过这事儿的好处，所以陈富贵非常卖力地配合。对陈富贵来说，站在闪光灯下的人生体验肯定是第一次。他努力克制自己的恐惧和拘谨，想表现得更好。只有黑娃儿不知道周遭发生了什么，在短暂的清醒之后，就进入了甜甜的梦乡。

这一波新闻播出后，刘子豪接到了更多的采访要求，表示愿意捐款的也不在少数。一片忙碌中，刘子豪非常冷静。所有捐款汇到

《枭阳日报》的指定账号，由报社具体管理，并在网上进行账目公示，保证每一分钱都花在陈天赐身上。刘子豪还要老同学保证：除了陈富贵本人，任何人不能支取这些捐款，包括刘子豪自己。“他们需要这笔救命钱。”刘子豪对老同学说，“而我，需要有人来解答我的疑问。”

微信求助发布七天后，刘子豪接到了一个陌生人的电话。

“立刻停止所有治疗方案！黑娃儿的所有治疗费用我来出！我要见黑娃儿！机票已经买好，明早就飞过来！”一个苍老的男人在遥远的地方冲他喊道。

刘子豪知道，他等待的那个人来了。

第二天早晨，刘子豪驾着奥迪 A6L 去枭阳机场迎接远方来的客人。他靠在出口旁边的一根柱子上，双臂抱在胸前，想知道自己能否从奔流的人潮中，分辨出那个未曾见过面的人。一个戴着墨镜的壮汉从他身边走过，顿时引起了他的注意。不会是这么杀气腾腾的人物，在他的想象中，那个人应该是……这时，他看见了一个一袭黑衣、行色匆匆、头发雪白、眼神炯炯的老人——就是那个人了。

刘子豪相信对方也是第一眼就认出了自己，因为他径直走向并不在接机人群之中的自己。

“我叫何亚博。”对方开门见山，伸出手来。

“我是刘子豪。”他握住了何亚博的手，瘦骨嶙峋，但非常有力。

“为什么要冒险做基因治疗？黑娃儿根本没有病！”老人说，目光锐利得像刺刀。

“和常人不一样，就叫有病。”他针锋相对地说。

“有病无病我比你清楚。带我去看黑娃儿。”

黑娃儿和陈富贵目前住在枭阳市肿瘤医院特护病房里，所有费用暂时由刘子豪医生垫付。此前，陈富贵从包工头那儿得到了剩下的全部工钱。大老板原本想只发八成的工钱，因为房价下跌，他的收入减少了许多，但现在他发了慈悲心，按照工资条，扣除平时预支的，给每个农民工发放了足额的工钱。

刘子豪把何亚博介绍给陈富贵，说是外地来的医生，专程过来看黑娃儿的病。何亚博一下子握住陈富贵的双手，激动地说："辛苦你了。带这孩子，不容易啊。"

一句简单的话，竟惹得陈富贵落泪。

何亚博又去看正坐在病床上玩耍的黑娃儿。他仔细看了黑娃儿的脑袋，捏了捏黑娃儿的手臂和小腿，摸了摸黑娃儿的肚子。黑娃儿好奇地盯着他，然后努力把食指放进嘴里允吸。"发育得很好啊。"何亚博最后总结说，然后问："生过病没有？"

陈富贵赶紧回答："没有，从来没有。连感冒都没有。"

"嗯。"老人满意地点点头。

他又问了一些事情，诸如黑娃儿平时吃些什么，每天要睡多长时间，大小便是什么颜色。陈富贵都一一做了回答。在此期间，刘子豪拿出手机给陈富贵和何亚博照了一张相。对于未经允许的拍照，老人表现出一丝愠怒，但很快就抹去了。

8

回到刘子豪的办公室，主客分位置坐下。

何亚博单刀直入，问道："刘医生，你打算怎么做？"

刘子豪靠到椅背，好整以暇地说："这得看你打算怎么做了。如果我没有猜错，你就是黑娃儿的父亲。当然，你肯定知道，我不是说的血缘上的父亲。"

何亚博眼角微微一皱："你这么肯定？"

“完全能肯定。因为黑娃儿的基因图谱太完美了，而自然演化并不追求完美。在看似完美的背后，都隐藏着种种不足。例子我就不举了。你应该明白。”刘子豪顿了一下，补充道，“只有人才追求完美。”

“刘医生，看得出你是个聪明人，而且——”何亚博抬起右手指向嵌在墙壁上的书架，“——这些书也不都是摆设。相信你在肿瘤研究方面的造诣相当深厚。但是，有些时候，不，很多时候，光有聪明是不够的。”

“其实，相比治疗癌症，我对永生更感兴趣。”刘子豪赤裸裸地提示。

何亚博没有理会刘子豪，说：“给我介绍一家宾馆吧，要安静和干净的。不用太豪华。”

“医院附近就有。”

刘子豪带着何亚博走出肿瘤医院。在大门口，一个戴着墨镜、边走边打电话的年轻壮汉撞了刘子豪一下，连声对不起都没有说，就径直走开了，气得刘子豪要上去抓那个壮汉。“想干吗？打架啊！”墨镜壮汉气势汹汹地说。何亚博使劲儿挽住刘子豪的胳膊，保安也赶过来，两个人这才没有打起来。“简直是人渣！”刘子豪恨恨地咒骂道，“你说这样的人渣怎么就不得癌症死掉啊！”何亚博在一旁微笑不语。

安排何亚博住下，两人一起到街边的“冷酒摊”吃午饭。一盘螺蛳肉，一盘糖兔，一盘鸡翅膀，一碟花生，还有两碟酱料。何亚博抬眼扫视了四周热闹非凡的用餐人，说：“现在，我也很能享受日常生活的点滴乐趣了。”说完，他埋下头，专心对付那盘螺蛳肉。

两人东拉西扯地聊天。刘子豪试图引导何亚博说更多的事情，结果说着说着，就变成了刘子豪的自我陈述。

刘子豪讲了他高中时的灵感，讲了高考后与家人的冲突，讲了大学时发现肿瘤研究根本不是他想象的样子，讲了刚参加工作时自己的迷惘与困惑，讲了快30岁时使命感的再一次召唤……

刘子豪说："难道人活着就是为了有一天死掉吗？在相当长的一段时间里，我被这个问题困住了，以至小小年纪，就有了抑郁症的征兆。这可把我的父母吓坏了，四处求医问药，也没有什么效果。后来，我的轻度抑郁症忽然就莫名其妙地好了，父母虽然不明就里，但也不再为我操心了。其实也不是没有原因的。因为我看了《西游记》，就是六小龄童主演的那个电视剧。那个时候电视台经常放。美猴王去找菩提祖师学本领，就是因为看到有猴子老死，他不甘心也有此凄惨的下场，渴望学到长生不老之术。看到这里，我眼睛一亮：原来我和美猴王的想法一样啊。后来美猴王去了天宫，奉命看管蟠桃园。电视剧里说：蟠桃三千年一开花，三千年一结果，三千年一成熟，吃了能让人长生不老，永远不死。由于数量稀少，成熟的时候，王母娘娘才会召开所谓的蟠桃大会，请各路神仙前来品尝，等级职位低的神仙还不在邀请之列。我心想：哈哈，原来长生不老的神仙就是这样来的啊。等到唐僧出场，各路妖怪为了吃到传说中能令人长生不老的唐僧肉而不断地前来送死时，我已经笑得合不拢嘴了，轻度抑郁症也就好了一大半。因为我发现，不想死的人不止我一个，而长生不老，不是不可能，只是需要找到正确的办法，找到真正的蟠桃。"

刘子豪絮絮叨叨地说着。他很久没有与人这样畅快地交谈过了。所谓"酒逢知己千杯少"大概就是这个样子吧。而何亚博只是认真聆听，偶尔插一两句，好让刘子豪继续往下说。

吃过午饭，在回家的车上，刘子豪静下心来，反思这半天的事情。他发现自己还是把事情，或者说把何亚博想简单了。他以为只要自己一问，何亚博就会把秘密吐露出来。然而事实给了他一记响亮的耳光。

问题出在哪里？他思忖着：一开始何亚博非常着急。为了阻止我治疗黑娃儿，何亚博只能把秘密说出来。但，见过黑娃儿之后，他松弛下来。然后，他听我暗示知道他的秘密，他就完全放下心来。因为他认定我不会治疗黑娃儿，因为我知道黑娃儿有秘密，而不是有病……

想到这里，刘子豪释然了：何亚博没有离开，这件事儿还有希望。我得想想办法，怎么样才能探听出他的秘密，关于永生的秘密。

回到家，刘子豪马上打开笔记本电脑，查找何亚博的资料。何亚博这个名字太普通了，网上一大堆同名同姓的，看了几十页，也没有一个是他要找的。还好，刘子豪早有准备。何亚博看望黑娃儿时他拍了照片的。他把手机里的照片传到笔记本电脑里，将照片里何亚博的头像截取出来，又在浏览器上打开了图片搜索引擎。这种搜索引擎不是用关键词搜索的，而是用图片进行搜索。刘子豪把何亚博的头像上传到图片搜索引擎，一点搜索，引擎就开动了，在浩瀚无边的网络世界里搜索与那张何亚博头像相近的图片。

在相似度 90% 的时候，搜索引擎没有找到任何结果；80% 的时候，也只找到几张完全不相干的图片。刘子豪狠一狠心，将相似度降到了 60%。这一回，出来好几千个搜索结果。大部分结果与这个何亚博无关。在翻看了十多页之后，刘子豪开始怀疑自己这样做是否有意义。就在这时，一张图片引起了他的注意。刘子豪点开那张头像的相关链接。链接里是公安部的网上追逃名单。这名通缉犯叫钟扬，头像比现在的何亚博年轻许多，但无疑就是年轻时候的他。罪行介绍得很简单：涉嫌数千万元的诈骗。

难道这就是何亚博的秘密？

就在这时，电话响起来。

“喂，刘医生吗？”

是何亚博的声音。“我是。”

何亚博说：“明天上午十点，我去你办公室，有非常重要的事情跟你说。”

“好，我在办公室等你。”

刘子豪挂掉电话，盯着笔记本电脑屏幕上那张钟扬的通缉令，疑惑不已。

9

次日上午十点，通缉犯何亚博或者说是钟扬准时出现在刘子豪的办公室里。

“你终于来了。”刘子豪坐到椅子上，顺势一靠，把双手放到后脑勺上，“我已经知道你是谁了。你原来的名字，还有你做过的事。你所有的秘密。”

“哦，是吗？”何亚博并不吃惊，只是淡淡地回应，好像早就猜到了这一点，随即也淡淡地问，“那你也知道黑娃儿先天性幼态持续综合征——这病名取得真拗口——的秘密？”

“这个嘛，还需要你来告诉我，假如真的有这样一个秘密，并且你知道。”他大声回答，脸上露出诡异的笑容。那笑容明白无误地告诉何亚博：如何你不告诉我你的秘密，我可是会毫不犹豫地举报你的哟。

“你真想知道？”何亚博反问，“你就不怕知道了这个秘密，要付出高昂的代价？”

何亚博脸上的表情意味深长，仿佛洞悉一切，“宇宙的真理尽在我的掌握之中”。有那么一小会儿，刘子豪想到了那位高中生物学老师，但他很快从往事的泥淖中解脱出来。“凡事都有代价，就看结果值不值了。我真想知道那个秘密。”他说，继而又补充道，“再高昂的代价我也能承受。”

“那就把陈富贵叫过来。”

“为什么呀？关他什么事？他又听不懂！”

“以前我也是这样想的。但经过一些事情之后，我不这样想了。事实上，作为黑娃儿的养父，这些事情，他比你有资格知道。”

陈富贵进来了。刘子豪招呼他坐下，对他说：“老陈，给你说个好消息。先前报社来电话，说给黑娃儿的捐款已经超过五十万。等一会儿，我陪你去一趟报社，你自己去也行，办个手续，把钱领出来。”

“刘医生，你真是个好人啊。这下黑娃儿有救了。”

陈富贵的高兴溢于言表，嘴都合不拢了。五十万对刘子豪来说，不算是个大数目，他这辈子还没有遇到过缺钱花的时候，所以他无法理解陈富贵现在那种单纯至极的快乐。不过为了孩子嘛，高兴是应该的。刘子豪指了指何亚博，说：“今天找你来，还有一件事情。何医生有话对你说，关于黑娃儿的来历。”

何亚博说：“我准备讲个故事，你也听听，和你关系很大。不懂的地方，随时向我发问。”

刘子豪偷偷扫了一眼藏在办公桌下边的录音设备，一切正常。

“人为什么会得癌症？”何亚博问道。

几个答案在刘子豪心里转悠，他拿不准到底哪个答案才是何亚博想要的。

“吃了什么会导致癌症的东西吧？”陈富贵小心地答道。

这时何亚博已经自顾自地说下去了：“每个癌症患者都会有自己的答案。归纳一下不外乎三点：其一，吃了什么导致的，包括瓜子、泡菜、腊肉，还有抽烟喝酒；其二，做了什么导致的，比如长时间熬夜，或者昼伏夜出，晨昏颠倒；其三，遗传了什么导致的。但这些都不是得癌症的根本原因。根本原因在于：细胞里既有原癌基因，也有抑癌基因。

“人能够存在、活着并长大，就在于原癌基因与抑癌基因的通力协作。原癌基因使人体细胞不停分裂，不停吸收养分长大。人出生时约有 100 万亿个细胞，成人则约有 1600 万亿个细胞。而抑癌基因使这一个细胞增殖的过程变得可控。细胞什么时候分裂，分裂多少次，吸收多少养分，长多大，什么时候凋亡，一切都有序地进行。

“然而，受到外界因素——物理的、化学的、生物的——的影响，还有基因本身在复制过程中的差错，会使原癌基因发生突变，不受抑癌基因的控制，或者抑癌基因失去活力，导致无法控制原癌基因，最后的结果都是细胞无限制地分裂，无限制地从周围环境吸收养分，无限制地长大，这就是癌变，癌症发生的最根本原因。老陈，你懂了吗？”

陈富贵说：“原癌基因就像油门，抑癌基因是刹车，我这样理解，不知道对不对？”

何亚博笑笑：“非常准确。开车的时候，不管是油门出问题还是刹车出问题，都会出大问题。细胞分裂时也是如此。”

刘子豪感叹道：“细胞每一次分裂都有癌变的可能，而人体的细胞每分每秒都在进行。因此，每一个活着的人都是潜在的癌症患者。这个结论非常可怕，然而却是真实的。”

“但是，”何亚博说，“每一朵乌云都有一道金边。癌变虽然可怕，却隐藏着人类长寿乃至永生的可能。”

刘子豪抢道：“这个我也想到了。让普通细胞拥有癌变细胞的端粒酶，这样，细胞分裂时受损的端粒能得到修复，细胞也就能无限制地分裂下去。然而，在具体实验中，得到端粒酶的普通细胞会迅速癌变，进而杀死实验的小白鼠。我一直没有找到克服的办法。”

何亚博自信十足地说:“我找到了。”

刘子豪急忙收敛心神，像个小学生一般专心致志地聆听。

10

“人对死亡的恐惧与生俱来。我很小的时候就琢磨着怎么样才能长生不老。开始尽是些荒诞不经的幻想，后来我知道了海弗利克极限，知道了端粒和端粒酶，知道了癌症无限制的自我复制。”

“那是什么？”陈富贵问。

何亚博就这几个名词简单做了解释，然后接着说:“我发现，不管是长生不老，还是长生不死，都可能永远是神话，而大幅度提高个体寿命——也就是长寿——这事儿在科学上并非完全不可能。因此，我把大半辈子的时间都投入到了长寿的研究之中。”

“后来呢？”刘子豪迫不及待地追问。

“我失败过无数次。”何亚博继续讲道，“最初我希望把癌细胞的端粒酶移植到正常细胞上，这样正常细胞也能无限制分裂，然而就像有某种诅咒，不管我怎么做，那些正常细胞最终都会发生癌变，不可避免地死掉。当我意识到重启正常细胞的无限制分裂能力肯定会启动癌变机制之后，研究停滞了很长一段时间，直到十年后，我才终于获得了成功。”

何亚博说，他当然不是在自家小院里完成研究的。最初他在一家国家级肿瘤研究所工作，可领导总觉得他的研究没有前途，要他把精力放在肿瘤治疗上。一气之下，何亚博辞职不干了。何亚博找到了表哥，后者现在是个房地产老板，在房地产风起云涌那几年，赚了个盆满钵满。何亚博把自己的想法告诉了表哥，表哥一口答应下来，投资开办了一家名叫“彭祖秘药”的公司。这家公司主要向中老年人售卖各种号称能够延年益寿包治百病的药物与治疗仪，而何亚博是公司的首席科学家，国家级肿瘤研究所的经历为他增添了不少名气。

“私营企业的好处就是监管少，没有什么禁忌。就是在彭祖秘药的实验室里，我完成了长寿研究的最后阶段。谁料，市场风云变幻，表哥在股市上吃了大亏——那个时候股市断崖式跌落，每天蒸发的市值相当于一个小国的 GDP——就急着从我的研究成果中捞回血本。必须承认，如果当时能更谨慎一点儿的话，事情就不会那么快恶化，而我就不会是现在这个样子了。

“我们在亿万富豪群里散布长生不老研究成功的消息。我告诉他们，彭祖手术——为了吸引眼球我表哥取的名字——能够使他们的孩子活到 1200 岁。这手术其实是针对父母的精子和卵子的，通过极为精细的调控，使受精卵在分裂之后依然长期保有端粒酶，于是，身体各个器官发育成熟的同时，细胞可以不受海弗利克极限的限制，无限制分裂，又不会发生癌变，人体长寿的目的就此达到。

“许多富豪把我们视为骗子，彭祖秘药在业内的口碑可不怎么好。也有富豪表示出兴趣。他们参观了彭祖秘药的实验室，提出各种问题。有的问题很幼稚，有的却很要命。为什么是活到 1200 岁，而不是永远活下去呢？答案是：因为除了海弗利克极限，大自然还给生命设置了其他限制，比如哺乳动物的心跳总次数。不是说细胞可以无限制地分裂吗？ 1200 岁，是现有医学技术的极限，也许 800 年后，会出现新的医学技术，突破 1200 岁的限制也不是不可能，但首先你得先活到 800 年后。新的问题又来了：可是，生一个能活 1200 岁的儿子对我自己有什么好处？答案是：这是你的骄傲啊，你的全部资产也有人继承了，还能写进史书，谁谁谁是世界上第一个彭祖婴儿的父亲，一个智者，一个勇敢的人，长寿时代的开启者。诸如此类的问答。

“彭祖手术对富豪本身的寿命没有延长作用，多数富豪在知道了这一点后对彭祖手术不再感兴趣。有三个富豪经过反复的游说，动过心，但最终缴纳定金、参与实验的富豪只有一个年轻人。

“一个小小的巧合，这个年轻人和著名的长寿人物彭祖一个姓。他出生在一个煤老板家里。二十岁出头的时候，父母死于车祸，他年纪轻轻就继承了亿万家产，花天酒地对他来说，不过是最低级的享受。也许是无聊，想找点儿新鲜事做，在知道了彭祖手术后，他就像知道了海外仙山的秦始皇一样狂热。下边就叫他彭公子吧。

“彭祖手术本身很成功，我敢百分之百肯定。精子和卵子分别来自彭公子和他的模特女友。一切顺利，十个月后，孩子降生了，是个健康的男孩。彭公子高兴地缴纳了余款，抱着孩子回了家。我表哥得了钱，马上张罗着开新的公司，找更多的钱。

“实际上，这次手术是第一次手术，此前只在小白鼠身上做过。按照标准试验程序，至少还要在灵长目动物身上做多次对照试验，可是我没有时间也没有资金了。我只能冒险。天可怜我，我成功了，第一次手术就成功了。”

说到这里，何亚博停了一下，似乎在重新体验当时的辉煌感受。

“现在回想起来，当时太过顺利了，顺利得不正常。所以，后来就出事了。六个月后，彭公子找上门来，说孩子不会长大，彭祖手术失败，要我们退款，要我们赔钱。这突如其来的打击让我和表哥措手不及。钱已经用出去了，退是不可能的了，而彭公子已经发动黑白两道来找我们的麻烦。他不但想要我们的钱，还想要我们的命，根本不听我们的任何解释。事实上当时我根本就不知道孩子为什么长不大，手术明明是成功的嘛。我能怎么办？死，坐牢，都不是我想要的，我只能逃跑了。于是，我就成了通缉犯。”

何亚博停住了演讲。

“那个小孩就是黑娃儿吧？”陈富贵小心翼翼地问道。

“没错。”何亚博说，“五年前孩子出生。你是在三年前捡到孩子的，时间对得上。我猜，也许是彭公子觉得孩子是个怪物，也许是其他我不知道的原因，反正，孩子被丢弃在垃圾场，被你捡到了。为什么是你而不是别人捡到，我只能称之为缘分。”

“黑娃儿的病治得好吗？”

何亚博说：“黑娃儿没有生病。他的身体健康着哩。起码，比在座的各位健康得多。不出意外的话，他也许会比历史上的任何人活得都久。”

陈富贵追问：“可是他长不大啊，三年了，商业中心都修好了，他还是老样子。”

11

“在逃亡的过程中我一直在想这个问题，想了很久。后来我终于想明白了。”何亚博说，“正如刘医生所说，凡事都有代价。非常之事，必有非常的代价。活 1200 年，正是非常之事。”

“你是说……”刘子豪思忖着。

何亚博道：“黑娃儿长不大的原因其实很简单。虽然黑娃儿的细胞可以无限制分裂，但他并不会如吃了蟠桃一般，长生不老。还有别的生命法则限制他的最长寿命。他也会老，也会死，按照我的计算，黑娃儿可以活 1200 岁，但长寿的同时也使他的生命速率极低，生长发育极为缓慢。换句话说，长得慢不是因为手术失败，长得慢恰恰是手术成功的标志。你看，凡是长寿的动物，哪一种不是长得很慢？而生命周期短的动物，无一不是生长速度极快的。”

刘子豪心中一颤，问：“慢到什么程度？”

“根据我的计算，正常人的婴幼儿时期只有 3 年，而黑娃儿是 30 年。”

刘子豪吃了一惊：“但是——也对，这就是为什么黑娃儿心跳五六分钟才一次的原因。生命速率。然而，为什么黑娃儿的胎儿期是正常的呢？还是十个月，而不是相应地放大成十年。”

“也许跟子宫的内环境有关。具体原因还需要研究。”何亚博转向陈富贵，问：“你今年多大岁数呢？”

“46 岁了。”

比刘子豪猜测的年轻多了。他不禁扫了一眼这个面目黧黑满脸皱纹的农民工。他一直以为陈富贵有五十多岁，甚至六十岁。然后，他把注意力转移到何亚博身上。何亚博才是此时此刻的关键。

何亚博说：“你养黑娃儿养了 3 年，黑娃儿只有极小的变化，可以说几乎没有长大。但我可以明确地告诉你，当你 76 岁，养黑娃儿养了 30 年的时候，黑娃儿还只是正常婴儿 3 岁时的样子。你能接受这个现实吗？”

“这是真的吗？”陈富贵嗫嚅着。

“真的。”

刘子豪看到陈富贵埋下头，沉默不语。这个消息，对他而言，未免太过沉重了。刘子豪想：黑娃儿的婴儿期就长达 30 年，童年期又该多长呢？ 100 年？陈富贵肯定活不到那么久，那个时候黑娃儿也就像十一二岁的少年，那么谁来照顾黑娃儿？照此计算，长到成年需要 200 年，已经是 23 世纪的事儿了——说不定那时人类已经遍及整个太阳系了——更不要说后面长达 800 年的成年期了。至于活到 1200 年，已经是不敢想象的事情了——那时已经是 33 世纪了。

那时候我在哪里？恐怕早就会化成灰了，甚至连灰也没有了吧。

想到这里，刘子豪心底不由得生出一种恍惚感与无力感。面对漫长的时间长河与短暂的生命，他生出了强烈的敬畏之情。

陈富贵忽然起身。“我去看黑娃儿睡醒没有。”他逃跑一般匆匆离开。

何亚博看着陈富贵远去的背影，对刘子豪说：“这下你该明白，我为什么说陈富贵比你更有资格听黑娃儿的秘密了吧。”

“这是一个艰难的选择。”刘子豪若有所思。

黑娃儿的亲生父亲选择了放弃，将黑娃儿丢到了垃圾场。陈富贵又将做何选择呢？中国人常说“养儿防老”，意思是年轻时养个儿子年老的时候有个依靠。然而陈富贵养黑娃儿，且不说几十年的费用与辛苦，单是陈富贵老了，黑娃儿却还是个生活不能自理的婴儿，这个事实就让绝大多数人绝望。那么，陈富贵会做什么样的选择呢？选择放弃？还是……

何亚博说：“刘医生，希望你能把所有的捐款都给陈富贵。不是为了治病，而是为了短期内他有足够的钱抚养黑娃儿。”

“陈富贵好像还没有同意继续抚养黑娃儿。”

何亚博很自信地反问：“你觉得他也会丢掉黑娃儿，就像黑娃儿的亲生父母一样？”

刘子豪想了想，说：“我不知道。”

“我知道。”何亚博说，“你看陈富贵的眼神，你也会知道的。”

刘子豪想起了清扫大楼后一身是灰的陈富贵，唯一能看出那是一个活人的地方就是他的眼睛。是的，那双眼睛说不上炯炯有神，甚至有些懦弱，但非常坚毅，非常执着。认定的事情，舍得付出，绝不会轻言放弃。

刘子豪微微点头：“对。”

“刘医生，你是有钱人，很难体会穷人的感受，理解穷人的想法。”何亚博说，“以前我也是这样。成了通缉犯后，我不得不和社会最底层的人打交道。他们确实有这样那样的毛病，但我也发现了他们不可计数的闪光点。”

刘子豪沉吟道：“何医生，我还有一个问题。你说了很多事情，但最关键的一点你却没有说。你到底是怎样让受精卵保持无限制分裂的特性而不癌变的？”

“这确实是关键性的问题。不过——”何亚博双手一摊，“——当初逃跑的时候，我销毁了所有的实验器材和实验资料。你觉得我能记得所有的数据吗？”

12

回到宾馆，吃过午饭，何亚博躺到床上，心思却停不下来。此前，他花了很长时间才说服自己，把黑娃儿的秘密说出去。然而现在他依然不敢肯定，自己这样做是否正确。

这样的犹豫不决五年前他也经历过。

那个时候，彭公子认为自己花钱买了个怪物，派几个流氓砸了实验室。何亚博——那个时候他还叫钟扬——和表哥缠着绷带，并排坐在实验桌上，四周一片狼藉。钟扬低头不语，表哥狠命地吸着烟。

良久，钟扬闷声问：“怎么办？”

表哥把烟头扔到地板上，使劲儿用脚踩熄。“还能怎么办？活人还能让尿憋死？逃，逃到天涯海角。老子才不会留在这儿等死。”他愤恨地说。

钟扬望着表哥脚下冒着最后几丝烟的烟头，感觉自己就像那烟头，快要耗尽所有的生命了。

表哥没能逃走。一起车祸，司机超速，撞上高速路的护栏，不治身亡。看到这个新闻时，钟扬还在家里犹豫，要不要逃走。毕竟，逃走意味着放弃现有的一切啊。表哥的死，让钟扬下定了决心。他找人伪造了一张身份证，坐上了开往外省的长途汽车。他记得长途汽车发动的时候，他抽出钱包里的身份证，那上面印着一个陌生的名字："何亚博"。他提醒自己：我不再是钟扬了，从此以后，我是何亚博，何亚博，何亚博。

他隐姓埋名流亡了五年。

生不如死的五年。

年纪不算大，可头发全白了。

今天能一口气把所有的秘密都说出来，他感到前所未有的舒畅。可还是有什么不对的地方。

——刘子豪。

刘子豪对于成功的渴望固然值得赞赏，然而，一旦这渴望蒙蔽了他的天良与理智，他也可能干出什么伤天害理的事情。

——还有彭公子。

表哥滴酒不沾，哪里会醉酒驾驶，那场车祸显然是彭公子的爪牙干的。刘子豪炒作黑娃儿"先天性幼态持续"，目的是把我引出来，假如彭公子也知道了这件事，他会怎么做？花钱买了个怪物不过是伤了他的面子，睚眦必报的他就干出那么多事，遗弃婴儿却是实实在在的犯罪，那他……

"不行！"何亚博从床上坐起来，"必须把黑娃儿送走。"

何亚博来到枭阳市肿瘤医院找到陈富贵。幸运的是刘子豪不在。"老陈，马上给黑娃儿办理出院手续。"何亚博劈头就说。

陈富贵抱着黑娃儿，说："中午刘医生才把我带到报社，签字领了 55 万，黑娃儿的医疗费。55 万，这辈子我都没有见过这么多的钱。"

“这钱就拿给你养黑娃儿，”何亚博说，“赶紧去办出院手续。”

“何医生，那黑娃儿的病……”

“黑娃儿根本没有病，”何亚博生气地说，“相信我，我不会害黑娃儿的。我比任何人都希望看到黑娃儿长大成人。”

“我相信你，何医生。你和刘医生一样，都是好人。”

“既然相信我，那就去办出院手续。”何亚博说，“把黑娃儿养大，辛苦的事儿还在后面。”

陈富贵说：“我老了就让我女儿接着养。”

何亚博原本以为办出院手续会很麻烦，因为没有主治医生刘子豪的签字，谁想却出人意料地顺利。陈富贵对值班护士表示感谢，感谢她把刘医生这样好的医生介绍给自己。年轻的值班护士欲言又止的神情，让何亚博猜想其中必定有什么隐情，但他没有时间管这个了。

办完手续，他急匆匆地把陈富贵送到枭阳市高铁站。协助陈富贵买好票，又送陈富贵和黑娃儿上了车，这才放下心来，坐上出租车，优哉游哉地回宾馆。

这几年里，何亚博的神经绷得比弓弦还紧，好久没有体会这种无牵无挂的舒畅感觉了。他深信，自己没有做错。

出租车在宾馆附近停下。何亚博付了钱，下了车，望向宾馆大门，琢磨着是先回宾馆，还是先去找刘子豪——毕竟有些事情必须向刘子豪交代。

这时，天色向晚，各处华灯初上，城市立刻变了模样。何亚博想：就和刘子豪喝两杯，再聊聊那些关于蟠桃的“疯狂的想法”，不也是很好吗？

做出了决定后，何亚博心情愉快地走向枭阳市肿瘤医院。突然，他感到异样，扭头时瞥见了紧跟着的墨镜壮汉。虽然壮汉从何亚博身边径直走过，但他依稀觉得这壮汉在附近出现很多次了。对了，在肿瘤医院门口，差点儿和刘子豪打架的，就是这个戴着墨镜的壮汉！他在跟踪我吗？

何亚博紧张起来，举目四望，这是一条比较僻静的街，找不到可以求助的对象。墨镜壮汉突然现身，拦住了他的去路。何亚博转身就跑，被墨镜壮汉抓住了手臂。

墨镜壮汉恶狠狠地说："彭老板要我杀了你。"

何亚博哀嚎道："我都逃亡五年了，他还不肯放过我！"

"有钱人多少有些怪癖，彭老板就是特别记仇。"壮汉说，"不过，我们之间倒可以做一笔交易。"

"什么交易？"

"把彭祖手术的秘密告诉我，我就放你一条生路。"

"彭祖手术的资料全部被销毁了。"

墨镜壮汉嘿嘿一笑："这件事儿你能骗过那个姓刘的医生，却骗不过我。我跟踪你们好几天了，你一下飞机我就开始跟踪你们了，你们的对话我全都听见了。彭祖手术这样重要的东西，是你一辈子的心血，你会全部销毁？我不相信。"

墨镜壮汉从靴子里拔出了闪亮的匕首。

何亚博盯着匕首，心惊胆战地说："就算有资料，我也不可能全部记住啊。"

"那资料在哪里？"

"在宾馆里。"

"带我去拿。不要耍花招，我下手从不留情。"

墨镜壮汉晃晃匕首，松开何亚博。何亚博哆哆嗦嗦地整理了一下衣衫，忽然朝前猛跑。

墨镜壮汉骂了一句，握着匕首追了上去。

13

“彭祖是个长寿的人，活了八百岁，丧四十九妻，失五十四子，犹自悔其不寿。此翁大概是半人半仙，如是人，竟能活八百岁，可说是长寿；如是仙，活了八百岁，还觉没活够，又不得不死。”

刘子豪从笔记本电脑前醒来，屏幕上还显示着这段话。整个下午，刘子豪请了假，在家里反复听上午的录音，再在网上搜相关资料，后来扛不住睡了一小会儿。

他使劲儿揉着眼睛，因为长时间看电脑屏幕，眼球酸涩得像生了锈。眼泪涌出来，眼球得到了滋润，感觉好多了。刚才好像做梦了。梦见了什么呢？他眨巴着眼睛，努力回想：

——我扒开草丛，把一颗黑色的种子丢进土里。只一小会儿，种子就生根发芽。嫩绿的小树以一种近似于疯狂的形式生长着。绿色渐渐变浓，进而变成黑色。树干越来越粗壮，长出更多的枝叶。

——花开了，黑色的，以一种溃烂的方式展开。

——我抬头，看见树上的花已经谢了，结出一个个黑色的桃形果实。毫无疑问，那是传说中吃了可以与天地同寿的蟠桃。然而，仔细看，那蟠桃分明是一个个哭泣着的娃娃。

——我走上前去，摘下了一个蟠桃娃娃，抱在怀里。那个娃娃和黑娃儿一模一样。

刘子豪眯缝着眼睛，瞄着屏幕上彭祖那段话，心想：这就是代价，长寿的代价。长寿是要付出代价的，成功也是。非凡的成功，需要非凡的代价。我还没有成功，是因为我没有付出相应的代价。

看看时间，快七点了。今天该他值夜班。和往常一样，刘子豪洗脸、换衣、吃饭，上班。

他迟到了半个小时。没关系，他不在乎。在办公室待了片刻，护士来找刘医生去查房。刘子豪照例去病房转了一圈，解决了一堆鸡毛蒜皮的事情，最后心情郁闷地回到了办公室。

好像有什么事情——极其重要的事情——忘了做。刘子豪莫名其妙地惴惴不安。追忆片刻，他想起了，特护病房还没有去看哩。他立刻来了精神，大踏步走向特护病房。

走进特护病房，似乎一切正常。然而，正常得不正常了。因为特护病房里没有人。没有陈富贵，更没有黑娃儿。

所有的惴惴不安都找到原因了。

刘子豪发出一声凄厉的尖叫，狼嚎一般。

“他们，那小孩，去哪里啦？”刘子豪冲特护病房的护士大喊。

“出院了！”护士如履薄冰般回答，“他们出院了，黄昏时办的手续。”

“什么？未经我的同意！你让他们出院啦！”

“又不是我办理的，冲我发什么火呀。”护士小声嘀咕，“前台说他们缴清了费用的。”

“白痴。”刘子豪咬牙切齿骂道。

刘子豪丢下护士，迈开大步，向外奔跑。他必须抓住黑娃儿，黑娃儿是世界上第一个能活到1200岁的人，他要从黑娃儿身上挖掘出他全部的秘密。如果陈富贵敢阻止他，他会毫不犹豫地杀了陈富贵。谁敢阻止他，他就会杀了谁。他还要把黑娃儿留在身边，留在家里，谁也不能带走。别人问起，就说是他的私生子好了，他胡思乱想着，还有那个何亚博，他要把何亚博抓起来，严刑拷打，问出所有的秘密。

刘子豪冲到前台，厉声喊道：“谁给陈富贵办理的出院手续？”

“我。”值班护士直言不讳。

“你胆子不小啊，没有我的签字……”

刘子豪的咆哮引来周围所有人关注的目光。值班护士也不示弱，抢道，“刘医生，够了，别闹了。没见这里这么多人吗？”继而，她压低声音说：“陈富贵是我推荐给你的。我瞧出那婴儿根本没病，推荐给你，就是想看你怎么从一个没有病的婴儿身上找钱。这原本是个恶作剧。谁承想你居然想出了什么先天性幼态持续的病，还号召大家捐款。我总算明白了，为什么大家都说你是钱医生，眼里只有钱了。”

钱医生？刘子豪心中咯噔一声，又是愤懑又是哀怨地想：原来我还有这样一个绰号？原来我在大家的心目中是这个样子的！原来……

就在这时，浑身是血的何亚博突然从肿瘤医院大门冲了进来，他身后紧跟着一个墨镜壮汉。那壮汉手里握住一把闪亮的匕首。何亚博踉跄几下倒在地上，墨镜壮汉举起匕首就刺。周围一片尖叫声。刘子豪冲上前去，不顾一切伸手抓住了壮汉的匕首。壮汉咆哮一声，一拳擂在刘子豪脸上，将他打倒在地。这时，四个医院保安手执警棍冲了出来，墨镜壮汉见势不妙，撒腿就跑。

刘子豪挣扎着爬起来，冲围上来的护士喊：“快，准备救人！”

14

四周一片忙碌。何亚博后背重伤，趴在病床上，用尽全身力气，拉住了一个护士的手。“去，叫刘医生，刘子豪医生，过来。我有话说。”

护士匆匆找到正在包扎手的刘子豪，转述了何亚博的话。刘子豪急忙来到何亚博身边。

刘子豪说:“何医生，不要着急，手术马上开始。”

何亚博说:“不着急。你刚才真勇敢。”

“小事一桩。”

“我有个秘密要告诉你。”何亚博喘着粗气，“虽然才认识两天，可我看出来了，你游走在善与恶之间，就像细胞里既有原癌基因也有抑癌基因一样，既能做善，也能造恶。正常时做善，异变时造恶。至于是做善，还是造恶，取决于环境和你自身的努力。”

“世间的人和事，大多数都是这样。”

“对。可惜，彭祖手术的资料确实全部销毁了，很遗憾。当时我吓坏了，彭公子的所作所为让我对彭祖手术的推广前景无比恐惧。我能想到的任何一个未来，都比地狱还要可怕。”何亚博喘着粗气，感慨道，“活到 1200 岁会给我们这个社会带来些什么？富人有钱给自己的后代做手术，那穷人怎么办？那些能活 1200 岁的富二代富三代富四代又将干些什么事情？所有社会资源都掌握在一批老人手里，年轻一代根本没有出头之日！整个人类社会牢牢固化，失去了一切活力，也失去了进一步发展的可能。整个人类可能因此走向灭绝。”

“你太悲观了。”刘子豪说，“畅想未来，却只想到它的阴暗面。”

“我不是悲观……”何亚博呼吸急促起来，“……然而，从陈富贵身上，我看到了某种希望。资料虽然销毁了，但我记得我是怎样找到让受精卵永远拥有端粒酶而不会促发癌变机制的同时人体还会正常发育的秘密。

刘子豪说:“告诉我。”

“我会告诉你的。我也不希望这个秘密跟着我进坟墓。这是我一辈子的骄傲啊。”何亚博艰难地说，“我研究的不是普通癌细胞，而是海拉细胞。”

刘子豪眼睛一亮，“海拉细胞！”

何亚博说：“希望你走得比我顺利。”

急诊手术准备好了，护士过来，把何亚博推进急症室。刘子豪目送何亚博进去。

那天晚上，何亚博没能活着从急症室出来。他与刘子豪的对话，成了他最后的遗言。

15

刘子豪在网上下载了一份“海拉细胞使用申请表”。

1951 年 2 月，美国黑人海里埃塔 · 拉克丝被诊断出患有晚期宫颈癌。她接受了癌症切除手术，但 8 个月后，她还是死了。著名癌症研究专家乔治 · 盖研究了来自拉克丝子宫内的癌变细胞。他惊讶地发现，这正是他花了近 30 年时间寻找的东西。大部分的癌细胞在实验室环境下很快就死亡了，少量存活下来的也不会繁殖。然而，海拉细胞截然不同。它是人类发现的第一个可以无限制分裂的细胞株，第一个可以繁衍出无数个子细胞的“细胞之母”，第一个可以永远不会死亡的细胞。乔治用“海拉”（Hela）——由拉克丝姓和名的前两个字母组成的词，来称呼这组细胞。

已经没有办法知道今天究竟活着多少个“海拉细胞”。一名科学家估计，如果可以把所有生长过的海拉细胞堆起来的话，它们可能重达 5000 万吨。另一名科学家估计，如果将所有生长过的海拉细胞从头到尾排列起来，它们可以绕地球至少三圈。

只要做过肿瘤研究、生物实验，或者养过细胞的科研人员，大都接触过海拉细胞。它被复制、销售、购买、打包，运往世界各地的实验室。海拉细胞帮助科学家实现了人类科学史上一些最重要的医学突破：化学疗法、克隆、基因组、人工受精等。数万篇基于海拉细胞的论文得到发表，近10个诺贝尔奖也是基于对海拉细胞的研究。

所有活着的人或多或少都受益于海拉细胞，而他们对此毫不知情。无数科学家正在继续使用海拉细胞以期攻克人类未攻克的难题，如癌症、艾滋病、辐射伤害、毒性问题等。

谁会知道，海拉细胞还隐藏着人类长寿的秘密？刘子豪在申请人一栏上写下了自己的名字。何亚博知道了，现在我也知道了。希望我比何亚博幸运。

在填写用途一栏时他犹豫了一下。对于彭祖手术普及之后的社会，何亚博有一个可怕的预想：富人活1200岁，而穷人只能活120岁，富人牢牢地控制着穷人的一切。那样一个未来，比寒冰地狱还可怕，甚至可能导致全人类的灭绝。可事实真的会这样吗？

两天前，刘子豪向枭阳日报的指定账号转了55万元，并通过报社告知捐款者：黑娃儿治疗无效，已经去世，所有捐款退回。后来，有捐款者建议：所有捐款根据捐款者的意愿，愿退的退，不愿退的成立一个慈善基金，用以资助别的像黑娃儿这样不幸的孩子。听到这个消息时，刘子豪心中一热，感觉消失已久的良心又回到自己身上。这种感觉很好，他深信，这一次自己没有做错。

刘子豪凝神在用途栏填下了“长寿”两个字。

——未来会如何，是蟠桃，还是癌症，等我把它创造出来再说。

红土地

1

“在地洞坍塌时死掉，并不可怕。岩石掉落下来，嘭！你惨叫着，身上一疼，眼前一黑，死了。死了就什么都不知道了。不知道害怕，不知道饥饿，不知道黑暗。可怕的是，地洞坍塌了，你的同伴都死了，你却侥幸活着。也许受了伤，也可能没有，这不重要。你会觉得自己是幸运的。与死相比，至少你还有活下去的希望，不是吗？其实不是，真的。你在黑暗中挖掘，拼尽全力，挖呀掘呀，想要找一条出路。但你忘了一件重要的事情。”

“什么事情？”

“方向。在坍塌的地洞里，你根本不知道往哪一个方向挖才能回到红土地。”

“为什么？”问完我就知道我问了一个奇蠢无比的问题。

“为什么为什么，为什么不动动你的脑子？”果然，老梁的讥讽来得毫不留情，“你置身于一个坍塌的地洞里，空间很小，仅仅能容下你一个人的身体，也许连翻身都办不到。四周漆黑一片，没有一丝光可供你判断方向。你被岩石砸得头晕眼花，甚至不知道哪边是上，哪边是下，你要如何判断往哪个方向挖才能逃出生天？”

但是在那种情况下，除了找个方向拼命挖，我还能干什么呢？难道躺在原处等死吗？我一边思忖一边用电筒指向前方的地洞。昏黄的光在漆黑的地洞里射得并不远，我听见在遥远的电筒光照射不到的某个地方，有水滴持续掉落的声音。“老梁，警戒线到了。”我伺机转换话题，“往回走吗？”

老梁也不说话，用行动回答了我的问题，我赶紧转身跟上。两束电筒光在地洞四处来回扫射，伴着我们匆匆的脚步声和细微的喘息声。

走了一段路，老梁说：“把电筒关了，节约用电。”

我依言关了电筒，挂到腰间的皮带上。黑暗顿时从四周如浓稠的岩浆一般涌了过来。我紧盯着老梁的电筒光照亮的地方，跟在他后面，亦步亦趋，不敢有丝毫的懈怠。这里的地洞不比红土地那边的主洞，只是草草挖好，没有经过打磨，地下和洞壁一样凹凸不平。部分地方还有深浅不一的积水，一不小心就会踩上，跌倒。

回去的路还有很远，我向老梁提出问题：“我们巡逻是为了鼠族。可鼠族到底长什么样儿？我还没有见过。”我忽然发现这句话有漏洞，赶紧补上，“我是说，没有见过活着的鼠族，只在保安队的宣传栏里见过它们的画像。”

“你这孩子的好奇心还挺重啊。”

“我不是孩子了。”我辩解道，“我已经十八岁。”

“十八岁，很大吗？”老梁毫无顾忌地哈哈大笑，语意中有某种揶揄，或者说暗示，“你没有见过的东西多了。”

我觉得脸皮发烫，仿佛被火灼烧一般。这大概就是书上说的害羞吧。按照书上的说法，这个时候我的脸应该红得像苹果。虽然我从未见过真的苹果，只从书上和大人嘴里得知，那是一种挂在树上、颜色艳丽、滋味鲜美的水果。吃过它的人都啧啧赞叹，然而我是出生在红土地，还没有机会品尝苹果的滋味。但我为什么会脸皮发烫呢？是因为那揶揄让我想到了什么不该想到的东西吗？

为了化解尴尬，我定了定神，转而说道："听说几天前保安队在离红土地不远的地洞里发现了一个鼠族部落，就把他们全部歼灭了。"

"你听谁说的？"

我忽然紧张起来："大家都在说。"

老梁重重地叹了口气，把滑落到胸前的长发挪到脑后边去。"你这孩子还真是审慎。不过要在这地下世界继续活下去，不审慎是不行的。"他摇了摇头，"你说的那个消息，是真的。"

老梁的儿子梁清扬在保安队里任职，可能有一些内部消息。我赶紧追问："这么大的事儿，怎么没有见到宣传栏报道啊？"

"那个鼠族部落有七十多个成员，工鼠就有四五十个。为了歼灭它们，保安队也折损了三十多个人。"

"啊，一半的保安队没了！"我轻轻感叹了一声，继而压低声音问："那梁大哥……没事儿吧？"

"受了点儿轻伤，没什么大事。我叫他别当什么保安，有危险，他偏不听。唉！儿子大了，不听话呀。"老梁晃晃电筒，似乎要把这不愉快给晃掉，"赵市长非常生气，不认为这是胜利，而是巨大的耻辱，所以就没有报道。今天让数十个巡逻小组外出，并且严令要到最远的警戒线，就是因为保安队人手不够。"

鼠族。我抬眼环顾，它们似乎就在身后的黑暗里潜伏着，默然不语，伺机扑出，撕咬并吞食我的肉和骨头。危险的感觉如同雪地里呜咽的风在我心间萦绕。不，不是萦绕，而是堆积，堆积成高高的山。我下意识地捏紧了手里的工兵铲，似乎这样就能把危险铲除干净。但没有用，那感觉还在，像无数条毒蛇盘踞在我的心窝里，死活不肯离开。

2

“我们走了多久？”看到前方出现了红土地的亮光，我问。

老梁抬起手腕，拿电筒光照了照那块机械表：“从出发到现在，四个多小时。怎么，累吗？”

我轻嗯了一声。脚后跟疼得厉害，小腿肚也有要抽筋的感觉。“那表不会出错吧？”

“哪会？”老梁把电筒关掉了，“前两天我才去十号站台的大钟那里对过，不会错。”

在红土地，有表的人不多，拥有一块地上世界制造的机械表，是身份和地位的象征，哪怕它走得不准也是如此。“我还以为走了七八个小时呢。”我感叹道。

“在黑暗中走路，人的感觉会出错，本来是很短的一段时间，感觉却非常漫长。”老梁说着，已经走出了黑暗的地洞。

我眨眨眼睛，手里握紧工兵铲，跟着他走进了红土地的光里。

“红土地”是地下世界的中心。整个地下世界，只有这里最为宽阔，也只有这里永远是灯火通明。无数的彩灯铺展在各处，将这里照得像光的天堂。据老一辈讲，这里数十年前是一座叫“红土地”的地铁站，包括了六号线和十号线两个站点，前者距离地面六十多米，后者距离地面九十多米。现在我和老梁到的地方，就是红土地十号线的站台。

虽然对于什么叫地铁、什么叫地铁站、什么叫六号线和十号线，年轻一辈都不甚了然，但我们至少知道，在千阳之战[①]中，地上世界彻底毁灭，红土地则因为距离地面甚远，侥幸保存下来，并成为幸存者聚居之地。

我听老一辈讲过战争发生之前，红土地地铁站人潮涌动的样子。但那是我无法想象的画面。因为在多数时间里，红土地都像此时此刻一样，空空荡荡，没有多少人在活动。

“我去保安队那里报道，然后就直接回家。”老梁说，“蘑菇房就交给你了。”

“放心吧。”我努力露出真诚的笑脸。

“把工兵铲拿好，千万别掉了。”老梁挥挥手，自顾自地从一个地洞离开。我恨不得立刻躺下，但还是拖着疲惫的身子，往前走了几步，转向一条长长的金属步道（有人叫它扶梯，但我不知道它为什么叫这么一个古怪的名字），缓步上去，再拐弯，向上，拐弯，向上，抵达红土地六号线站台，蘑菇房就在这里了。

金属包裹的木质大门上，挂着一把生锈的锁。借着外面的灯光，我拿钥匙把锁捅开，取下锁，推开门，一股浓浓的蘑菇味儿就扑面而来。这味儿我闻了至少八年，有时觉得欣喜，有时却因为太过熟悉而觉得厌恶，当然，大多数时间里，蘑菇味儿就是蘑菇味儿，不代表什么。

我打开日光灯，看向屋内。这屋子原本是一家小型超市，现在货架上整整齐齐摆放的，是一个个鼓鼓囊囊的塑料袋。袋口那里，一堆堆蘑菇正争先恐后地挤出来，长势良好，看来用不了几天，就又可以采摘了。

我把工兵铲放回工具箱，又把电筒的充电头插上。蘑菇房是红

① 作者虚构的一场战争，作故事背景。

土地稳定的食物来源之一，其重要性，用蘑菇房创建者老梁的话讲，“略低于市长办公室，但与配电房、养鸡场、保安队等部门基本持平”，所以可以肆无忌惮地用电。

我把灯关了，一心只想睡觉。货架旁边，有一张折叠床。在长时间行走之后，一头倒在床上的感觉简直就像坠入天堂。

然而我刚闭上眼睛，耳朵里就传来一个诡异的声音。有人来偷蘑菇吗？我心中一惊，一边盘算着怎样用最快的速度去拿工兵铲，一边厉声问道：“谁？谁在那里？”

无人回答。

我翻身而起，几步跨到工具箱边，拔出了工兵铲——那是屋里唯一可以称之为武器的东西。那声音还在，窸窸窣窣，仿佛某种啮齿动物在啃咬木头。难道是老鼠？在地下世界，老鼠可比人活得滋润。如果是老鼠，那就没什么可怕的了，反而可能是一顿肉食……我已经走到电筒充电的地方，顺手抽出电筒，猛地打开，亮光直指发出声音的地方。

没有看见老鼠，只看见一个赤裸的小孩蜷缩在货架边，嘤嘤哭泣。“你是谁？怎么进来的？”我习惯性地问。以前确实有人饿得受不了，进来偷蘑菇，这样的事情已经发生过好几次了。但这次，似乎有些不同。

那是一个瘦削的孩子，浑身不着寸缕，脑袋上也是光滑如卵石。在电筒光的照射下，他皱巴巴的小眼睛忽闪着畏惧与渴求混合的光芒。我心中一动。八年前，我的父母在一次地洞坍塌事故中丧生，举目无亲的我也曾经有这样的经历……

我把手伸向他。他迟疑着，也伸出手。在接触我的手的一瞬间，我以为他会闪电般地缩回去，然后转头逃走。但他没有。虽然仍旧哆哆嗦嗦，但他却在片刻的迟疑之后稳稳地握住了我的手。好冷。握着我的手，仿佛是一块冻结了千年的寒冰。我不由得打了一个寒颤。

“我去给你拿衣服。”我说，“你不能光着身子到处跑。”

我松开那孩子的手，去到门外，将几天前挂在那里透气的衣服取下来，又回到屋里交给那孩子。他茫然地看着我，似乎不知道该怎么办。“穿上。”衣服又旧又破，我解释说，“没有多的，只有将就了。总比不穿要强。”我没有说假话。老一辈说，地上世界人人都能穿花花绿绿的各种款式的衣服，但在红土地，衣服是奢侈品，每个人的衣服来来去去就那么一两件，穿旧穿破，直到穿烂。

那孩子直起身子。他比我想象的要高，只比我矮半个头。也就是说，他的年龄很可能比我预估的要大。他拿起衣服，还是不知道该怎么办。我只好上前，帮他穿。

“没有穿过衣服吗？”

他不说话，好奇地牵着衣领看。

“叫什么名字？”我又问。

他定定地看着我，好像不明白我的意思。

“就是称呼，就是别人怎么叫你。”我开始担心这少年的智力。红土地的人大部分我都认识。不认识他的唯一原因只可能是他是从别的地下世界过来的。在红土地之外，也有其他的人类幸存者在生活。我听说，从其他地下世界来的人，因为太长时间一个人在黑暗里摸索，不但失了明，失去了说话能力，而且智力上也大大受损，几乎与白痴无异。“老鼠都比他们聪明。”芭比酒吧冯老板这样评价。

少年努力张开嘴，吐出了两个模糊的字音。

“你说什么？”

他又说了一遍。这次我勉强听清楚了：“你叫罗飞？”他忙不迭地点头。我又问：“今年几岁？”罗飞摇头。“不知道，还是不肯说？”他继续摇头。“你从哪里来？”他还是摇头。我有些不耐烦了：“饿吗？”“饿。”这个回答的声音响亮又清晰。

我还有一些粮食储备。没有犹豫，我径直去取了两块豆饼，给了罗飞。看着他把豆饼囫囵吞下，我的胃也有些熟悉的抽动。巡逻回来，我也没有吃东西，但只能强忍着，因为食物有限，饿一顿饱一顿是经常的事情。“所有不为下一顿着想的人，都已经死了”。这是小时候我爸爸告诉我的，在我饿得不行，偷吃了一块薯片的时候。

我咽了咽唾沫，用手掌抵住胃所在的位置，这样，它的抽动也没有那么剧烈了。这是我很小就发现的秘密。“我去睡了。”我张大嘴巴，打了一个大大的呵欠。睡觉，也是抵御饥饿的好方法。我走到折叠床边，躺了上去。“不想走的话，就在那边的大床上睡吧。大床是老梁的，别弄脏了。弄脏了他要骂人的。”我把薄薄的被子拉到下巴边，“还有，明天我得去保安队，报告你的存在，这样，可以多分我一份口粮。”

我闭上眼睛，很快睡着了。

也不知道过了多久，我隐隐约约察觉，有人躺到了我的身边。我没有睁开眼睛，心底已然明了，那是罗飞。他的手和脚都是冷的，整个身体都是冷的。靠上来的时候，他浑身剧烈地颤抖着，我能感受他的寒冷，还有恐惧。我没有吱声，只是往旁边挪了挪。折叠床发出咯吱咯吱的声音。他靠了上来，伸手揽住了我的手臂。我没有尖叫，照说我该尖叫的，但不知为何，那个时候我觉得无所谓了，便任由那手带来的寒意在我的体侧徘徊。

也许是因为我太累了，不想说话，不想睁开眼睛，也不想动一下脑子。

罗飞那只手，还有他的身体，渐渐变得温热。

我闭着眼睛，继续酣睡。

3

浑厚而持续的军号声在远处嘹亮地响起，然后陆陆续续有人开始活动。各种声音，不受阻碍地涌进耳朵里。我闭着眼睛勉强又睡了一会儿，但终究睡不着了，只得翻身坐起来。罗飞还在梦里，光秃秃的脑袋没有一丝毛发，泛着某种诱人的潮红。我一时兴起，拿指尖摸了摸他的额头。暖暖的，不似昨天那样冷，皮肤非常细腻，不像我这般粗糙。

我的触摸惊醒了他。罗飞睁开眼睛，乜斜了我一眼，一句话不说，又闭上了眼睛继续睡。

我下了床，左右无事，于是决定去保安处。刚才那阵军号声就是从保安处发出来的。地下世界本无所谓白天黑夜，但老一辈总觉得不按照白天黑夜来过，那日子就不正常。

路过宣传栏的时候，我停下来，仔细看了一会儿。我能识字全拜我爸爸所赐。出生后不久，爸爸就固执地教我认字，到他死的时候，我已经能独立阅读了。在他死之后，阅读成了我极为重要的消磨时光的方式。今天的宣传栏，大半都在讲前几天的鼠族歼灭战。看来赵市长也知道这事儿是瞒不过去的，还不如公开的好。

过程很详细，战事很惨烈。并非事先规划好的战斗，而是由一次计划之外的遭遇引发的。在战斗中，保安队队长刘海龙勇敢地用突击步枪干掉了至少六只工鼠。鼠族用尖牙还有利爪进行还击。它们的双臂经常挖洞，极其有力，爪子比砍刀还要锋利，刺破人的肚子就像砍刀刺破塑料桶那样容易。在刘队长打死鼠族女王之后，所有工鼠变得无比疯狂，给保安队造成了极大的威胁。提到了好几位牺牲者的名字，有的是在与鼠族的正面作战中死去，有的是为了从鼠族嘴里拯救同伴而死，有的死在了鼠族制造的地洞塌陷之中。文章最后，号召红土地的全体居民团结起来，保卫我们共同的家园。“干死鼠族！！！”三个惊叹号结束了全文。

正文后边附上了鼠族的资料图。这张资料图是很久以前绘制的，隔一段时间就会张贴出来。我对它已经非常熟悉了。有画，有文字。鼠族画得很潦草，勉强可以看出与人有几分相似，个子矮小，长相猥琐，光秃秃的脑袋上非常别扭地长了几根长长的头发。文字也很简洁，大意是说，鼠族是女王制，社会分成三个等级：女王是它们的最高领袖，往下是七八只雄鼠，再往下，是五六十只甚至上百只没有雌雄之分的工鼠。

“还没有看够吗？”一个声音从宣传栏另一边传来，“这些资料早就过时了。”那人从宣传栏另一边转了过来，是保安队的宣传干事孟楼。他比我大好几岁，我曾经找他借过书看，也算是熟人。他长了一张白净的脸，头发和胡子都精心修剪过。在红土地，他算是喜欢收拾打扮的头号人物了。

“孟哥，你参加了这次对鼠族的歼灭战？”我问，“鼠族长什么样？跟我说说嘛。”

“至少比这儿画的要高大、丰满一些。”孟楼伸出手指在鼠族女王画像的胸前敲击了两下。画上的所有鼠族都是赤身裸体，女王也不例外，胸前那对乳房跟她矮小的身材比起来，格外惹眼。他的手指又从女王下方的几只雄鼠画像上划过。那些雄鼠的胯下用寥寥几笔，夸张地勾勒出某种器官。“女王还要负责生孩子，不停地生。”孟楼说，“雄鼠最幸福了，什么也不用做。所有的工作，都归下边这些工鼠。”

我挪了两下位置。孟楼取出一张纸条，寻思了一会儿，把纸条贴在了宣传栏的边上。纸条上的信息很简单，任命梁清扬为保安队副队长，并号召 16 岁以上的居民加入保安队，为保卫红土地做出自己的贡献。

梁大哥高升了。看来我得准备一份礼物去恭喜他。孟楼贴好纸条，正要离开，我伸手拦住了他。他是宣传干事，人口登记也归他管。我把罗飞的事儿给他大略说了一下。“新人？”孟楼瞪大了眼睛，定定地看着我，似乎想说出拒绝的话，但最后说出口的，却是欢迎，“也好，正缺人手。刘队长正为这事儿犯愁。多大？十二三岁？太小了，太小了。要不这样？你教他种蘑菇，他会了然后你到保安队这边来干宣传工作，你认识字嘛。”

这事儿孟楼之前提过一两回，我没有同意。“刘队长离不开你啊孟哥。”我说，“况且，我也不能夺你的位置啊。”

孟楼说：“你来搞宣传，我可以向刘队长申请，去管分配粮食嘛。就这么定了，好不？”

我含糊地应诺了一声，孟楼高兴地拍拍我的肩膀：“一会儿去领口粮的时候，你可以多领一份。还有，想看什么书，到我那儿去借，哥的书架，随时为你开放着。”

我转回蘑菇房。离房门不远的地方，我看见蘑菇房里的日光灯亮着，听见屋里传出一连串的声音，心中大骇。不得不承认，把一个刚认识不久、只知道名字的人单独留在蘑菇房，是非常不审慎的行为。我肯定是脑子抽了，才会这么做。要是罗飞干了什么蠢事，等待我的只有死路一条。我三步并作两步，撞开房门，高喊着“你干什么”，冲进屋里。

罗飞站在货架中间，一手拿着一把白嫩嫩的蘑菇，另一只手捏着一把收割蘑菇用的小刀，愣愣地看着我，一脸无辜的样子。他脚边的塑料桶里，已经装了大半桶刚摘下的蘑菇。

“还没有成熟，你收什么！”我怒吼道。

“熟了。”罗飞说，声音介于幼稚与成熟之间，莫名地好听。他扬起手中的蘑菇给我看。我瞄了一眼，根据我的经验，那蘑菇确实已经成熟，可以收割了。可是，睡觉之前我不是查看过吗？当时那些蘑菇至少还要三天才能完全成熟啊。

“还真是熟了。”我狐疑地打量着罗飞。他只是浅浅地笑了笑，把手中的蘑菇放进塑料水桶，然后继续收割。我去工具箱里取出另一把小刀，也欢快地收起蘑菇来。判断一朵蘑菇是否成熟，再用小刀将它割下来，在这里我已经干了八年，几乎闭着眼睛也能完成了。罗飞的动作本来很慢，但他凝神看我收蘑菇，又问了几个细节，之后他收蘑菇的速度很快就赶上我了。

“挺能干的嘛。”我直起身子，在收蘑菇的间隙，这样说道。也许在不久的将来，他就能取代我，管理好蘑菇房的一切，而我……难道我真的想去保安队当宣传干事？

罗飞隔着货架，给了我一个甜甜的微笑。那微笑里，羞涩与骄傲并存，骄傲的成分似乎还多一点儿。笑完，他立刻低下头，继续收蘑菇。我顺眼望去，正好看到一滴血掉落到白蘑菇上，分外夺目。“你受伤了！”我惊呼着，跨过货架，来到罗飞身边。

此刻，罗飞把右手举到眼前，好奇地端详着。右手食指上，被小刀割开的伤口正往外涌着红色的液体。他似乎不明白发生了什么。“你被小刀割伤了，你不知道吗？”我责备道。罗飞摇着头：“不知道。”“不疼吗？”“不疼。”“你这个傻孩子。”血还在往外渗，我顾不得许多，低下头，张开嘴，把罗飞的食指包进嘴里。一丝温热带着咸味的感觉在口腔里扩散，旋即消失。这是我妈妈教给我的对付小伤口的办法。“没有创可贴，只能这样了。”妈妈在吮吸我受伤的手指时，曾经这样对我说。

“谢谢你。”罗飞说。

听着这话，我的心感觉一阵莫名的悸动。

这时，房门被推开了，老梁的身影出现在那里。

4

我赶紧吐出罗飞的食指，尴尬地叫了一声：“老梁，你来啦。”

老梁在门口站了一小会儿，然后挪步进来。脚步有几分踉跄，面色有几分潮红，这说明他已经去过芭比酒吧了。“你不用解释。”他嘟囔着说，“我什么都没有看见。你们继续，继续。”

我丢了一个眼神给罗飞，让他赶紧收蘑菇。但他没有动。我正要开口说话，却见他薄薄的嘴唇翕动几下。虽然没有发出声音，我立刻猜出他的意思：塑料桶已经装满了，再收，就不知道把蘑菇往哪里放了。看着老梁走到他那张大床边，我凑近罗飞，悄声问道：“蘑菇房里多了一个人，老梁好像并不奇怪啊？”罗飞抿嘴回答：“你出去的时候，梁大叔已经来过了。”所以老梁才有空闲去芭比酒吧？我这么想着，忽然嗅到一丝淡淡的香气。房间里本来充斥着蘑菇的气味，但这一丝香气居然突破了蘑菇味儿的包围，进到我的鼻腔里。它那么柔弱，那么甜美，那么令人心旷神怡，一种莫名的情愫在心中升腾。我贪婪地深吸了一下，那香气却又泯然无踪，就像之前的感受完全是错觉。

我错愕又惊讶，但罗飞停留在嘴角那抹淡淡的笑意似乎知道我的感受。我心中惶惑，撇开罗飞，走向老梁：“恭喜你啊老梁，梁大哥当上保安队副队长了。”

老梁躺在床上，看也不看我一眼：“那又怎么样？不就是个副队长嘛。又不能离开这个耗子洞。”

“怎么？在芭比酒吧里又听到了什么坏消息？”我问。如果说宣传栏是官方机构发布命令的地方，那芭比酒吧就是红土地的地下消息中转站。两者的区别无比明显：宣传栏里总是好消息，而芭比酒吧传出来的，基本上都是坏消息。

“参加地面探险队的一个志愿者告诉我，他们刚到洞口，还没有出去，盖革计数器[①]就嗡嗡地乱响。队长吓坏了，怕外边的核辐射太厉害，于是宣布放弃外出探险，就这么一无所获地打道回府了。我觉得，他们根本就不想出去。”

“嗡嗡乱响，嗡嗡乱响，说不定是盖革计数器坏掉了呢？”我替老梁把话说完，然后又皱起了眉头，“不对啊，我怎么记得前两天的宣传栏才说，志愿者报名结束，正在组建地面探险队。这探险队怎么就回来了呢？”

“你这日子也是过得糊涂。组建探险队至少是半个月之前的事情了。”

“哦？”我用怀疑的目光看着老梁。不可能啊？我怎么记得是两天前呢？难道这半个月的记忆都丢失了？

老梁腾地坐起来，怒气冲冲，转眼之间又叹了口气，躺了回去：“年年都说今年就能出洞了，就能回到地面，沐浴在阳光下，奔跑在微风里，结果年年都失望。我已经老了，不知道还能不能活到出去的那一天。”

离开红土地，回到地上，一直是老梁的心愿。梁大哥却不支持他，就因为这个，老梁经常和儿子吵架。两人的关系一直不好。我有一些怀疑，这事与我有关。我父母过世后，很多人照顾过我，但老梁是照顾我最久的。他几乎就算是我的养父，虽然我向来没心没肺地叫他老梁。梁大哥很少正眼看我，似乎嫌我夺走了父亲对他的爱，但他从来没有明说，我也就无从判断自己的揣测是正确还是错误。此刻，听到老梁灰心丧气地这样说，我正踌躇着要如何安慰

① 盖革计数器，一般指盖革 - 米勒计数器，一种专门探测电离辐射（α 粒子、β 粒子、γ 射线和 X 射线）强度的记数仪器。

他，罗飞忽然插嘴问道：“为什么一定要出去呢？”

老梁望着面前的空气，喃喃自语道：“你们这些在耗子洞里出生的孩子啊，没有见过阳光，没有见过月亮，没有见过蓝天和白云，没有见过河流山川，甚至没有痛痛快快洗过一次热水澡，当然不知道外面有多美好。你们呀，等见过地上世界的老家伙都死光了，你们大概就不会想着出去，只会一心一意在这耗子洞里待上千年万年了。”

我在一本书上读过这样一句话：人一老了就变成哲学家了。我在这句话后边补充一句：人一喝酒就变成万能哲学家了。老梁现在就是这个样子。他说的什么阳光什么雨露我统统没有见过，无从去想象，更无从去体会他此刻极度的失落与怅惘了。

“既然地上世界那么美好，你们又是怎么失去它的呢？”罗飞问。

这问题十分尖锐，我有些嗔怪罗飞不懂事，却又望着老梁，期待他的回答。

“我怎么知道！又不是我干的。”老梁气呼呼地说。他似乎从来没有思考过这个问题，罗飞问起，促使他想了好一会儿：“要怪就怪那些科学家，发明什么不好，要去发明核武器！然后，轰，轰，轰，世界就毁灭了。一帮蠢货。”

这时，响起了敲门声。门本来开着，有个娇小的身影站在门边，用敲门的动作宣告她的到来与礼貌。“梁大叔，”燕子姐说，“梁队长叫我给您送这一周的口粮，顺便把新收的蘑菇带回仓库。”

我赶紧过去，接下燕子姐手里拎着的塑料桶，沉沉的，比上次重多了。不过，上次还是我自己送蘑菇过去，再把我和老梁的口粮领回来，而这一次，燕子姐主动送上门，倒是破天荒头一次。显然，这一转变，关键全在梁（副）队长身上。不过，这么说燕子姐似乎有失公平。红土地的人都知道，燕子姐为人热情，待人诚恳，对谁都礼貌有加，连我这样不起眼的小角色都经常受到她的照顾。

在背后说她趋炎附势，是不对的。

罗飞很知趣，主动把装满蘑菇的塑料桶提到了燕子姐跟前。

“你就是那个新来的吧？挺俊秀的。这个光头尤其可爱。”燕子姐伸出手，想要刮罗飞的鼻梁，但罗飞很快地退后半步，避开了与燕子姐的身体接触，整张脸，甚至光光的后脑勺，都泛起一片潮红。“哟哟哟，害羞了。”燕子姐哈哈大笑。她弯腰拎起塑料桶：“这次蘑菇房收成不错，应该记上一功。你们知道吗？养鸡场那边出事儿了，鸡又被咬死了两只，以后再想吃鸡蛋，可就难上加难了。”

我问：“谁干的？鼠族吗？”

“不是鼠族，是老鼠，真正的老鼠。”

“抓到老鼠，就有肉吃了。”

“天还没有黑，你就开始做梦啦。”燕子姐保持着脸上的笑容，“梁大叔，您家里那份口粮，梁队长已经帮您领了，您放心。我先走了，再见。”

她很有礼貌地冲我和罗飞挥挥手，提着塑料桶走了。因为塑料桶太重，她双手提得很吃力，几乎要半弓着身子，时不时地还要停下来休息，揉揉因为用力过多而酸痛的手指。我想过去帮她，但到底没有诉诸行动。

我掀开燕子姐送来的水桶盖子，里面有米，有盐，有一把豆芽和一个拳头大的土豆，有半包豆饼和薯片，四瓶矿泉水，还有两个鸡蛋。“哇，好丰盛。”我惊叹道，“今天终于又可以吃饱了。”上一次吃饱是什么时候的事情呢？是上一次领口粮的时候吗？我不记得了。

“井底之蛙。”对我的惊叹，老梁评价道。

“那被咬死的鸡到哪儿去了？”罗飞在思考别的问题。

“还用问，当然是市长和保安队队长享用了。”老梁回答。

我很想问，那保安队副队长有没有分享美味呢？但我到底忍住了，没有问出这样的蠢问题。谁料，罗飞忽然问道：“你们说的那个市长，是红土地的最高领导人吧？他生了几个孩子？”

“一个。”我回答。

“两个。”老梁说，“市长本来有两个孩子，大的那个死于当年的鼠族叛乱。现在这个，是后来生的。”

“两个？”罗飞犹豫了一下，“这么少，他是怎么当上市长的？”

我瞪了他一眼，很奇怪他会问出这么奇怪的问题。生孩子的数量，跟当市长之间，有什么必然的联系吗？

“鼠族，还有鼠族叛乱是怎么一回事呢？”罗飞继续问。

“鼠族这个鼠字，可不是老鼠的鼠，而是裸鼹鼠的鼠。”老梁说。

“裸鼹鼠？那是什么？”我和罗飞异口同声地问。这种预料之外的同步让我有几分尴尬，斜眼去看罗飞，他却没有在意，只是专心地看着老梁，期待他的答案。

“一种浑身光溜溜的小动物，生活在非洲的地底下，视力很差，几乎是瞎子，但有立体听觉和立体嗅觉，在完全无光的地洞里，也行动自如。奇怪的是，它们的触觉超级发达，却没有痛觉，被割伤了也不知道疼。还有它们是哺乳动物，血却是冷的，和蛇啊虾啊鱼啊一样。最叫人意外的是，裸鼹鼠的社会是女王制，这在整个动物界都是极其罕见的。有人曾经非常详细地告诉过我……”说到这里，老梁忽然深深地看了我一眼，似乎有什么话想对我说，却又自行止住，说道：“算了，不说这些了，做饭做饭。在芭比酒吧里光喝酒了，什么都没有吃，早就饿得前胸贴后背了。”

老梁抱出电饭锅和电炒锅，我和罗飞在一旁打下手，花了两个小时，终于做好了一桌美味。三个人酣畅淋漓地饱餐了一顿。吃饭的时候，我刻意说起裸鼹鼠，但老梁没有兴趣继续讲，支支吾吾让人疑惑，也不能强迫他说，就只好先不了了之。

饭后，老梁躺上大床午休，不久就鼾声如雷。“早上”“中午”“下午”“黄昏”“半夜”，他总是看着他的那块表，陈述着时间的流逝，并且严格按照时间安排自己的作息。

长期跟着老梁，我也习惯了，何时吃饭，何时睡觉，何时工作，都有一个定数。我躺上折叠床，罗飞跟着过来。我想了想，没有拒绝。开始有些莫名的兴奋，怎么也睡不着，后来一丝香气飘进我的脑海里。我感到难以描述的温暖，很快进入无梦的酣睡之中，如同一只全身无毛的小动物。

5

不照顾蘑菇的时候，我带着罗飞四处瞎逛。我给罗飞介绍红土地的每一个山洞，每一条隧道。每一个见到罗飞的人都对他光溜溜的脑袋感兴趣。他不但没有头发，也没有眉毛和胡子，干净得像被什么仔细剃过一样，跟缺少工具，因而都须发潦草的其他人比起来，他是如此的与众不同。开始他还很羞赧，拒绝任何人的触摸，多认识一些日子，他也学着用脆脆的声音回应那些玩笑，然而还是拒绝任何人的触摸。不过，我是个例外。每次我摸他的光头时，他都轻言浅笑，从不躲避。我问过罗飞是从什么地方逃过来的，他似乎不愿意回忆在那里的生活，每一次都闪烁其词。多问几次，他甚至有些生气，我也就不再追问了。毕竟，每一个人都可以拥有自己的秘密。谁又能说，他能够毫无顾忌地把所有的秘密都袒露出来呢？

有一次，在远离红土地的一处人工开掘的坑道里，罗飞发现了一行字。“写的什么？”他指着那里问。

和其他年轻人一样，罗飞不认识字。在这件事上，我又是个例外。

我蹲下，用电筒光照着那行字，一边对没有电筒也能发现那里有字的罗飞表示佩服，一边仔细辨别，一字一顿地读了出来:“在冷战最高峰的时候，我们没有死于核战；当我们以为核战不可能发生的时候，核战发生了。”

这句没头没脑的话，歪歪扭扭地刻在墙壁靠近地面的地方。我模拟了一下，发现只有躺到地上，才能把字刻在那儿。也就是说，刻字的人即使不是快死了，至少也是深受重伤。

罗飞躺到我身边:“什么意思，这话？”

“不知道。”我说着伸出手去摸摸刻字的岩石，莫名地想象这些石头坍塌下来的情形:“老梁告诉我，要是山洞坍塌，没有在第一时间死掉，他也会因为迷失方向，找不到出路而死掉。”

“为什么会迷失方向呢？”罗飞很奇怪地看着我，“找到方向不是很容易的事情吗？”

起初我有几分疑惑，但想到罗飞曾经从很远的地方逃过来，总得有点儿特殊的本领才行吧，心里也就释然了。“嗯，对你来说，找到方向很容易。然而对大多数人来说，不是这样。”我说，“很多人在没有坍塌的地洞里也会迷路。这样的事情已经发生过很多次。对他们来说，红土地和它周边的隧道，已经是一个迷宫般复杂的存在了。”

但罗飞的表情依然是难以置信:“你呢？你的方向感如何？”

“只能说一般吧。”我说，“我迷过好几次路，有一次差点儿没走回红土地，死在一条地洞的尽头了。”

“下一次我跟你一块儿去，保证你不会迷路。”

“嗯。”我高兴地点头答应。

有事情可做的日子过得飞快。转眼间，又一批蘑菇收获了。燕子姐来取蘑菇的时候，罗飞提出了一个意外的要求，要一桶干净水。干净水在红土地可是稀罕玩意儿，比大米还要珍贵。燕子姐犹豫了片刻，最终还是答应了。我问罗飞，要水来干什么。他笑而不语，说不久我就会知道，然后他乐呵呵地跟着燕子姐提水去了。

十号站台那边传来连续的铃声。这是市长大人要开会的意思。我赶过去的时候，十号站台已经来了数十个人，有的站着，有的坐着，三三两两，议论纷纷。保安们戴着褪色的红袖章，手持警棍，也有拿着砍刀和钢叉的，在四处巡逻，维持秩序。其中有十多个保安，大概是新招的，手里什么都没有拿，就四处转悠着。梁副队长笔直地站在宣传栏旁边，肩上挂着一支步枪，腰间绑着匕首，看上去煞是威风。我想过去打一声招呼，却被宣传干事孟楼拉住了手臂。

“嘿嘿，往哪儿跑？”孟楼说，“上次给你说的事情，你到底办了没有？”

“起码等我把罗飞教会了嘛。你知道的，红土地的人，都等着吃蘑菇呢。”我辩解道。实际上，种蘑菇、照顾蘑菇、收割蘑菇，都不是什么难事，罗飞早就学会了。只是这段时间里，我根本没有想起来孟楼要我去保安队当宣传干事的事儿。

孟楼没有松手：“你那朋友挺漂亮的，舍不得走啊！”这样的玩笑话最近我已经听得太多。我推开孟楼的手，尽量控制自己的怒意：“别瞎说。”孟楼急切地说：“刘队长已经答应我了。你赶紧的，到保安队来报名。”

这时，我看见老梁在人群中冲我招手，急忙撇下孟楼，急匆匆地跑到他跟前。“孟楼跟你说什么呢？”老梁劈头问。他脸色不好看，多半是遇到了什么不顺心的事情。我可不敢说实话，于是含糊地回答：“就是打了声招呼，让我去他那儿借书。”老梁说：“以后离孟楼远点儿，别看他表面斯斯文文，背地里却坏得头顶流脓、脚下生疮。”我嗯嗯地点头，然后把话题扯到其他地方。

越来越多的人从四处地洞里钻出来，十号站台渐渐装不下了。有人抱怨着，要离开，却被保安队拦住了。双方先是在语言上发生冲突，然后是在肢体上发生冲突。要离开的人骂骂咧咧，最终还是回到人群之中，继续等待市长。

当站台上那台大钟的数字显示为10的时候，赵市长到了。他穿着整套笔挺的灰色西装，打着领带，头发也精心修剪过，只可惜皮鞋皱皱巴巴，鞋尖全都塌陷了。保安队队长刘海龙陪在赵市长身后，戴着发亮的钢盔。他在之前的鼠族歼灭战中受了伤，右手臂上还缠着几圈扎眼的绷带。

赵市长走到红土地十号站台的一处台阶上，挥手示意在场的数百人安静。赵市长拿出无线话筒，声音从广播中持续传出来，与亲耳听赵市长说话相比，这声音有种莫名的不真实感：

“我知道，在场的各位父老乡亲、兄弟姐妹，你们的日子都过得很苦。你们当中的很多人，都想离开红土地，离开这个地下世界，回到地上那个阳光灿烂的世界去。我也想啊。和大家一样，我也是在地上出生的人，怎么可能不想回到地上啊！可是，外面的世界太危险了，到处都是可怕的核辐射。核辐射有多危险，在场的各位父老乡亲、兄弟姐妹，你们不是不知道啊。它无孔不入，即使穿上全套防护服，它也会杀死你。被核辐射伤害过的人，肉从骨头上一块一块往下掉啊，肉掉完了你只剩下骨架，也就死了。即使当时不死，几个月后，几年之后，你也会得上癌症，撑上几个月，慢慢地极其痛苦地死去。以我们现在的状况，根本出不去。所以呢，请大家再忍忍，明年，明年我们再组织地面探险队，再想办法出去。”

赵市长话音刚落，立刻有人喊道：“你就是不想出去。”

这人姓王，长得极为敦实，是个电工，大家都叫他王电工。王电工对红土地的重要性不言而喻。平日里，大家都说：“红土地可以没有赵市长，但不可以没有王电工。”这是彻彻底底的实话，没有王电工的精心维护，红土地的电力系统，包括发电机在内的一切设备，早就报废了，而没有电力系统的红土地，将永远陷于黑暗之中。王电工为人朴素，甚至有些木讷，不怎么爱说话，但一开口，不管说什么，都会得到大家的认可。此时，他说出了反对意见，一石激起千层浪，现场立即呈现出群情激愤、波翻浪涌之态。各种反对意见宛如雀跃的浪花一般，在人海中起伏飘荡。

“光会说漂亮话。”

“口惠而实不至。”

刘海龙队长声嘶力竭地吼了好几次，才让现场再次安静下来。不得不承认，刘队长天生一副好嗓门，你以为他的声音只能这么大了，下一声又大了许多。当然，现场安静下来，也得归功于数十名保安的勤奋工作。

赵市长继续侃侃而谈：“别忘了还有鼠族。鼠族是我们天生的仇敌，与我们不共戴天。二十年前，鼠族发动叛乱，杀死了我们数万人。在场的父老乡亲、兄弟姐妹，你们都有亲人或者朋友死于那场叛乱。我的儿子，我的第一个孩子就死于那场鼠族叛乱。这个血海深仇，我们不能忘，也不敢忘。然而，无数的事实告诉我们，单独的一个人，是一粒沙子，一缕微风，一滴跌落的水，没有丝毫力量可言，只有团结起来，将无数的沙子、微风和水滴团结成一个整体，获得沙尘暴一般横扫一切的力量，到那个时候，我们就能彻底打败鼠族，过上真正幸福的日子。”

“鼠族不是被歼灭了吗？”问话的是芭比酒吧的冯老板。

“被歼灭的只是鼠族的一个部落。从这段时间的巡逻情况来看，我们周围至少还潜伏着八个鼠族部落，上千个鼠族成员在暗地里虎视眈眈，随时可能对红土地发动袭击。”

这话又在人群里激起波澜，但这一回大家都低声议论，脸上写满了恐惧。老梁在我背后轻声说：“罗飞问，市长靠什么维持他的统治。我现在知道答案了。”“是什么？”“希望和恐惧。”我心中一下子豁然开朗。是的，就是这样。有一天出洞，是希望；鼠族来袭，是恐惧。

老梁大声说道：“鼠族还不是赵市长你一手缔造成的。”

周围一下子安静了。各种目光都投射到老梁身上，有疑惑，有愤怒，有赞许，也有幸灾乐祸。

“老梁，你没有喝醉吧？”赵市长悻悻地说，转而大声道，“这是谣言。我已经在多个公开场合，拍着胸脯，用我的人格、我的良知还有我的儿子保证，我与鼠族没有任何关系。谁再敢说鼠族是我制造出来的，我就会对谁不客气。”

刘海龙站出来，大声喊着散会散会，人群就从各个地洞溪水一般流走了。我转身看着老梁，本来想要问问他那话到底什么意思，但梁清扬过来，把老梁拉走了。看样子，他们父子俩会有一番动情的促膝长谈。

回到蘑菇房，罗飞迎了出来。“已经准备好了。”他说。“什么？什么准备好了？”我不解地问。他的回答很肯定：“洗澡。”我心头惊喜。罗飞向燕子姐要水的时候，我曾经猜过他的用途，但没有敢往洗澡这个方向想。“会不会太奢侈呢？”我问。罗飞已经反手把门关上，笑嘻嘻地指着电饭锅的方向。我过去把锅里的水倒进水桶，又提着水桶来到厕所，脱下衣裤，开始洗澡。

最初的感觉并不好，但随着热水的浸润与污垢的减少，我逐渐体会到洗澡的妙处。罗飞坐在床边，静静地又似乎热切地看着。“你洗过了吗？”我想起了这个问题。“洗过了。”他说，又重复了一次。

水并不多，节约着洗，也只能说勉勉强强洗了个全身。但用某本书上的描写“就像换了个人似的”，来描述我此时的状态，丝毫不夸张。

水用完了，我擦干净水渍，正要穿裤子，却被人按住了肩膀。扭头一看，是罗飞。“你干吗……”我话刚出口，立刻停住，目瞪口呆。

罗飞站在那儿，一丝不挂，身体的线条非常柔美。这不是关键，关键是他（或者是她）的胸前有明显的两处小丘一般的隆起。我再白痴也知道那是什么。那是女性的乳房啊！

“你你……你是女的？”我结结巴巴地说。

罗飞没有说话，只是定定地看着我，眼睛里燃烧着某种渴望。我踌躇着，不知该如何应对，生理上的反应却是直接的。他（或者是她）浅浅一笑，眼波流转间，抓住了我的手，把我导引到她的胸前。

我的手触到她的乳房，心中一阵狂跳。那颗脆弱又坚强的心脏，似乎要从胸腔里跳出来，一口气跳进空气里。

“不，这不对。”我的声音在唇齿间游荡。

“没有什么不对。”她说，“亲我。”

我低下头，亲吻她的脸颊和脖颈，笨拙而又盲目。

事后，我揽着她的腰肢，轻声唤她的名字：“罗飞？”

“嗯。”她侧身躺着。

“我们认识多久呢？”

“不知道。”

“我记得第一次见你的时候，你就是光着身子的。”

“是啊。要不是你，我可能早就死了。”

“可我记得，你当时胸部是平的，跟男人一样。”

“怎么？不喜欢我现在的样子？”

“不是……”

“自己白痴。每天和我睡在一起，都没有注意到我身体的变化。”

我抚弄了一下她的乳房:“这发育也太快了吧?”

“蠢货。”她笑着骂道,“难道你见过其他女人的发育?”

这个问题的答案显然是否定的。然而……我忽然间明白过来:“罗飞,罗菲?你是草字头的菲,不是飞翔的飞!”

我感觉她的脑袋动了动。“这两个字有什么区别吗?”

“草字头的菲指花草等茂盛芳香。”

“那我就用这个菲字。”

“你今年多大?”

“不知道。很重要吗?”

并不重要,我这样想,在这个地下世界里,很多曾经重要的东西都已经不再重要。那现在最为重要的东西是什么呢?

6

红土地不光指红土地六号地铁站和十号地铁站,还包括天然溶洞、地下车库、隧道、防空洞、地下停车场、地下超市等在内的地下世界。据老一辈讲,红土地所在的城市以大山夹大江著称,由于地形和历史的原因,有比别的城市多得多的地下建筑。现在从红土地出发,可以抵达的大部分地方,是千阳之战前用先进的工程机械挖掘出来的,剩下的一小部分是战后逃到地下世界的幸存者在数十年时间里千辛万苦挖出来的。

在红土地,有一个地方很特别,那就是芭比酒吧。所有生活必需品都由赵市长和他领导的分配小组集中管理,只有酒例外。芭比酒吧的老板姓冯,不知怎么找到了大量的酒,然后开了酒吧,让大家用自己的生活必需品换酒来喝。传说冯老板找到了一个很大的酒窖，但他从来没有承认，每次提及酒的来源就呵呵一笑。酒吧本来没有名字，赵市长也没有批准它开业，只因为它的门上张贴了一幅画，画上是一个娇小秀美的金发女孩，却长着成年女人才会有的硕大乳房，老一辈人说她是芭比女郎，于是酒吧就顺理成章地被叫作芭比酒吧。

我带着罗菲去过芭比酒吧后，她就迷恋上了那里。有事儿没事儿，都往那里跑。说来奇怪，罗飞变成罗菲之后，几乎没有人质疑，就毫无芥蒂地接受了这件事，仿佛之前他们都知道，只有我这个白痴蒙在鼓里。燕子姐特意送了两条珍藏的漂亮裙子过来，并在最短的时间里认罗菲为妹妹。“啊小艾，你也是有福之人，要记得珍惜。”她也没有忘记打趣我。

在芭比酒吧里，能遇见各种人，也能听见各种事。老话说，“酒后吐真言”，虽不全对，但你至少能在芭比酒吧里听到滔滔不绝的话语。有对地上生活的回忆（蓝蓝的天上白云飘，白云下面马儿跑），有对丑恶过去的痛诉（既然我们已经按下了核弹发射键，那就证明我们是一个失败的物种，没有任何资格要求重回地面），有对现实生活的抨击（你们知道赵光庭，我们亲爱的市长大人，今天吃了什么吗？小鸡炖蘑菇，还放了味精），有深入的哲学思辨（人类有一种迷思，认为我们该对地球上发生的一切负责。这实在是一种前所未有的自大），有对美好生活的向往（回到地面，我要做的第一件事就是跳进清凌凌的河里，痛痛快快地洗一个澡，哪怕马上就核辐射死掉），诸如此类，无法一一列举。

初听还颇为感动，多听几次就麻木了。所有的控诉与指摘，都停留在语言上，从来没有落实到行动中去。久而久之，我也就不再热衷于到芭比酒吧听他们海阔天空地吹牛了。罗菲不一样。她乐此不疲，每一次单独去了酒吧，她都收获满满的样子。我问她，她也不做正面回答。我注意到，这段时间里，她似乎换了一个人，以前的羞赧全都消失，现在的她，能够与每一个人谈笑风生。这到底是好事还是坏事，我不敢肯定。

蘑菇收获的日子又到了。老梁已经连着好几天都没有到蘑菇房，我看不到罗菲，就到芭比酒吧去找她。

酒吧的门关着，芭比女郎在画里俯视着每一个过往的人。我敲了敲门，里面有人透过小窗看了我一眼，就放我进了屋。酒吧里目前没有几个人，所以我一眼就看见罗菲，她穿着燕子姐送她的那条浅蓝色裙子，光光的脑袋，在彩灯的照射下，有着难以描述的美。还有孟楼。孟楼的手明明白白地勾在罗菲脖子上。他似乎说了一句什么笑话，罗菲咯咯地笑着，宛如乱颤的花枝，又好像欢快的乳鸽。

我怒从心起，一种原始的本能抓住了我，我用尽最大的力气才克制住动手的冲动，低低地吼了一声："罗菲！"

罗菲转过头，看向我："你来啦。孟楼讲了一个故事，笑死我了。"

这时，孟楼已经缩回勾住罗菲脖子的手。"就是个老笑话。"他说。

"葡萄架，哈哈哈。"罗菲说着，笑得前仰后合。

我不知道葡萄架有什么好笑的，快步走向吧台。"来一杯。"我对冯老板说。冯老板大腹便便、笑容可掬："这杯我请客。"他把一杯啤酒交到我手上。我端着杯子，看了一小会儿杯子里汩汩冒着的气泡，然后举起杯子，让那带着凉意的啤酒顺着喉管一路向下，冲进空荡荡的胃里。

"艾星雨，你是不是准备打他？"罗菲指着孟楼说，脸上的笑意勾魂摄魄，"我看出来了，你在嫉妒。不不不，不是嫉妒，我用错词了。应该说，你的占有欲在燃烧，燃烧，对了，就是这个词。你觉得我是你的，别的男人就不该碰我，是吗？"

我看着她，眼神迷离，似乎不认识她。她变得极其……陌生。

“别呀，我没有说你做错了。燃烧，让你的愤怒之火燃烧得更剧烈吧。”罗菲把头转向孟楼，“上。”

孟楼闻言，放下杯子，走向我。这个头顶流脓、脚底生疮的混蛋！怒火彻底控制住了我，猛地一拳，打在了他脸上。孟楼没有后退，一拳擂在我的胸前。我顿觉肋下火烧火燎一样疼。我咬牙还击，我想我龇牙咧嘴的样子一定很可怕。孟楼胆怯地后退两步，酒吧里的人发出哄笑声，似乎楼顶都会被这声浪掀翻。王电工劝孟楼放弃，冯老板笑着鼓励孟楼继续，还有一个不知道名字的家伙冲我比画“杀死他”的手势。

孟楼犹豫了片刻，扑上来抱住了我。这并非什么打斗的标准动作。我一时半会儿没有挣脱他的束缚，而他的本意是把我掀翻在地，我挪动脚步不让他得逞。我们两个就像两条相互撕咬的狗一样，围着对方转圈。我力气稍大一点儿，多转两圈之后，瞅住一个空挡，双手用力，分开孟楼抱住我的手，并在两个人的身体分开的瞬间，一脚踢出，正中他的腹部。他惨叫着倒退几步，捂住肚子倒在了地上。

冯老板跳出吧台，到孟楼边上查看了一番，得出结论：“没事儿，死不了，喝一杯就好。”围观的人逐渐散去。我喘了几口粗气，看着冯老板把孟楼扶起来。孟楼低着头，表情深沉，难以描述。之前他来找过我，谈起去保安队的事儿，被我一口拒绝，当时他就是这样一副死鱼一般的表情。

罗菲过来，亲热地挽住我的手臂。“真棒。”她说，“我们回去吧。”

一路上，罗菲就挂在我的肩膀上，仿佛她是我身体的一部分。我也乐得她这样向所有人宣示她与我的关系。刚进蘑菇房房门，罗菲就迫不及待地说：“我要你，现在就要，要你的全部。”她松开挽住我的手臂，满脸堆笑，后退着走向属于老梁的那张大床。一边退，一边脱掉淡蓝色连衣裙，等她退到大床时，已经一丝不挂了。

我还能怎么办？我只能响应女王的召唤。

片刻的欢愉之后，我从精神到肉体都萎靡下来。我喘着粗气，离开罗菲，坐到床边。罗菲从背后抱住我。“你是魔鬼吗？”她在我耳边说。这也是我想问她的问题。我咕哝了一声，聊以回答。

这时，响起了敲门声。我有些庆幸刚才进门时顺手关了门，不然被人看见刚才的一幕，也是挺尴尬的。我穿上衣服，看着罗菲也穿上了，这才开门。

保安队新任副队长梁清扬站在门前，面色深沉如水。孟楼在他旁边，脸上还有我留下的拳印。另外还有四个拿着警棍的保安在他们身后。

“怎么？”我说，“浩浩荡荡来替孟楼报仇？”

“不是，有其他事情。”梁清扬说，“你被捕了，还有罗菲。”

“为什么？我们干了什么？”

梁清扬没有回答，挥一挥手，两名保安挤过来，就往屋里闯。我张开手臂，护住大门，同时喊道：“罗菲，快跑！他们要抓你！”

刚刚喊完，我肚子上挨了一棍，脑袋上又挨了一棍，旋即眼前一黑，跌倒在地。

7

醒来之后的第一感觉是头疼，仿佛那警棍还嵌在后脑勺上。

我勉力睁眼，可周围还是一片漆黑，下一秒，光线才潮水般涌入我的眼帘。但光线太过猛烈，我不得不再次闭上眼睛。隐隐约约中，我看见拿电筒照我脸的是孟楼。

“把电筒关了。”一个声音说。

察觉眼前的光芒消失，我再次睁开眼睛，随即有人猛力揪着我的头发，强迫我坐了起来。这间小屋里没有亮灯，外间大屋子的灯光从梁清扬的背后照进来，使我只能看到他的轮廓，但看不清他的面目。我发现我坐在一张铁椅子上，两只手分别被绳子绑在椅子的把手上，脚也是如此。我和梁清扬隔着一张长桌子。揪我头发的年轻保安松开手，退到了一边。我舔舔干裂的嘴唇，清清淤塞的喉咙，说：“我要喝水。”

孟楼说：“你要搞清楚，你现在是犯罪嫌疑人。不老实交代问题，当心我们打死你。”

梁清扬喝住孟楼：“我们是红土地的保安。”他非常刻意地扬了扬手。我勉强看见他右手捏着一把小刀，左手握着一个比拳头略小的圆滚滚的东西。他叫了我的名字，然后问道：“吃过苹果吗？”

原来那个圆滚滚的东西就是传说中的苹果。“没有。”我回答。

梁清扬说：“别说喝水，给你吃你从来没有吃过的苹果都可以。只要你把你知道的，一五一十告诉我，没有任何问题。”

梁清扬用拇指和食指捏紧小刀，小心翼翼地划破苹果的表皮，又调整位置，让左手里的苹果旋转起来，于是一条细长的苹果皮就与苹果分离开来。一种从未闻过的甜香在空气中弥漫。这就是苹果的味道吗？“梁大哥，你想要我说什么？”我忍着胃的抽动，问道。

“不要叫我梁大哥。这里是保安队，没有什么大哥。”梁清扬说，“罗菲。我想知道罗菲的一切。”

“她？她怎么啦？她干什么啦？她的事，你们不是都知道吗？”

“别装……”

“孟干事！”梁副队长继续削苹果，“告诉小艾，你的怀疑，你怀疑罗菲是什么。”

孟楼说：“罗菲刚出现的时候，我就对她有所怀疑。当她从男孩变成女孩的时候，我的怀疑就更深了。就在不久之前，在芭比酒吧，我终于敢肯定我的怀疑是正确的。”

“你怀疑什么？孟楼，别唧唧歪歪的，把话说清楚。”我说，“梁副队长，孟楼想要我到保安队当宣传干事，他好去当仓库保管，分管粮食，被我严词拒绝。他怀恨在心，就对我打击报复，诬告我。谁都知道，粮食分配是个肥差，现在归你管，他是要抢你的权啊。”

“这事我知道。”梁副队长停了一下，将削下的苹果皮整齐地码放在桌子中间，然后继续削苹果，“孟楼，你继续说。”

“我怀疑罗菲是……不，我肯定罗菲是鼠族的成员，一只工鼠。”

“那不可能！孟楼你血口喷人！”我大叫起来，心底的愤怒与恐慌齐齐涌动，排山倒海一般，“罗菲怎么可能是鼠族？她和宣传栏里的鼠族完全不同！”

孟楼说：“我告诉过你，宣传栏上的鼠族资料大部分是错误的。至于为什么要用错误的资料进行宣传，我并不知道。那份资料是我的前任的前任编写的。他为什么要这么做，是真不知道，还是刻意篡改，已经无从考证。根据我的研究，鼠族在样貌上与人类的差距并不大。罗菲就是典型的例子。”

“为什么说罗菲是鼠族？”我抓住问题的关键问。

“在芭比酒吧里，为了罗菲，我和你打了一架。也可以美其名曰：决斗。你还记得吧？可是，像我这样理性的人，怎么会为了一个女人而与人打架呢？事后，我反复回忆当时的情景。其他都很正常，只有在罗菲对我说‘上’的时候，我脑子突然懵了，别的什么想法都没有，满脑子的念头只有一个，那就是把你的脑浆打出来。为什么会这样？想来想去，结论只有一个：我被操控了。”

孟楼说的感受当时我也有。可是，为了女人，男人，甚至所有的雄性，不都是要竞争一番的吗？这怎么能说是受了操控呢？“酒喝多了吧？”我问。

“事实上，当时我只喝了半杯酒。”孟楼继续说，“我怀疑罗菲是鼠族，自然有我的理由。我知道你们都不知道的资料。还记得我说过的鼠族社会构成吗？”

“记得。”我说，“女王高高在上，七八只雄鼠作为她的后宫，只管交配，下面是数十只工鼠，一心一意工作，全心全力侍奉女王和她的后宫。工鼠没有雌雄之分，也就没有生育能力，可你刚才说罗菲是工鼠？”

孟楼点头说道：“说工鼠没有雌雄之分并不准确，更准确的说法是，工鼠永远处于未成年的童稚状态，就像青春期之前的孩子。工鼠的发育被鼠族女王分泌的某种外激素给压制住了。但如果鼠族女王去世，这些工鼠被压制的发育就会重新迅速启动。想必这一个过程，你已经亲眼见到了。更令人匪夷所思的是，工鼠的性别实际上是处于待定状态，变成雄性还是雌性，取决于它在发育时遇到的是雄性，还是雌性。也就是说，罗菲可能是男的，也可能是女的，只是因为遇到你，才变成女的。”

“这不可能！你骗人！”我竭力否认。可是，一些曲曲折折的往事纷纷跳上心头：冰冷的手、异样的香气、迅速隆起的胸部、黑暗中“看”得见东西、割伤却不知道疼痛的手指……没有前因后果，只有最惊悚最离奇最可怖的片段。有些当初就觉得疑惑，有些现在才想起那是疑点，如今都串接在一起，向我有力地证明，孟楼没有说假话。

“没有什么不可能。以前的人们还认为自己可以永远在地面耀武扬威呢。现在呢？”孟楼微微一笑，得意地说，“保安队最近不是歼灭了一支鼠族部落吗？我猜，罗菲就是那支鼠族部落的一只工鼠，侥幸逃脱，然后遇见了你，它就变成了她，成为下一任鼠族女王。鼠族女王活着的唯一目的，就是找男人交配，生下成百上千的小鼠，重建她消失的鼠族部落。与这个宏伟目标相匹配的，是鼠族女王能分泌一种特殊的外激素，能让男人乖乖地俯首称臣。我在芭比酒吧的所作所为，尤其是和你打的那一架，就是罗菲操控的结果。我还好，虽然被你踢的那一脚现在还疼得厉害，但也仅仅是打了一架。你不同。哈哈，我很想知道，和一只老鼠上床是什么样的感受呢？”

我想生气，想把拳头印到他那张斯文的脸上，可绳子束缚着我。我也恨，恨得牙根直痒，但恨谁呢？罗菲，还是我自己？我曾经在罗菲身上闻过某种异样的香气，那就是某种外激素吗？我和罗菲不管不顾，抵死缠绵，是外激素在起作用吗？我现在的一切言行，都是被罗菲的外激素操控的结果吗？

梁清扬将削好的苹果一分为二，二分为四，然后取了一瓣儿，递给孟楼。“很好。从小艾的表情看，你说的都是真的。辛苦了。”他说，“你可以把这件事告诉赵市长和刘队长，并且告诉他们，我一定会把罗菲逮捕归案的。”

孟楼拿着那四分之一个苹果，伸出舌头舔了一下，一边露出志得意满的笑容，一边意味深长地看着我，带着明显的挑衅，然后转身，脚步轻快地走了出去。

“你也是。”梁清扬对我身后那个保安说，“吃瓣儿苹果，去做先前安排的事情。”那个保安很年轻，应该是最近才加入保安队的。刚才揪我的头发，用的劲儿真大。从梁副队长手里接过苹果后，他丢进嘴里，一口吞了下去，旋即小跑着出了这间小屋子。

“就剩下我们两个了。”梁清扬没有看着我，而是看着手里的半个苹果。

我吞了一口唾沫，饥渴的感觉愈加强烈：“照你刚才的说法，你们没有抓住罗菲？”

“确实没有。她比你厉害，打伤了我两个人，强行跳出窗子，跑了。”梁清扬取下四分之一个苹果，塞进自己嘴里。只听得一声脆响，汁液四溅，甜香飘溢出来，我深吸一口，就跟随着那丝丝缕缕的香气，盘旋着飘上了天空……“想吃吗？”梁清扬的话打断了我的幻想，“很好吃的。”

我低下头，不去看梁清扬和他的苹果。这不重要，至少不是现在最重要的事情。

一阵咯吱咯吱的声音之后，梁清扬终于开口说话：“说句实话，你想让我抓住罗菲吗？这不是一件很难的事情。”我茫茫然不知如何回答。但显然，他一开始就没有打算听我的说法。“对于这个问题，我的答案比你肯定得多。抓住罗菲，不过能够再一次证明，我是一个能干实事儿的。但对于红土地目前的格局没有丝毫改变。”他说着，用食指敲了敲桌子，“我不想做这样的事情。”

8

我思忖了片刻。这是一个逃生的机会，但也可能是一个致命的陷阱。然而我还有别的选择吗？“你想做什么事？”我问。

梁清扬没有回答我的问题：“我知道一些孟楼和你们所有人都不知道的事情，比如鼠族的真正来历。”

“鼠族到底是怎么来的？”我很配合地问道。

“鼠族的鼠，指的是裸鼹鼠，不是老鼠。”梁清扬说，“鼠族之母，那个一手制造出鼠族的人，名字早已成为禁忌，为多数人所遗忘。唯一可以肯定的是她的性别——女性，所以，在下面的故事里我将称呼她为女博士。”

千阳之战中，这座以山多而著名的城市至少挨了四枚核弹的攻击。最初涌进红土地的幸存者到底有多少，早就无法统计，有人说两万，也有人说五万，甚至有人说十万。据说幸存者中有个副市长，是最大的官，顺理成章地当上了红土地的最高领导人。不管红土地人口有多少，把最高领导人称为市长，就是从那个时候固定下来的。当时的境遇虽然悲惨，但擦干眼泪和血迹之后，绝大多数幸存者都相信，用不了多久，他们就能离开这个拥挤不堪的地方，重返地面。“最多八年”，他们相互传着这句话。为什么是八年呢？谁也没有解释。

女博士是最早意识到地下生活可能要持续很久的人之一。她本是一所大学的教授，主要研究表观遗传学的应用。事有凑巧，女博士的实验室建在一个古老的防空洞里，与“红土地”地铁站只有一墙之隔。时年，女博士三十多岁，正是年富力强、最有创造力的时候。战前，表观遗传学是新兴的热门学科，她正在为一系列研究课题忙得不可开交，突如其来的战争，打乱了她的一切。来到红土地，她非常焦虑，比她周围的所有人加起来都要焦虑。

有一天，在一条拥挤不堪的地洞里，女博士小心翼翼地在人海里穿行。有个提着笼子的人几乎与她撞在一起。相互说过“对不起”后，女博士注意到笼子里有五六只红扑扑、光秃秃、龇着两瓣儿大牙的小动物。

“那是什么？”女博士问，“某种变异的老鼠吗？”

“不是，是裸鼹鼠。”那个带笼子的人说，“裸鼹形鼠才是科学的称呼。只是，大家都习惯叫它裸鼹鼠了。”

带着宠物躲到地下世界的人可不多见，现在又听见这种较真的说法，女博士不由得会心一笑。“好丑的小家伙。”女博士仔细看着笼子里的裸鼹鼠。

“丑得有滋有味嘛。”养裸鼹鼠的人并不为忤，“你可别小瞧了它们，本事可大着哩。”

在女博士提问之前，他已经开始滔滔不绝地讲起来。

“它们在缺氧的环境下也能存活很久，完全没有氧气的情况，能够屏住呼吸长达 18 分钟。

“裸鼹鼠体内含有高分子量的透明质酸，其含量是人类或其他鼠类的 5 倍以上。这种透明质酸又称玻尿酸，能够抑制癌细胞的疯狂复制。

“裸鼹鼠的 DNA 修复能力极强，而且伴侣蛋白含量高，这种蛋白能避免其他蛋白出现折叠错误。因此，裸鼹鼠不会随年龄增长而出现身体机能退化。它们不会衰老，即使年龄很大了，外貌和大脑组织都能保持年轻的状态，并且终生拥有繁殖能力。

“它们的平均寿命是多数鼠类的 10 倍，最长的可以活过 30 年。等比例换算成人类的话，就是人均 700 岁，个别的能活到 1000 岁。”

女博士总结道:“不怕缺氧、不得癌症、不会衰老、寿命还长，堪称超级怪物啊。”

养裸鼹鼠的人说:“这些都不算什么，裸鼹鼠还是世界上罕见的真社会性哺乳动物。”

女博士知道什么是真社会性动物，像蜜蜂、蚂蚁、白蚁，都是社会分工在基因上就决定了的，然而哺乳动物……“具体说说。”女博士兴致盎然。

养鼹鼠的人侧过身子，让另外几个人从他旁边挤过去，嘴里继续唠叨着:“裸鼹鼠的社会分为三个等级：一只女王，几只雄鼠，数十到数百只工鼠。裸鼹鼠执行严格的女王制，在动物中是非常罕见的。你可以把它们的女王看作是武则天、叶卡捷琳娜或者克里奥佩特拉，但显而易见，后者对属下的掌控能力远远不及前者。整个裸鼹鼠部落只有女王有生育能力，一次能生七八只，并且很快就能进行下一次生育，充分保证了裸鼹鼠的繁殖速率。而且，生下来的小裸鼹鼠是具有繁殖能力的雄鼠，还是没有繁殖能力、只知道工作的工鼠，是由女王分泌的乳汁决定的。显然，雄鼠和工鼠的数量有一个基本固定的比值。”

“嗯，确实和蜜蜂相似。”女博士想了想，又问：“可为什么会是女王制呢？”

那个人说：“裸鼹鼠生活在东非的地底下，以各种植物的地下块茎和根为主食。它们用巨大的门牙和锋利的前爪挖掘隧道，它们的隧道四通八达，可以长达十几千米。相比它们的体型，这些地下隧道的规模就好比我们建造的超级地下城市。”

女博士点点头，思绪有些飘乎。很多人从她身边匆匆走过，但她无视他们的存在。

“地下洞穴的广阔与不可预知性，使裸鼹鼠很难找到交配的对象。一旦找到，它们就要终生在一起。这也是它们建立女王制的重要原因。同时，在地下，块茎和根都可遇而不可求，单靠一只裸鼹鼠或者几只裸鼹鼠，挖洞去找，很可能洞还没有挖好，就已经先饿死了。挖洞可是个体力活，所耗费的能量比行走高出 3500 倍之多。数十只裸鼹鼠都去挖洞，找到食物的可能性就大得多。在分配食物方面，它们执行严格的共享制度。虽然不能保证每一次每一只裸鼹鼠都能吃得饱饱的，但至少不会在孤单中轻易饿死。”

“这能解释群居行为，可不能解释女王制。”女博士指出漏洞。

“演化也有偶然性，尤其是生物的行为和社会构成模式。对裸鼹鼠而言，为了生存下去，它们以群体为单位进行自然选择，所有个体都选择了群体利益最大化，因为在地下这个极端环境下，群体内部竞争获得的利益，远不如群体与群体之间竞争获得的利益大。也许裸鼹鼠们尝试过别的社群结构，也许一开始它们就选择的是女王制，这个问题的答案已经淹没在历史的灰烬里，无从考证了。但我相信一点，能够存活繁衍至今，起码说明这种生活方式与社会结构有可取之处。”

女博士惊奇地望着那人，被他的一席话所震撼。

那人继续说，语气越来越有所敬畏：“女王用一种外激素使雄鼠服服帖帖，用另一种外激素压制工鼠的发育，使它们的生殖器永远停留在童稚状态，不会起什么反抗之心。很可怕，是吧？但用人的伦理和道德来看待动物的行为，毫无意义。女王制保证了裸鼹鼠种群的生存与繁衍，是自然演化的结果，没什么不好。你说是吗？”

那个人说着，忽然停下来，感慨了一句：“裸鼹鼠可比现在的我们，更适合地下生活。”

就是最后一句话，点燃了女博士的冲动。她为自己的焦虑和人类的未来找到了一条全新的出路，那就是以裸鼹鼠的生理结构、行为模式与社会制度为蓝本，用基因驱动技术，对现存人类进行全方位的改造。这被称为“裸鼹鼠计划”。

女博士回到几近荒废的实验室，重新开始研究。她从幸存者中招募了助手和志愿者。她对这些人说：“人类从树上下来，从古猿演化为类猿人再进一步演化为人类，并不是自愿的，更不是谁事先计划好的。恰恰相反，真实情况是，当时世界气候骤变，导致东非的森林消失，古猿不得不从生活了数千万年的树上下来。下了树，到了地上，猿就不是猿，而是人了。现在，另一场人为制造的灾难导致我们离开地表，来到这暗无天日的地下。在地洞里想要完全延续地上的生活是不可能的了。而裸鼹鼠，为我们的未来提供了榜样。

“与第一批下树的猿相比，我们有两点优势。第一，我们至少知道，裸鼹鼠的身体结构、生活方式与社会制度是适合在地底生活的。我们可以少走很多弯路。裸鼹鼠与人类93%的基因相同，这使得裸鼹鼠计划天然就具备可行性。第二，借助表观遗传学和基因驱动技术，将使人类在一两代人的时间里，完全适应地下生活，而不需要花费数百万年的漫长岁月去慢慢演化。这是人工演化的效率，也是科技的力量。是的，我始终相信，是科技的力量摧毁了地上世界，但能拯救人类，使人类能够继续生存的，也唯有科技。”

9

讲到这里，梁清扬忽然停住了：“你相信女博士的这种说法吗？”

“什么？”我一时没有反应过来。

“女博士对科技的看法。”

“我不知道。实际上，我没有想过这个问题。她说的也许是对的，也许是错的。谁知道呢？”

“你燕子姐姐说你心重，什么都想得太多，还真是。”

“你说的这些，有些我了解，但有不少我都不知道。什么是表观遗传学？什么是基因驱动技术？”

“我也不知道。我只是在复述我爸爸的话，还有查到的历史资料。”

“好吧。无知的人不止我一个。”我微微叹了一口气，“后来怎么样呢？”

梁清扬说：“因为有之前的数个课题作为底子，研究进展得十分顺利，三个月后就出成果了。从裸鼹鼠身上提取的基因片段被复制到一种针剂里，这种针剂自带基因驱动药物。这种药物原本是一种叫埃博拉的烈性病毒，经过一番精心改造，病毒只剩下了极强的传染力，致病性完全消失了。注射进人体后，埃博拉病毒迅速将基因片段传染到全身的每一个细胞，替换掉细胞里原来的基因片段，于是裸鼹鼠与人类的混血种就诞生了。”

我有些茫然地望着梁清扬。

“不要看我，我也不知道这段话是什么意思。资料上说，这是表观遗传学与基因驱动技术的完美结合。”梁清扬说。

“就跟听天书一样。”

“也可以说是魔法。”梁清扬说，“过程虽然难懂，结果却很容易理解。虽然裸鼹鼠计划有失败的案例，但最终有十二个参与实验的志愿者成功地转化为鼠族。”

“把带病毒的针剂注射进自己的血管，还是需要莫大的勇气吧。”

“只要有足够多的好处就行。”梁清扬说，“根据研究日志，注射针剂后，志愿者的新陈代谢迅速下降到原来的30%。如此一来，他们只需要吃一点点食物，就能维持很久的生存。饥饿的感觉从此与他们就没有什么关系了。”

这确实是一个巨大的好处，尤其是在缺少食物的地下世界。是的，即使在物质丰富的地面，也有很多人因为种种原因而做出愚蠢至极的选择。我从书上读到过很多这样的故事。那么，到了一切秩序土崩瓦解的地下，为了能够生存下去，无论多么危险的事情都会有人愿意去做！何况变成鼠族后还有那么多诱人的好处！“你的故事还没有讲完。”我说，“在女博士制造出混血鼠族之后，又发生了什么事情。”

“一场灾难。”梁清扬说。

女博士制造出鼠族的消息不胫而走，在红土地悄然而极其迅速的流传。一部分人对于成为鼠族，充满了期望。仅仅是一点点东西就能吃饱肚子，这一条就足以让人动心。不会得癌症，就足以使很多人下定决心变成鼠族。当时，因为核辐射的缘故，癌症的发病率超过正常值的几十倍，而地下世界又没有相应的医疗设备和合格的医护人员。几乎所有的癌症患者都只是在等死。至于女王制度及从基因上决定一个鼠族的社会阶层，这些都是可以接受的代价。当然啦，无须解释，大部分男人都想当雄鼠，而成为永远长不大的工鼠，其实也不是那么可怕的事情。“没有性的觉醒，就没有性的困扰与烦恼。整天嘻嘻哈哈，忙忙碌碌，不也是很好吗？比现在这个要死不活的憋屈样子，不是好多了吗？”有人这样说。

然而，还是有很大一部分人分持怀疑态度。成为老鼠？光想想这几个字，就让他们心惊胆战。不管怎么跟他们解释，裸鼹鼠和老鼠不是一回事，他们依然固执地用老鼠来描述鼠族人。“我们是人，不是什么老鼠。人，懂吗？有人的尊严，人的执念，人的气质，人的文化。老鼠有吗？但凡还有一丁点儿人的骄傲，就不可能去转化成为老鼠！”他们四处宣扬自己的观点，并疯狂攻击裸鼹鼠计划的支持者。他们认为，有一个阴谋正在发生，那就是有人要蓄意消灭所有幸存者，“亡国灭种，然后用鼠族取而代之”。

红土地的核战幸存者很快分为三派：支持派、反对派和观望派。三方势力争论不休，但大体还只停留在口头辩论上，没有诉诸武力。这在拥挤不堪又缺衣少食的地下世界里，其实是非常难得的事情。然而一句谣言的出现，打破了这个微妙的平衡。“市长下令，在所有人的食物中悄悄添加鼠药，要把大家都变成听话的鼠族。”这个谣言或者说未经证实的消息引发了大面积的恐慌。即便是那些鼠族支持者，忽然间得知自己已经吃过“鼠药”，就要变成“鼠人”了，也心下大骇，乱了方寸。

地下世界蓄积已久的紧张、仇恨、怨愤一下子爆发出来。谁也不知道是谁最先动的手。从争吵到动手到厮杀到所有人都卷入这场暴乱之中，不过是短短几分钟的时间。结果却是非常明确，基因实验室被彻底砸毁，数千人死于这场暴乱。

“死者中包括女博士吗？”我问。

“女博士和七个鼠族死于动乱之中。”

“也就是说，当时有五个鼠族逃出去了。就是这逃出去的五个鼠族创建了我们现在看到的鼠族部落吗？”

梁清扬点点头：“其实，现在到底有多少个鼠族部落，各个部落的规模有多大，我们并不清楚。当时，鼠族暴乱中，就有很多人因为害怕屠杀，也跟着鼠族逃了。而鼠族和人类之间，据我所知，还没有生殖隔离。”

“鼠族暴乱，哪有什么鼠族暴乱？”我把注意力集中在眼前的对话上，尽量不去想别的事情，“明明是那条谣言引发的。”

“是的，那条谣言。我问过那场暴乱的幸存者，他们都不知道是谁散布的那条消息。最后是我爸爸告诉我，是现任市长赵光庭。当时，赵光庭是市长的常务秘书，以善于写文章著名。我父亲说，他亲耳听见赵光庭偷偷传播那条谣言。以赵光庭的身份，他说出的话，很多人会不加任何思考，毫不犹豫地就接受了。”

“赵光庭为什么要这么做？”

“你看他在暴乱之后得到了什么就知道为什么了。前任市长死于暴乱。赵光庭在暴乱中组织有力，表现出卓越的领导才能，被推举为新一任市长，一直做到现在。”

“我记得老梁说过，赵光庭是鼠族的制造者。”

“女博士开始研究裸鼹鼠的时候，曾经去找当时的市长寻求支持，接待她的是常务秘书赵光庭。听说了女博士的裸鼹鼠计划后，赵光庭表示出极大的兴趣，他尽力说服了市长。在此后的一段时间里，他对女博士的研究极为关心，从人力到物力，提供了大量的不可替代的帮助。我爸爸说，没有他的支持，裸鼹鼠计划就不可能成功，说他一手缔造了鼠族，不算太过夸张。”

“然而，后来又是他，用一则简简单单的谣言，彻底摧毁了裸鼹鼠计划。”我说，“他是真的坏，还是真的认为裸鼹鼠计划有害？”

“我不知道。”梁清扬说。

这时，我的肚子很不争气地响了起来。梁清扬站起身，绕过桌子，来到我跟前。他把最后那四分之一的苹果塞进了我嘴里。我狼狈地囫囵吞下，全然不觉得吃了什么了不起的东西。

“还记得最近出去的那支地面探险队吗？”梁清扬开启了新的话题。

“走到洞口就退回来的那支？我记得。”

“我就是那支探险队的队长。”梁清扬说，“正如你猜测的那样，盖革计数器是坏的，一工作就嗡嗡乱叫，不管有没有核辐射。出发之前，赵市长找到我，要我弄坏盖革计数器。”

“为什么？他为什么要这么做？”

“你没有听说过吗，那些关于赵光庭的谣言？大部分是真的。尤其是关于他舍不得放弃权力的那一部分。他知道，一旦离开红土地，他的统治将土崩瓦解，不会再有任何人听他的。权力亦如毒品，啜饮过它的滋味的人，都不舍得放弃。所以我打算做一件事情。”

“什么事？”我问。

“我要推翻赵光庭的统治，我要告诉大家真相，我要带领所有人走出红土地，回到地面，开始全新的生活。”梁清扬目光灼灼，伸手按住我的肩膀，“你愿意站在我这边吗？你愿意帮助我完成我的使命吗？”

“我愿意。”我答道，没有丝毫的犹豫。

梁清扬嘿嘿一笑：“很好。天虹，你可以进来了。”

刚才出去的那个年轻保安端着餐盘走进来。他将餐盘放到桌子上，我的面前，又将捆住我的绳子一一解开。摆脱束缚后，我立刻扑到餐桌前，狼吞虎咽。

短短几分钟，餐盘里的饭菜大半进了我的肚子，我吃饭的动作也随之慢下来。一个念头跳进我的脑海：罗菲这个时候在做什么？吃饱饭了吗？“我有一个疑惑。先前孟楼说，罗菲操控了他的行动，那你怎么知道我现在的言行不是受了罗菲的操控，随时可能背叛你？”

梁清扬说:“鼠族女王用外激素统御雄鼠和工鼠，而外激素的作用范围和时间都是有限的。我相信你此时此刻并没有受到罗菲的影响。”

我心中微微一跳。我此时此刻对罗菲的思念是出自我自个儿的真实想法？我把餐盘里的最后几粒饭夹进嘴里，然后把餐盘轻轻推开。“说吧，要我做什么？”

“在那之前，我想先告诉你一个秘密。刚才的故事里，有一个养裸鼹鼠的人。你知道这个人吗？”

我摇摇头，表示不知道。

梁清扬说:“他是你的父亲。”

我无声地张大了嘴巴。我的惊讶难以言表。

“而且，”他继续说，“我有充分的证据表明，你父母的死与赵光庭有直接关系。”

10

十号站台的铃声持续响起。陆陆续续有人从四面八方的隧洞钻出来，汇集到十号站台的四处。我手里握着梁清扬给我的无线话筒，藏身在一堆彩灯后面，看着人群越聚越多。

“谁？谁在乱摁铃？”刘海龙骂骂咧咧地从治安室跳了出来，手臂上还缠着绷带。好几个保安提着警棍跟了出来，但数量比预计的少得多，机会难得。

我清了清嗓子，对着话筒吹了一口气:“我。”

广播系统把我的声音轻松地传递到十号站台每一个人的耳朵里。

“你是谁？”刘海龙四处张望，同时示意他的手下，四下搜索。

我的位置很高，能够轻松看见下面人的一举一动。我看见梁清扬的人摆着维持秩序的架势走进人群之中。我表演的时间到了。

“还有人记得千阳之战吗？就是那场把我们从地面驱赶到地下的战争？是谁最先摁下核弹按钮的呢？已经没有人说得清楚了，然而牵一发而动全身，第一枚核弹射出之后，世界各地立刻作出激烈的反应。那些深埋在地下的核导弹基地打开了发射井，在公路和铁路上驰骋的机动核导弹发射车竖起了发射架，在空中翱翔的战略轰炸机输入了核武器发射密码，在大海深处游弋的战略核潜艇点燃了潜射核导弹的发动机，都一股脑儿地把核导弹按照预定方案发射出去。所以说，这不是什么意外，而是一场蓄谋已久的自戕，毫不夸张。”

人群开始还有些纷纷扰扰，我多说几句之后，都安静下来。虽然还有茫然之色，但心底的某种情绪，已经被我调动起来了。市长赵光庭出现在刘海龙身边，刘海龙低头向他解释着什么。我继续说：

“然而，一切并没有因为千阳之战的结束而结束，被迫来到地下的我们并没有停止自戕行为。20年前的那场被认为是鼠族引发的暴乱，大家还记得吗？没有人知道是谁最先动的手，已经无从查证，但结果是如此的残酷与赤裸裸。一开始，还有明确的派系之分，裸鼹鼠计划的支持者、反对者和中间派。谁支持，谁反对，谁观望，在之前的大辩论时已然悄然分裂。支持者杀反对者，反对者杀支持者，中间派杀支持者也杀反对者，也同时被支持者和反对者杀。然后，随着暴乱的继续，派系界限逐渐泯灭，本派系中那些不够坚定不够积极不够狂热的人，也成为屠杀对象。到最后阶段，在暴怒、仇恨和恐惧的支持下，屠杀向身边的每一个人蔓延。没有核弹，我们用砍刀、木棍、石块、拳头和牙齿，照样彼此杀了个痛快。20年前，在红土地，就在这里，惨叫、追逐、混战，血肉横飞，核战的幸存者纷纷倒下。整个红土地的人口锐减了至少70%，70%啊！”

说到这里，我停住了，好让听众们消化刚才提到的海量信息。

赵光庭在下边大喊：“我知道你是谁，你是那个种蘑菇的。我不知道你要干什么，但我要你马上滚出来，别在背地里装神弄鬼。你自己不出来，等我的人把你抓出来，我要你好看！”

“我们把那场暴乱叫作鼠族暴乱，说得好像是鼠族干的。其实不是，鼠族只是借口。他们也是暴乱的受害者，而所有的屠杀，都是人干的。赵光庭赵市长，”按照梁清扬的计划，我继续说，“有一个问题我想问你。所有的证据都指向一个事情，你是20年前那场暴乱的始作俑者，你用了一个彻头彻尾的谣言，引发了那场暴乱。你说市长悄悄地将鼠药放进所有人的食物里，在所有人都不知情的情况下，把所有人都变成鼠族。大家听了这个谣言，相信了，害怕了，然后就失去控制，发生暴乱了。我想问的是，为什么？你为什么要编造那个谣言？”

“为什么？我为什么要回答你的问题？”

“就是这场暴乱，形成了现在红土地的生活格局与社会秩序。我，还有在场的每一个人，都有资格问为什么。”我不由得加重了语气。梁清扬说：“要狠，态度要坚决，语气要不容置疑，要充分相信，真理和正义还有良知站在我们这边。”我继续讲：“赵市长，请你回答刚才这个问题。连回答问题的勇气都没有，你还有什么资格做这个所谓的市长？”

下边有人跟着鼓噪起来。也许是梁清扬安排的，也许不是，就是几个爱起哄平时对赵市长又有所不满的人。王电工站在人群的边上，一脸高深的微笑，倒让人意外。刘海龙干号了几嗓子，现场才稍微安静了些。赵市长阴沉着脸，大声说：“我儿子就死于那场鼠族暴乱，我至今伤心欲绝。我是暴乱的受害者。而在场的各位父老乡亲、兄弟姐妹，你们其实都是那场暴乱的受益者。你们没有资格，更没有权利指责我。”

对这个回答我颇为意外，就没有打断赵市长的自我辩护。

“20 年前，我是市长的常务秘书，负责分配食物，在很多人眼里，那是个美差。但我其实非常痛苦。真的。因为我在分配食物的过程中，知道一个巨大的秘密。当时的食物储备只能供所有人再吃五天，即使削减每一个人的口粮，削减到最低水平，也最多再坚持十五天。我能想到的办法就是削减人口，大量削减。所以我有意识地引发了那场暴乱，鼠族只是由头，只是引线，只是导火索。肯定有人会说我残忍，我承认。但人都是要死的，或早或晚，不是死于暴乱，就是死于饥饿，有什么区别吗？”

“怎么没有区别？”我愤怒地问。

“事实上，在行动之前，我向当时的市长汇报粮食的情况。那个老奸巨猾的家伙，他暗示我可以想办法削减人口。我一时冲动，说出了那个计划，老家伙没有明确指示，没有说可以，也没有说不可以，只是转身离开，把一个烂摊子留给了我。那个老混蛋，他为什么不阻止我，不反对我，不把我抓起来以免我去干坏事？除了照计划进行，我还能怎么办？在当时的情况下，没有我，也会有其他人来执行这个计划。”

我一时语塞，不知道该怎么说。

“还有，老有人造谣，说我是鼠族的制造者，这完全是污蔑。我是去实验室参观过，但那是我作为领导的职责。有人在红土地搞非法试验，我不该去看看吗？裸鼹鼠计划，是叫这个名字吧？跳过了动物试验阶段，说是客观条件不允许，直接进入人体试验阶段，这真的对吗？尽管有无数的志愿者争先恐后地参与。但这真的对吗？

“还有，你们都看到了成功的案例，但你们没有看到失败的案例，我看见了。那些失败者，没有变成裸鼹鼠，反而感染上了埃博拉病毒，在很短的时间内，所有的内脏器官都变成赤红色的液体，最后在剧烈的呕吐中死去。死状极惨。失败的案例高达 40%。你们以为裸鼹鼠计划可以拯救你们吗？你们凭什么认为你会成为那成功的 60%？失败的可能性永远存在！”

“我说在场的各位都是那场暴乱的受益者可不是假话。你们之中，一半经历过那场暴乱，对于当时粮食缺乏的情况，你们应该深有体会。你们有别的解决方案吗？去冒 40% 的死亡风险，转化为裸鼹鼠吗？说句实话，没有暴乱，你们活不到现在。你们之中的另一半，包括现在拿着话筒，在暗地里唧唧歪歪搞阴谋的那位，都是暴乱之后出生在红土地的，你们有什么资格品评你们未曾经历的事情？同样的，没有那场暴乱，也不会有你们的存在。”

赵光庭市长不愧为老资格的政客，这一段演讲下来，虽然其中的话语并非毫无破绽，强词夺理与偷换概念之处甚多，但与我的高谈阔论相比，似乎更贴近现场诸人的心声。从他说完后，现场非常安静，可以看出端倪。局势正在往有利于赵市长的方向发展。我略为思忖，推开遮蔽我的彩灯，从藏身之处走了出来。“说得真好，”我讥讽道，“千阳之战，你是受害者。鼠族暴乱，你也是受害者。你能活到现在，还真不容易啊。”

“终于现身了，种蘑菇的。”赵市长说，“就凭你，搞不出这么大的动静，说，幕后指使你的人是谁。”

“赵光庭，我还有一个问题要问你。”我怒目圆睁，语气格外狰狞，“你，八年前，为什么要杀死我的父母？”

“那是意外！”赵光庭脸上显出一丝恐慌。“抓住他。”他向刘海龙发布命令，后者立刻气势汹汹地冲我奔过来，却忽然摔倒在地，跌了个狗啃泥。刘海龙骂骂咧咧地爬起来，一支步枪抵在了他的腰眼上。“听小艾把话说完。”步枪的主人梁清扬一字一顿地说。刘海龙顿时不敢作声。

喧哗瞬间席卷了整个现场，刹那间又归于平静。众人注视着我，等待我的进一步行动。我好整以暇，缓步走向赵市长：“不要以为我当时只有十岁，就什么都不知道。虽然当时我只看到一些片段，有些事情还不理解，但我长大了，知道了更多的事情，把一切碎片拼接在一起，就了解了事情的全貌。你，赵光庭赵市长，觊觎我母亲的美貌，本想利用你的权势得到她，却被我母亲严词拒绝。你恼羞成怒，意图强奸，又被我父亲撞见，归于失败。最后，在你的指使下，刘海龙刘队长安排手下，制造了那场意外。我的父亲和母亲，死在了那个坍塌的地洞里。你说，我说的是不是真的？”

“你瞎说。”赵市长声嘶力竭地说，“你有什么证据？再瞎说，我打死你。”

我倒不怕赵市长的威胁。天虹早就悄悄站在了赵市长的身边，这个时候拿砍刀在他脖子附近比画了一下，赵市长立刻缩了缩脖子，不再说话。

“刘海龙，你说。”梁清扬大声问道，“不说实话，我一枪打死你。”

刘海龙眼珠子转了两圈，似乎在求助。在看见手下都离得远远的之后，他叹了口气，说：“是，是市长下的令。我，我也是被逼无奈啊。”

我已经走到市长跟前，站在离他不足一米远的地方。我从未在如此近的地方看过市长，只见此时的市长，满脸发白，直冒冷汗。没有爪牙和帮凶，他也不过是一个被岁月碾压过的老头儿子。我曾经在他身上感受到的权威如今已经荡然无存。他就像毒蛇褪下的皮，苍白，瑟缩，令人恶心。

天虹把他手里的砍刀递到了我手里。那意思再明白不过了。杀了他！杀了赵光庭！杀了这个害死我父母的元凶！“血亲复仇。你是第一受害人，最有资格这样做。”梁清扬在行动之前这样对我说，

“台下的那些人，对千阳之战的起因和经过不感兴趣，对鼠族暴乱的真相不感兴趣，但对血亲复仇一定感兴趣。”

我握紧砍刀，手指因为用力而微微痉挛。“杀了他。”天虹在我耳边低语。我还在犹疑，不知道如何出手，毕竟我没有受过杀人的训练。这时，天虹从后方将我的手肘一推，那砍刀立刻向前冲，深深地扎进了赵市长的胸腹之间。

11

赵市长倒退两步，以不敢相信的目光瞅瞅我，又瞅瞅胸前的刀柄，这才惨叫着倒下，倒在台阶上。鲜血伴随着他的哀号和抽搐，先是喷射，后是汩汩流出，最终躺在那里，不再动弹。他那两只浑浊的眼睛半睁着，好像仍不相信自己辛辛苦苦经营这么多年，怎么忽然间一切就土崩瓦解呢？

“为什么？”我总算清醒过来，转向天虹，“事先不是说好，解除他的市长职务就行了吗？”

“除恶务尽，不留后患。”天虹这样回应，“梁队长说的。”

一股愤怒混杂着恐惧在我胸中涌起。我的目光越过不知所措的人群，望向数步之外的整件事的主谋。梁清扬依然平端着步枪指向刘海龙，刘海龙的嚣张跋扈早已不知踪影，只剩一个颤巍巍的躯壳。他胳膊上纹的那条面目狰狞的龙，此刻显得特别可笑。

人群中不知道是谁大喊了一句：“杀人啦，艾星雨把赵市长杀死啦！”这霹雳一般的喊叫声顿时将现场不知所措的人群唤醒，刚才他们还是面面相觑，宛如只有脑袋能动的雕像，现在忽然间活过来，走动、奔跑、回避、号叫、啼哭、议论、谩骂、疑惑……一时之间，整个现场宛如一锅沸腾的水，一片涌动的海。

梁队长大喊着什么。隔得太远，周围又闹，我只能猜测是“安静”两个字。他连续喊了好几次，没人照他说的做。然后他扣动了扳机，枪声骤起，在红土地四处回荡。刘海龙应声倒下。子弹从正面击中了他，削掉了他的大半个脑袋，血肉、碎骨与脑浆喷溅了一地。这下子，闹嚷嚷的现场立时安静下来。

“我说——安静！”后面两个字格外清晰，环顾四周，梁清扬又命令道，“给我话筒。”

天虹从我手中拿过话筒，走向梁清扬。看着天虹离去的背影，我有种深深的屈辱感。我被利用了，我被抛弃了，我成了一枚任人利用的棋子。

梁清扬拿过话筒：“赵光庭死有余辜，有什么大惊小怪的。你们早就想干掉他，不是吗？只是不敢动手罢了。你们之中，有谁，背地里没有骂过赵光庭，现在就可以站出来，指着所有人的鼻子，骂一声叛徒？”

没有哪个蠢货会在这个时候站出来。

“赵光庭坏事做尽，他的死是咎由自取。”下了这个结论之后，梁清扬清了清嗓子，继续说，“他死了，他的帮凶刘海龙也死了，一了百了。而我们这些还活着的人，还要继续在这暗无天日的红土地生活，你们愿意吗？我想没有人愿意。我将带领大家离开这里，回到阳光灿烂的……”

就在这时，燕子姐慌慌张张从人群背后跑过来。在距离梁清扬七八步远的地方，她气喘吁吁地喊道：“孟楼带着一队保安，占领了食品仓库！”这突如其来的消息打断了梁清扬的演讲。他愣了小半晌，捏着话筒没有说话，直到燕子姐跨步向前，牵住了他的手，恰如其分地宣示了自己与他不一般的关系，他才说道：“慌什么？天虹，你带几个人过去看看，到底发生了什么事情。”

天虹点了四名保安的名字，都是些刚刚加入保安队的新人。梁清扬又在天虹耳边叮嘱了几句，我猜是“一定要不惜一切代价夺回粮食仓库”之类的话。我很清楚，所有人都清楚，粮食仓库对于红土地的重要性。粮食仓库堪称红土地的战略枢纽，谁控制了粮食仓库，谁就可以控制整个红土地。然而，孟楼是怎么想到此时去占领粮食仓库的？难道他知道今天我们会行动？护卫赵光庭和刘海龙的保安比平时要少，我算是知道他们去了哪里了。

天虹带着四名保安匆匆离开十号站台。梁清扬松开了燕子姐抓住他的手，继续演讲。燕子姐满脸惊惶地站在梁清扬背后，摇摇欲坠。我知道有些事在我的视野之外悄然发生过了，然而我……我不得不收敛心神，将注意力集中到梁清扬的演讲上。之前我已经听他讲过，此刻听来却格外空泛。不外乎他不会享用特权，会公平地对待每一个人，他希望带领大家走出这个阴森可怖的地下世界，回到渴望已久的地面，我们梦寐以求的故乡，这是所有人不约而同的梦想……

广场边上忽然传来喧哗声。我极目远眺，看见那条隧道的入口，有一群人正鱼贯而出。前几名都是手持警棍和砍刀的保安，第六个人是脸庞白净的孟楼，刚刚出去的天虹跟在他的身后。谁都看得出天虹的立场发生了转变。“螳螂捕蝉，黄雀在后”，孟楼此刻的笑意正好诠释了这个成语的全部内涵与外延。

“天虹，你过来！”梁清扬脸色有些难堪。

天虹摇着头，不说话。他的背叛，显然不是现在，而是在很久以前。那孟楼趁我们对付赵光庭和刘海龙的时候，带人占领粮食仓库的行动就可以解释了。

“不要以为梁清扬是什么千载难逢的好人。我也告诉大家一个秘密吧。”孟楼走进人群之中，边走边说，“梁清扬带领地面探险队回红土地的途中，遇到鼠族部落的围攻。他派人求救，保安队与鼠族一场血战，虽然歼灭了整个鼠族，但保安队也折损了大半。这个事情相信大家都记忆犹新吧。然而，这事儿从一开始就是阴谋。探险队遭遇鼠族部落，根本不是巧合，而是梁清扬事先知道那里有鼠族部落，刻意把探险队带过去的。目的很简单，借鼠族之手，干掉一半保安队，削弱赵市长的实力，为他今天搞政变创造了必要条件。”

我惊讶地“哦”了一声，周围也是一片讶异惊叹之声。地面考察与歼灭鼠族原本是独立的两件事，现在却如此血腥地联系在了一起，的确出乎意料。然而冥冥之中我又似乎觉得，这样一个结果也不是特别意外。

梁清扬说：“孟楼，你血口喷人。你说这些，有证据吗？”

“这话听上去有几分熟悉。”这时，孟楼已经走到了梁清扬的跟前。他的十来个手下站到了他的身后，呈扇形拱卫着他。他志得意满地笑笑：“对哦，先前艾星雨说，赵光庭害死了他的父母，赵光庭要证据，他才肯去死。现在，轮到你说，要我拿出证据，你才肯去死。可笑！局势变化怎么就这么快呢？”

燕子姐勒着梁清扬的胳膊，惊惶的表情难以言表。事情确实变化得太快。由于天虹的背叛，梁清扬不知道他的手下还有几个是可靠的。我猜他此刻孤家寡人的感受一定非常强烈。

“我一定会带领大家回到地面！”梁清扬说。

这句没头没脑没滋没味的话引发了孟楼的大笑。他笑得前仰后合，眼泪都快掉下来了。良久，他才止住笑：“回地面干吗？去接受核辐射吗？我们还回得去吗？”

梁清扬脸色惨白，勉力说道：“地面的核辐射早就没了。毕竟千阳之战已经过去了三十多年。地面早就安全了。这些年里，赵光庭欺骗了所有人。”

“这也只是可能。你并不能证明，地面已经安全了。”孟楼说，“最关键的是，我们为什么要出去冒险？这里有吃有喝，条件确实艰苦点儿，但毕竟活得好好的啊。为什么要去冒险？就为了你从你那酒鬼老爹那里继承来的虚无缥缈的地上之梦？在我看来，这里，此时此地，就是最好的，根本没有必要去冒险。大家说是不是啊？”

孟楼“这里就是最好”的说法让我震惊。这里，红土地，明明有诸多不好的地方，他为什么认为这里就是最好的呢？然而，我看见周围包括天虹在内有不少人点起了头，说明支持孟楼这种说法的人不在少数。

我大声说：“不对，孟楼你说得不对。这里，并不好。连洗个热水澡都办不到，你能把这样的生活叫作好吗？”

“小艾，艾星雨，”孟楼看着我，语重心长地说，“你被梁清扬利用了，你不知道吗？你父母的事情是我告诉梁清扬的，没想到这个阴谋家居然利用你去对付赵光庭市长。”

“赵光庭死有余辜。”我把先前梁清扬说过的话重复了一遍。

“我不和你讨论这事儿。”孟楼转向梁清扬，“眼下的局势已经很明显了，梁清扬，你要么降，要么死，没有别的路可选。投降，我保证不杀你，还有你老婆。别看你有枪，可枪里有多少发子弹呢？多到能把在场的每一个人都打死，就像你打死刘海龙一样吗？”

梁清扬的脸色变得极其难看，一阵红，一阵黑，一阵白，看得出心潮难平。“下不了决心吗？”孟楼不耐烦地说，“那我帮你下好了。”他把手举到半空，挥了挥手，就像指挥千军万马的将军一般，向跃跃欲试的保安们指出了进攻的方向……

就在这时，某个地方传来难以形容的轰鸣。在我分辨出这轰鸣是什么之前，站台的所有灯全部熄灭，整个红土地顿时陷入全面的黑暗之中。枪声响起，有人惨叫，又有人大呼“打死他”，纷乱的脚步声在四周回荡。突如其来的黑暗让我无所适从。我后退两步，靠到墙上。奔涌的人群从我身边杂沓而过。如果不是我闪避得及时，我很可能已经被踩死。我的心怦怦跳，惊惧笼罩着我的全副身心。

黑暗中，有一只手捉住了我的胳膊，我急忙甩开，却没有甩掉。那只手很冷，但抓得很稳，很紧。一个熟悉而又陌生的声音对我说：“跟我来。”

那是罗菲的手，那是罗菲的声音。

12

黑暗中，仓皇中，混乱的人群中，我的脚步踉跄，一路跌跌撞撞。但抓着我的那只手一直没有松开。我在罗菲的牵引下奔逃，时而快，时而慢，时而上，时而下。不时有人在近旁跌倒，惨叫与惊呼之声不绝于耳。

也不知道踉跄了多久，周围都安静下来，我想我们已经奔逃到远离红土地的地方，四周只剩下我和罗菲的脚步声——不，只有我一个人沉重的脚步声与呼吸声。罗菲脚步轻捷，犹如小猫，根本没有声音。又奔逃了一段时间，罗菲才停下来：“星雨，这里安全了。你先藏在这里。”她按着我的肩膀，示意我坐下。

我不肯，倔强地站着，同时抓住她的手不放：“你要去哪里？”

她说：“去找人。”

“这么黑，你看得见？”

“不，我看不见。但我听得见，嗅得见，比眼睛看到的，更为清晰。”

“立体听觉，立体嗅觉。这么说，孟楼说的都是真的吗？”我的心往下沉，缓缓松开了握住罗菲的手。

“什么？孟楼说什么了？”

“他说你原本是鼠族的一员，一只工鼠，没有雌雄之分。你的部落被保安队歼灭，你逃出来，遇到我，然后才发育……发育成你现在的样子。”我揉了揉太阳穴，就地坐下，以解放我酸软无力的腿。

“按照你们的说法，确实是这样。但从鼠族的角度来讲，却是另外一回事。”我感觉到罗菲在我身旁坐下，但她没有继续往下说。“怎么？不出去了？”沉默良久，我终于提出了一个问题。罗菲答道：“十号站台的电力已经恢复，没有黑暗的掩护，我出去只会被抓住，干不了别的事情。”我不知道这里距离站台有多远，也不知道罗菲是怎么知道站台电力恢复了，我也不想知道。我想知道另外的事情：“那么……”我舔了舔干涸的嘴唇，“好吧，你说，说说鼠族的事。”

罗菲的声音前所未有的愤怒和压抑：“我们部落的主巢穴遇到意外，坍塌了。女王下令，长途迁徙，寻找新的主巢穴。途中，我们停下来休息。就在我们睡得正香的时候，你们的人，保安队来了。他们先杀死了我们设在外围的哨兵，然后摸进了女王所在的寝宫。女王被第一个杀死，这引发了整个部落的混乱与疯狂，还有彻底的崩溃。如果女王在，以鼠族的团结一致，被歼灭的一定是保安队，然而，然而……我只身逃出，但我永远记得那些保安可怕的面容。我们什么都没有做，只是在那儿睡觉！”

我记得在宣传栏上读到的内容，现在又从另一个角度了解了事情的经过。谁对谁错？谁是谁非？在这个故事里，我又扮演了什么样的角色？罗菲呢？我想回答这些问题，但脑子钝化，宛如岩石。浓稠的倦意从脊椎蔓延至全身，眼睛在合上又睁开几次之后，我躺平身子。“我累了。”我嘀咕着，“我睡了。”地下冰冷而坚硬，但并没有阻止我向睡神投降。

在睁开眼睛之前，我已经醒了很久，可就是不想睁开眼睛。这种半睡半醒的状态持续了多久，无法知晓。也不知过了多久，我心生厌倦，便睁开了眼睛。四周仍是一片驱不散的坚固的黑暗。罗菲睡在我身后，靠得很紧，一只手搭在我的腰间，就像在蘑菇房的折叠床上一样。我翻了个身，面对着罗菲。她稍稍调整了一下位置，没有醒，也可能是在装睡。我不在乎，试探着伸出手去摸她的鼻梁和脸颊。黑暗中，她的脑袋忽然动了一下，下一秒我的手指就被她的牙齿轻轻咬住。

“你的味道很特别。”罗菲慢慢地说，斟酌着字词，“甜，很平和的甜，不腻不浓，然而非常持久。甜里略微带一点儿的酸，不多不少，恰到好处，没有喧宾夺主，抢过甜的风头。尝过之后，有一点点苦涩隐藏其中，令人回味无穷。”

被人这么描述，我不禁扑哧一声笑了。“说得我像个苹果似的。”我说着，从侧面抱住了罗菲。“你这个妖孽。”她乖乖的，在我的臂弯里，被我轻轻抱着，没有说话，也没有别的动作。我觉得周围的空气都变得香甜，那无边无际的黑暗也变得可爱。我享受着这一刻的宁静与温馨。沉醉其中，不愿醒来。

一丝欲念在我心中升起。我抚摸着罗菲光滑的后背，在她耳边说:“我喜欢你。我爱你。”罗菲轻声回答，声音之轻，几不可闻:“我也是。”一种浓浓的暖意从我心底漾起，闪电般传遍全身，使每一个细胞都在温热的海洋里欢唱。

真希望就这样继续下去，世界末日来了我也不在乎。但一个新的疑惑又在我脑海里现形：为什么我对罗菲如此迷恋？难道是因为……因为我也是鼠族？毕竟，毕竟我爸爸是启发了女博士的那一个人啊。

我刚想说话，罗菲的脑袋忽然扬起:“有人过来了。”她补充了一句，“不是我的人。”然后，她起身，离开了我。

我坐起身，失落与惆怅同时撞击了我。

我知道，所有的温馨与浪漫都将消失无踪。残酷的现实会把我刚才体验的一切打成齑粉。我不想知道在我睡着的这段时间里，红土地发生了些什么；不想知道有多少人死于黑暗中的屠杀；不想知道孟楼和梁清扬，哪一方从这场暴乱中胜出：我不想知道这些问题的答案。最为关键的是，罗菲的真实身份已经暴露，接下来会发生些什么？我更不想知道。

“在这里等我，艾星雨。”罗菲的声音从不远处传来，“我爱你，永远爱你。”

远处传来纷乱的脚步声和说话声，几束电筒光在黑暗中乱射。至少有六个人，其中一个是天虹，那个背叛了梁清扬加入孟楼阵营的年轻人。“仔细搜。”天虹的声音冷漠又严厉，“必须抓住鼠族女王，还有那个种蘑菇的。要是他们逃了，会生出一支鼠族部落来祸害我们。”

我在地上摸索了一番，找到了一块拳头大小的石头，拿着站了起来。“我在这里。”我高声喊道，“来啊，过来抓我啊。”

电筒光纷纷朝我这边射过来。我眯缝着眼睛，把刚才的话又大喊了一遍。我希望在他们抓住我的时候，罗菲可以趁机逃跑。突然，前方出现了罗菲的身影。她挡在了那群保安和我之间。所有的电筒光都照射着她，她不着寸缕，皮肤发着粉红的光，将一切的秘密呈现在空气与众人的目光里。

我震惊地看见她脚步轻捷，修长的大腿有力地踏步，完美的腰身随之扭动。“妖女，你要干什么？”一个保安喊道。她轻舒双臂，上下扇动，摆了一个飞翔的姿势。她已经走进六名保安的队形之中。

“抓住她。”天虹说，“不要被她迷惑了。”

“我爱你们。”罗菲咯咯地笑着，“我爱你们所有人。”

变故就在这个时候发生了。一名保安突然举起警棍敲打在前方那名保安的脖子上。“你干什么？”后者叱喝一声，毫不犹豫地将手里的钢叉刺向同伴的肚子。天虹退后半步，避开了面前那名保安突然挥出的拳头，却被一支电筒砸中了额头。他狂吼了一句，挥动砍刀，砍中了拿电筒砸他的那名保安的脖子。砍刀卡在了那人的脖子里，红艳艳的血喷射而出。天虹试着拔出砍刀，另一名保安从背后用钢叉刺中了他。他惨叫着倒下，偷袭他的保安没有停手，扑上去继续刺，直到一根警棍准确而疯狂地敲在他的后脑勺上。旋即警棍被丢弃，它的主人喘着粗气，轰然倒下，肚子上有一个拳头大的血窟窿。

我目瞪口呆地看着。几支电筒在混战中各有去处，有的坏掉了，有的则躺在地上，照射着曾经的主人。六个人，或者说，六具尸体，以各种不正常的姿势，堆叠交缠码放在一起。从变故发生，到一切结束，不到十秒的时间。赤裸的罗菲站在尸体中间，脸上露出了甚是满意的微笑。

这微笑却叫我心生寒意。“你干了什么？”刚说完我就意识到自己问了一个蠢问题。因为我知道问题的答案。能让一群男人忽然之间自相残杀，除了鼠族女王的某种外激素，还能是什么？

电筒光熄灭了，世界重回黑暗。

好黑，好冷。

13

“接下来你打算做什么？”

“去芭比酒吧，有几个人在那里等我。我的人。”

“然后呢？”

“离开这里，去寻找宜居的主巢穴，创建新的鼠族部落。这是我铭刻在基因里的使命。”

“我呢？”

“你跟着我，一起去啊。”

“和众多雄鼠一起去吗？”

“是啊。”罗菲说，“跟我在一起，迟早有一天，你也会变成鼠族的一员。比起纯粹的人类，我们鼠族更适应地下生活。你会喜欢上这种生活的。”

对话进行到这里，已经无法再继续了。我选择沉默。然后，趁罗菲去芭比酒吧的空当，我离开了她。逃跑，是的，我逃跑了。在保安的尸体上，我捡到了三支完好的电筒。这三支电筒可以支撑我走很远，远远地离开红土地，远远地离开所有人。我并不知道自己要去哪里，只是沿着一条山洞往前走，往前走。我脑子里一片空白，什么也不敢想，什么也不能想。遇到岔路，随便选一个。走，走就好。哪怕是在原地兜圈子，也不能停下来。

也不知道过了多久，我听见附近忽然传来密集的脚步声，赶紧熄了电筒，藏了起来。一群二十来个衣衫褴褛的人在电筒光的指引下，慢慢走了过来。队伍中有两副担架。梁清扬和燕子姐都在队伍里，一前一后走着。梁清扬肩上挂着那把步枪，额角上的伤口简单处理过。他的神情相当沮丧，一直低着头，看着自己不停前移的脚尖。

这时，抬第一副担架的人忽然脚下打滑，好不容易才稳住，没有将担架倾倒。梁清扬下令原地休息，自己跑到担架旁，蹲下，掀开床单看了看里面的人。啊，是老梁。他脸上没有一丝血色，显然受了很重的伤。我赶紧从藏身之处跑了出来，有人想拦我，但被燕子姐制止了。我奔到老梁跟前。他躺在担架里，闭着眼睛，似乎还有呼吸。我握住他的手，还有明显的温度。

“他是为了救我。”梁清扬有些哽咽。

“灯熄了之后，又发生了什么？”我问。

“我不想说。”梁清扬说完，转身离开。

燕子姐走过来。“小艾。”她叫我的昵称，神色比梁清扬要平静，“孟楼获得了全面胜利。跟我们走的，就这些人了。”

也就是说，红土地将维持它原有的运转方式，除了市长从赵光庭换成了孟楼。“就这样？”

“就这样。”

黑暗中的屠杀，是谁也不愿意提及的话题。千阳之战到底是怎么一回事，我无从去想象，然而，黑暗中的屠杀，我是可以想象的。一幅画面闪过，带来一阵忙乱的心悸，我急忙止住。

老梁忽然动了动。“星雨？星雨来了吗？”他的声音苍老而又无力。

“是我，我来了。”我眼里噙着泪。

“星雨，我的儿子梁清扬利用你对付赵光庭，我代他说声对不起。我反对他的很多做法，然而这一次，我没有制止他。”

“没什么的。赵光庭死有余辜。”

“罗菲呢？你没有和罗菲在一起吗？”

我不知道如何回答这个问题，只好含糊地说：“在，在的。”

老梁说：“当年，我也是裸鼹鼠计划的志愿者之一。可最后关头，我退缩了。现在想起来，也不知道当初的选择是对还是错。女博士说，因为知道裸鼹鼠的存在，可以使我们的地下生活少走很多弯路。女博士虽然知识渊博，但她却不知道，有些弯路是必须走的。不走过那些弯路，你不会知道那是弯路，走过了你才明了，哦，那是弯路。没有人能够代替你去走那些弯路。”

我点点头，压抑住想哭的冲动：“你的意思我明白。”然而我依然有疑惑：老梁的意思是地下生活是人类要走的弯路吗？还是说，女博士设计并制造出鼠族是人类要走的弯路？老梁继续说：“星雨，你知道年轻最大的好处是什么吗？是你还可以选择，还有一个充满未知的未来在等着你。”

我并没有从这句话中得到安慰，但我还是点头，表示同意这种说法。“老梁，我有一个问题想问。”我说，“我是鼠族吗？我爸爸是给了鼠族之母灵感的那一个人。那我，是鼠族吗？”

“不是。”老梁气若游丝，“你是在暴乱之后两年出生的。你妈妈不支持裸鼹鼠计划。”

这个答案让我略微有些安慰，却又有些遗憾。我不知道为什么会有这么复杂的情绪，照说不应该啊。我应该为我是纯粹的人而高兴才对。然而，我并没有真正地发自内心地高兴。

“我人生的最后一个希望。”老梁轻咳了两声，继续说，声音越来越低，需要凝神倾听，才能听见，“我出生在地面，我也希望死在那里。”

“不，不要说什么死不死的丧气话。”梁清扬抢答，“我会把你和大家都带回地面。”

“好啊。”老梁勉力露了一个笑脸，合上了眼睛。

我大惊失色，正要问话，燕子姐却在一旁说：“只是失血过多，暂时昏迷。”

“还是很危险啊。”

“没有办法，没有输血设备。”燕子姐为难地说，“我能怎么办？”

“接下来你们打算怎么办？”

梁清扬再一次抢答：“刚才不是说了嘛，离开地下，回到地面。”

他曾经是地面探险队的队长，知道出去的路很正常，但是……“出去的洞口不是这个方向吧？”

“不是。”梁清扬肯定了我的结论。“我们要去的，是另外一个洞口。距离红土地有好几十千米，原本是另外一个地铁站的出口。几个月前，我外出探险，在隧道里迷失了方向，一直往前走，无意中发现的。知道这条路的人，应该只有我一个人。”

“外面安全吗？”

“还记得那个苹果吗？是我出了洞口，在街边的树上摘下来的。当时摘了一口袋。你吃的是其中一个。”

这不但可以解释苹果的来历，或许还能解释另一个问题：梁清扬原本是反对回到地面的，为这，他和老梁吵了好几架，父子关系一直不好。然而，当他发现出去的洞口后，梁清扬完全改变想法了。同时用新鲜的苹果和外出的路来招揽手下，不失为一种有效的手段。尤其是对那些渴望离开红土地的人而言。这种做法，足以培养出自己的势力，并可能改变红土地的社会格局。

“可是，这并不能证明外面安全了。”我边思忖边说，“在地下生活得太久，我们并不知道正常的苹果是什么样子。”

“你说得对。我父亲就说那苹果比记忆中要小得多，但他也说不清楚，这么小的苹果是因为核辐射变小了，还是因为这个品种的苹果就是这么小。”梁清扬指了指另外一副担架，王电工坐在担架旁边冲我憨厚地笑着，“所以我准备了一些仪器，盖革计数器和两套防辐射服，希望能派上用场。”

“跟我们一起走吧。”燕子姐在一旁发出邀请。

我正要答复，就听见有人惊呼：“鼠族！”

14

梁清扬把肩上的步枪取下来，平端在手里。其他人也纷纷去抓武器，警棍、钢叉、砍刀、木棒、石块，有什么拿什么。所有的电筒齐齐指向发出声音的地方。

七八个人出现在那里，为首的是罗菲，还是裸着身子，一丝不挂，丰腴的乳房随着脚步，上下跳荡。她身后跟着七个男人，头发都剃掉了，剃得不够干净，跟先前的形象相比，对比非常鲜明。有我认识的，也有我不认识的，因为都裸着身子，显出强烈的陌生感。有时候要盯着看好一会儿才会想起他的名字。芭比酒吧大腹便便的冯老板也在其中。这画面太过诡异，以至这边的所有人，连同我在内，都变成了哑巴，没有发出一点儿声音。

梁清扬最先清醒过来，猛拍了一下步枪："站住，原地别动。再动我就开枪啦！"

罗菲没有停，健步向前，凝神望着梁清扬："是你，就是你，指引保安队偷袭女王寝宫，杀死了我的女王，导致整个部落崩溃，数十名族人惨遭屠杀。"

"怎么，你要报仇吗？"梁清扬暴躁地回答。

罗菲没有答话，带着手下继续往前走。我周围的人都紧张起来，握紧了手中的武器。一场生死搏杀在所难免。虽然我们这边人多得多，但看过罗菲用一点点外激素就让六名保安自相残杀之后，我知道，这种数据上的优势毫无意义。

"罗菲，我是你燕子姐。你不记得我了吗？"燕子姐怯怯地喊了一声。

"记得。"罗菲说，"谢谢你的裙子，可惜我用不上了。"

"你是要把这里的所有人全部杀死你才甘心吗？"我吼道。

"不，不是的。"罗菲答道，"我只要他死。"

话音刚落，我就看见梁清扬脸颊变得扭曲，仿佛有双无形的手在揉搓。下一秒他调转步枪的枪口，对准自己的下巴，因为枪身太长而动作怪异。我知道他要干什么，猛扑过去，一掌劈在步枪上。这一劈力度之大，使得整个枪往下转了半圈。然而，梁清扬还是扣动了扳机，子弹击中他的左脚脚背。他惨叫着，想强力支撑，却没有成功，终究还是哀号着侧身倒下。

燕子姐急忙奔过来，检查梁清扬的伤情。她能做的有限，而我——我知道我必须救梁清扬，哪怕他设计了那么多阴谋。他是老梁的亲生儿子，还有，他知道出去的路。于是，我对着罗菲怒目而视：“够了，住手，罗菲。有什么事情冲我来。我知道，我背叛了你，这让你很生气，不是吗？”

“艾星雨。”罗菲叫着我的名字，抬起赤裸的手臂，用食指稳稳地指向我，“你为什么逃走，我知道，无须过多的解释。循着你留下的气味，追到这里，是想告诉你一件事情。在我的一生里，你对我有着特别的意义。我爱你，毋庸置疑。”

我僵立在原处，浑身冻结一般，不知如何说话。

“我爱你，也爱他们。”她指了指她身后的那些男人，“我对你的爱，不因为他们而有所减损；我对他们的爱，也不会因为你的存在而有所偏私。作为女王，我是绝对公平的。这一点，你们人类从来没有做到过。我也知道，这不符合你学到的伦理和道德，但那些在地面生活形成的规范已经不适合地下生活。世界已经改变。你必须做出改变，才能更好地在这地下生活下去。”

“是吗？”我淡定地说，内心却无比恐慌。罗菲说的话并非毫无道理，而且……而且这话听起来有种莫名的熟悉感与亲切感。在梁清扬讲的故事里，我的父亲，那个养裸鼹鼠的人，就对女博士，后来的鼠族之母，说过类似的话。如果我父亲在场，他会对我说些什么呢？他说，用人类的伦理道德去看待裸鼹鼠的行为是没有意义的，真的没有意义吗？那用裸鼹鼠的行为来指导和规范人类的生活又有意义吗？

“我找到你，是想再给你一个机会。”罗菲说，“跟我走，去地下深处，好好生活。不管你想要什么，我都可以满足。”她用手指在自己的小腹上——我曾经抚摸过的地方——画了一个大大的圈：“我会为你生一大堆孩子。”

我嗫嚅着，说不出话来。

“你想延续人类文明之光吗？没有问题，你认识字，你可以教孩子们，教我生下的所有孩子，读书认字，告诉他们人类是如何愚蠢地失去了地面。鼠族之母曾经说过，鼠族才是人类文明的延续。而你，可以为此做出重大的贡献，在鼠族历史上永远刻下你光辉灿烂的名字。”

鬼使神差一般，我朝着罗菲的方向迈了两步。

“小艾！”燕子姐叫我，我回头瞥了她一眼，看见她蹲在梁清扬身边，握着梁清扬的手，而梁清扬按着她的肩膀。他中弹的脚还在往外面慢慢流血，即使不死，也会落下终生的残疾，但他脸上保持着某种会心而愉悦的笑。

我收回目光，也收敛心神，盯着自己的脚尖。

我想我明白了为什么在我知道我不是鼠族之后我会遗憾了。因为如果我是鼠族的话，会使我的选择变得容易。然而我是人，在人群中长大。老梁总是说我做事审慎，其实不是审慎，我只是很难做出选择而已。就像现在。

两条路摆在我面前。

一条路是跟着燕子姐和梁清扬，重返地面，去那未知之地，重建人类文明。

另一条路是跟着罗菲和她的雄鼠们，去往地底深处，像裸鼹鼠那样永远地生活在地下。

其实还有一条路，那就是回到红土地，回到孟楼“这里就是最好”的治理下，老老实实做个种蘑菇的，但不知为什么，我没有把这条路列入选项，予以考虑。我把它抹去了，就像抹去破碎的蜘蛛网。在我脑子里，只有两条路在竞争：回到地面，还是深入地下？

很久以前，老梁告诉我，在坍塌的地洞里，人难以找到正确的方向。你以为是正确的方向，却可能把你导向死路；你以为是错误的方向，却可能在峰回路转之后，导引你走上康庄大道。我此时的感觉，就像置身于坍塌的地洞之中，无数的岩石和碎屑压在我身上，令我呼吸不能，动弹不得。千年万年，只要时间足够长，我就会变成坚硬的化石，供后世凭吊研究。

然而，此时此刻，留给我的时间并不多。不管多么艰难，我必须遵从我的内心，做出自己的选择。

探秘龙墟

还在着陆器上，透过厚实的舷窗，我们就看见龙墟了。

在一望无际的白色冰原上，耸立着一条笔直而细长的黑色山脊。左边是平坦的冰原，右边是平坦的冰原，就中间，非常突兀地耸立着那道山脊。一端顺滑地没入冰原之下，而另一端，可以看作是山脊的头，因为那里比别处高出很长一截，还有两只犄角的造型。整个山脊，看上去就像是冰原之下游动着的一条尘世巨龙，露出地表的，是它蜿蜒的脊背。

“那就是龙墟。”组长赫连科说。

龙墟。我琢磨着这个名字，从第一次知道它是我这次“魔镜”科学考察的对象后，我就开始琢磨，但没有任何结果。在这个距离太阳系 3000 光年的恒星系里有五颗行星，从内往外分别叫作小红帽、金球、莴苣、魔镜和水晶鞋，全部来自格林童话。我总觉得这种命名方式暗藏着一种深深的幽默感，但也可能只是童心的具体体现。

在母船的分组培训会上，赫连科组长给我们看了龙墟的一小段视频，然后告诉我们:“行星魔镜比地球大，80% 的表面是海洋，有较大的四块陆地。我们 42 号小组要去的是枫叶大陆。之所以叫这么个名字，是因为它的轮廓看起来像地球上的一种植物的叶片。”

我仔细看了看，有七分像。另外三块大陆分别叫作恐龙、天狗和呼喊——第一批探险家给新世界命名的方式就是这么简单和粗暴。

“龙墟位于枫叶大陆最北端，靠近北极，一个介于海陆之间的半岛上。根据上一个科学考察队的初步勘测结果，它的地面部分长三十千米，高五百米。”组长赫连科继续说，“地下部分是地面的五倍。换句话说，这玩意儿不是自然的产物。”

我至今记得当时赫连科嘴角那抹奇怪的笑意。

驾驶员张捷操纵着陆器在一处平坦的地方降落。这里的冰原远看平坦无垠，如镜面一般闪闪发亮，真正靠近，你才会发现它也是有高低起伏的。

虽有一些颠簸，但着陆器还是成功降落。组长、我、黄明和赵晓倩四个人穿上厚厚的藏红色环境服，跳出着陆器，置身于魔镜的空气里。这里的引力比地球低，开始走的时候，脚步有点儿飘，多走几步，就适应了。毕竟我们都是接受过外星考察训练的人。

张捷留守着陆器。“你要做好随时起飞的准备。”赫组长说。

然后赫组长在通讯系统里下令我们往龙墟那边走，去进行第一次实地考察。“艾星雨，开始记录了。”组长说。我依言打开背囊的盖子，把团子放了出来。团子舒展了一下四肢，翻过我的肩膀，蹲到我的左手臂上。

“好冷啊！零下 35℃！”团子缩着脖子，“幸好没有风，有风更冷。”

“你是西伯利亚森林猫，装什么怕冷？”我眺望四周，大地一片银白，而天空呈现出略显奇怪的绯红，在很高的地方飘着几片迅速变动的灰云。“少废话，工作了。”

团子微微叹了一口气，展开在真实状态下肯定不会有的一对小翅膀，扑扇几下，飞到了半空中。我与团子链接在一起，再调出十六个视网膜显示屏，它显示的内容就与团子的十六只不同光谱的探测器所看到的一致了。确定一切正常后，我把其他显示屏隐藏起来，只剩下主视频，随即向组长打了一个确认的手势。组长立刻进入了领导模式，开始了千篇一律的训话：

“对人类科考队而言，魔镜是一个全新的世界。上一次考察，探险家们收获满满。但同时也必须注意到，在探险的过程中，他们犯下了无数的错误，有一些错误是致命的。我要求你们每一个人都展现出科考队的专业精神来。”

接下来，赫组长就喋喋不休地强调：任何时候都不要脱下环境服；任何时候都不要关闭通讯器；不要因为任何原因擅自离开队伍……

赵晓倩扭过身子，隔着玻璃面罩冲我挤挤眼睛，那意思很明显：谁敢在这个时候说话，等着他的就是更多的喋喋不休。

“总之，不要用你在地球上学到的经验套用到魔镜，尤其是龙墟。”赫连科说，“我告诉你们，第一批探险者在龙墟发现了一些非常奇怪的事情。”

“他们发现了什么？”赵晓倩问，“龙吗？”

“也许吧。”赫连科脸上闪过一丝莫名的笑容，“现在谁也不知道里面有什么。说不定真有龙啊。”

我不喜欢赫组长的这个回答。因为这意味着他知道一些我们不知道的事情，却不愿意和我们分享。透过面罩，我看着越来越近的龙墟，看到越来越多的细节。它黝黑、冷峻、神秘，表面棱角分明，明显可以看到鳞片一样的结构。从地面仰望，那头部高昂的犄角和硕大的眼球更加形象。它就像潜藏在冰原下的一条巨龙，随时可能破冰而出，飞向九霄云外。

赵晓倩突然向前几步，把手往前一指：“瞧我发现了什么？”

那是一个几米见方的窟窿。周围都结着冰，不知道为什么，就这窟窿没有，水面平静得像一面镜子。“在地球的两极地区，这样的冰窟窿是供海象或者别的海洋哺乳动物进出和呼吸的。”赵晓倩说。

“团子发出警告，让我们退后几步。”我说。

赵晓倩非常兴奋，这可以理解。因为她是行星生物学家，她马上就可以亲眼见到第一种外星生物了。我们退后十米。随后，窟窿里水波涌动，一只生物的腕足伸出来，按住边缘，将自己的整个身子从水里拖出来。它的样子很像地球上的章鱼，有八只带着吸盘的腕足，只是疙疙瘩瘩的皮肤呈现出冰一样的颜色。上一个探险队将它命名为章鱼大王，最大的章鱼大王有 6 米长。对它们的描述只有几句话：辐射状章鱼形态；可以变色和改变形状，但不能进行完全拟态；智力水平低下。

又有更多的章鱼大王钻出冰窟窿。足有二十只之多。它们排成一条直线，依靠两条长长的腕足在冰面上直立行走。

“看它们的嘴。”赵晓倩提醒。

我已经看到了。在章鱼大王的嘴边，用一只腕足捧着一个半透明袋子，里边装着某种液体。团子把分析结果发给我，我又把它分享给所有组员。“袋子里装的是水。”我介绍说，“相当于章鱼大王们在陆地上行动时的氧气瓶。”

“跟上它们，看它们要干什么。”赫连科命令。

这时，前头领路的章鱼大王突然停了下来。它身后的章鱼大王分成两队，越过它，又在前面不远处会合，队伍就从直线变成了圆形。它们抬起两条腕足相互拍打，发出冰块在高脚杯里滚动的声音。又举起另外两条腕足，一左一右，与旁边的章鱼大王相互拍打，发出冰刀滑过冰面的声音。两种声音交替出现，连同眼前的画面，显得非常诡异。

“它们在干吗？”黄明问。

“像是一种仪式。”赵晓倩回答。

“就是仪式。”赫连科说，“献给龙墟的仪式。”

这意味着什么？我来不及细想，章鱼大王们的歌舞已经结束。它们又排成一条直线，向着龙墟的方向走去。组长领头，我们四个跟在章鱼大王的队伍后边，一直走到龙墟底下。

在这里，可以清楚地看到龙墟与冰面的交界处，黑与白，如此鲜明。我让团子分析龙墟的成分，给出的答案很奇怪：含碳量高得离谱，而钛和铬的含量也超出常规，还有 12% 的物质无法识别。

在龙墟与冰层交界的地方，不知何时出现了一个羚羊角一般的裂缝。章鱼大王一个个鱼贯而入，消失在洞口。

赫连科说：“我们进去。”

黄明有些害怕说：“不向母船请示一下？”

“有两百多个科考小组在魔镜活动，母船管得过来吗？”赫连科回答，“再说了，这里不是有组长我嘛。出了事，由我担着。”

赵晓倩已经走到裂缝边，探头往里望：“章鱼大王们不见了呢。”说着，她钻进了裂缝。我连忙喊：“让团子先进去！”但她充耳不闻，消失在裂缝另一边。我只好跟着进去。

穿过厚达两米的裂缝，里边豁然开朗，景象与外边大相径庭。这里仿佛是一处哥特教堂的走廊，内空窄而高，到处散发着幽蓝的光。地板镶嵌着防滑的凹凸图案，左右两边都装饰着画风诡异、一时难以分辨内容的壁画，弧形的天花板上，密布着肋骨一般的横梁，将左右两边连接起来。

“果然不是自然的产物。”身后传来赫连科的声音。他匆匆越过我，四处游走，用不同的姿势，从不同的角度，端详眼前的景象。他伸出手去触摸那些壁画，又用力敲击，想看看那些壁画是否坚固。“挺硬的。这壁画得有数千年历史吧。”他说，“到底画的是什么？”

“赵晓倩呢？”黄明也进来了。

我正在犹豫要不要提醒组长违反了考察守则，听黄明问起，急忙去看，却没有看到。“她刚刚还在那儿呢！”我急忙在通讯系统里呼叫赵晓倩。她没有回答。我心中微微一凛，幸而后台显示器上，赵晓倩的生命信号还在。“团子，去找！”我命令道。

团子一边答应，一边玩了一把酷的：将两颗黎黑的眼珠弹出眼眶，悬浮在空中，然后，两颗眼珠一左一右，以极快的速度消失在走廊尽头。这两颗眼珠实际上是团子的遥控探测器。它们携带着多个波段的扫描仪，在飞行的过程中，会扫描所“看”到的一切事物。

不久，我就收到了来自团子眼珠的扫描结果。

这个结果包括龙墟内部的解剖结构、物质组成、危险程度，还有赵晓倩。她在左边走廊尽头一个巨大的空间里。

不得不承认，龙墟内部的解剖结构让见多识广的我也惊讶了。太复杂了，复杂得仿佛是专门用来让人迷路的。我不由得想：龙墟到底是什么？迷宫吗？它不是自然的造物，又是谁建造的？

但现在不是琢磨这事儿的时候。我把龙墟解剖结构的立体图案发送给组里的人，又特别标注了赵晓倩的位置。

“你们先去找赵晓倩。”组长说，“我在这儿再看看这些壁画。太美了。”

壁画太美？我有点儿怀疑组长的审美。在我眼里，那些壁画就是一些奇怪的线条，潦草而凌乱地交织在一起，有的地方非常密集，旁边又有一大片莫名的空白。这也能叫美？

黄明招呼我，跑向赵晓倩所在的方向。我也跟着跑。这一跑不打紧，我感觉周围的一切，从地板到墙壁到天花板都“活”过来了。

就像是打水漂，小石子在原本平静的水面上掠过，刚一接触水面又跳到空中，如此反复，由此形成的涟漪在水面一个个荡漾开来，一圈一圈，非常精美，等涟漪的边缘彼此接触，波纹相互干扰，水面的复杂程度又增加了数百倍……

“你有没有注意到？”黄明对我说。

“注意到什么？”我心思有些恍惚。

“我们仿佛走在鲸鱼的化石骨架里。”黄明抬手指了指头顶。

我抬眼看了看天花板上弯曲的横梁，确实很像鲸鱼的肋骨。我正要说话，一段幻象忽然闯进我的脑海。那些肋骨摇了一摇，有血管和肌肉在上面滋生，迅速填满肋骨与肋骨之间的空隙，仿佛下一秒，它们就会活过来，把我和黄明消化掉……

不对，这不对。我不由自主地打了一个寒颤。这地方不对，它似乎有一种不可思议的魔力，能够制造幻象，干扰我们的精神。我向团子招招手，命令它收回眼珠，保持在距离我五米的范围，监控我身边的一切，向我报告一切异常的现象。

“我也是有眼有珠的猫呢。”团子说。

“有异常现象吗？”我问。

“没有。所有数据正常。”团子回答，“即使有所偏离也在可以理解的范围。比如，你的心跳，超过正常值10%。但在一个完全陌生的环境里，这样的偏离是正常的。”

“蠢货。”我骂道。

团子说：“魔镜魔镜，请你告诉我，在这世界上，最聪明的人是谁？”

“反正不会是你这只西伯利亚森林猫的生化仿制品。”我没好气地回答。

黄明在前面喃喃着说了一句什么，我没有听清楚，问他。他缩着脖子道：“坟墓。我觉得这里是巨型坟墓，就像埃及金字塔。我们还没有死，就被埋进来了。”

这个时候，我们已经跑到了走廊尽头。穿过一扇折叠门，我们来到一座椭圆形的大厅。这大厅至少能容纳两千人同时吃饭。整体颜色从幽蓝变成了冰蓝，好像所有的东西都覆盖上了一层薄薄的冰。地板上立着十三根大柱子，和四周的墙壁一样，散布着一些奇奇怪怪的小雕塑，而高高的穹顶上，依然密布着鲸鱼肋骨似的横梁。

赵晓倩在一根大柱子旁边。听见我们的脚步声，她回头做了一个噤声的手势。我和黄明蹑手蹑脚地走到她身边，顺着她手指的方向看去。

“什么都没有啊？”黄明问。

“仔细看，那里。”

我也什么都没有看到。团子哼了一声，把对象的轮廓在显示器上标识出来。

“一堆骨头？”黄明纳闷地说。

我也看见了，数千根长长短短的东西散落在地板上，也堆积在墙角和柱子旁边。因为它们的颜色与周围一样，所以很难从背景中分离出来。它们的形状差异巨大，团子分析出了至少一百种基本模式。

“就是骨头。”赵晓倩说，“你们都不看考察报告的吗？还有，那边，你们都看不见吗？”

这一次，不用团子帮忙，我也看见了。在大柱子与大柱子之间的地板上，密布着一团团冰蓝色果冻一样的东西，有上千只。要不是它们微微蠕动着，很难把它们跟生命联系起来。弱智布丁——科考报告上就是这么称呼它们的——这种魔镜生物的外形仿佛随时会融化的布丁，它们可以根据需要改造自己的形态。章鱼大王只能改变颜色和少部分形状。因为缺乏内部骨骼支撑，章鱼大王很难完全变成它们所要模拟的对象，模拟总处在似是而非之间的滑稽状态，并且很难长期保持。而弱智布丁有自己的拿手本领。它们能够根据需要，用自己的细胞构造出骨骼，将身体支撑起来。但在下一次变形的时候，这些已经成形的骨骼很难更换，又成了负担，于是它们就将这些骨骼“排出”体外。

那么，这里就是弱智布丁集体“排出”骨骼的场所？

“看那个弱智布丁。”

赵晓倩指的那只弱智布丁的身体向内收缩，至少比先前小了两个型号。一副完整的骨架凸出到身体表面，并保持了固定的状态，用地球的眼光看，好像变了形的袋鼠骨架。随后没了骨头的弱智布丁掉落到地板上，慢慢蠕动着，看上去极为诡异。

“弱智布丁变形的过程相当神奇，然而由于变形不会一蹴而就，需要一段不短的时间，而且，在身体重构的过程中，它们非常脆弱。”赵晓倩说，“所以，它们需要这样一个安全的场所来集体进行。这样的话，龙墟就是它们的城市。”

“你的意思是龙墟是弱智布丁建造的？”

“不，我没有这样说。龙墟肯定不是弱智布丁建造的。它们只是借用了龙墟。龙墟的建造者，另有其人。”

“我就说嘛，以弱智布丁的智力水平，不可能建造出这种水平的城市。”黄明说，“是布丁人建造的吧？”

“布丁人确实比章鱼大王和弱智布丁聪明。但也聪明不了多少。上一次的考察报告里写到了布丁人的城市，散布在魔镜的四个大陆上。”我说出了自己的想法，“实际上很难将其称为城市，多数都是些规模不大的村落，修在海洋和陆地之间。有很多鼹鼠洞一样的地下通道。我觉得更像是布丁人从海洋到陆地，或者从陆地回到海洋的过渡场所。”

“所以，龙墟也不可能是布丁人建造的。”赵晓倩说。

弱智布丁们忽然骚动起来，似乎是受到了什么惊吓。有的从身体里伸出伪足，像在海底用腕足“行走”的章鱼那样奔跑；有的先把身体缩成一团，又快速摊开，像在枝条上一伸一缩躲避敌害的尺蠖那样移动；有的紧紧团成一个球形，试图在地板上滚动起来，却因为硬度不够，而无助地在原地打转；还有的骨架没有排干净，骚动一开始，它们加快了进度，却还是被狼奔豕突的同伴给淹没了。

“发生了什么事情？”

“我不知道！”

“好像是冲我们这边来的！”

“不是好像！是事实！”

“快跑！”

我们七嘴八舌地边说边反身就跑，跑向刚才出来的走廊。但弱智布丁的速度更快。它们争先恐后，速度快得惊人。眨眼之间就追上了我们。团子发出了凄厉的警告，可惜毫无用处。在视网膜显示器上，我看到它们相互推挤着，相互碾压着，排山倒海一般涌过来。在我的惊呼声里，它们越过了我和赵晓倩，又绊倒了黄明，从他身上跳过，一窝蜂地冲进了窄而高的走廊。

“啊啊啊，我要死了。”黄明尖叫道。

“你的所有数据正常。”我把黄明从地上拉起来，说，“即使有所偏离也在可以理解的范围。”

“主人，你抄袭团子。”

“我是你主人，你的就是我的。”

团子龇着牙闷闷不乐地说：“一点儿原创精神都没有。”

我说：“少废话，开始工作。”

黄明问：“你们俩都没事儿。他们为什么只袭击我一个人啊？”

赵晓倩指出：“你跑得太快，挡着它们逃跑的路了。”

黄明不由得翻了个白眼。

团子报告了最新的扫描结果，整个大厅已经没有一只弱智布丁了。短短的几分钟时间里，一千多只弱智布丁逃了个干干净净，如同风卷残云。我不禁想：它们到底在害怕什么？我让团子扩大搜索范围，但返回来的结果依然是没有异常。对此，我很疑惑，却没有什么可以解释我的疑惑。

赵晓倩说："它们，不光是它们，是魔镜上的所有生物，都让我想起了地球历史上的埃迪卡拉生物群。它们生活在比寒武纪还早的埃迪卡拉纪，6 亿年前。那时，多细胞生物刚刚登上演化舞台，处于极其原始的初期，别说动物和植物，连各种器官都没有完全演化出来。我觉得，假如埃迪卡拉生物群没有灭绝，后世就会长成魔镜生物。"

"你这是用地球上的经验来套魔镜。"黄明说。

"也是。我知道这样想不对。"赵晓倩解释道，"但就是忍不住这样想。"

在一个完全陌生的环境里，用已知的东西去解释，不失为一种缓解压力的方法。我正要说，组长赫连科在通讯系统里发布命令："快过来，瞧我发现了什么奇迹！"

组长发来坐标，正好是大厅对面的另一条走廊。我们三个循着路线，导航过去。走了七八分钟，出了走廊，七弯八拐，走过一扇特别复杂的门，就到了组长所在的地方。

组长站在一大堆稀奇古怪的仪器中间，冲我们笑，把"瞧我发现了什么奇迹"的话又重复了一遍。然后他像一个三岁的小孩炫耀自己的玩具一样，给我们介绍：这里是操作台，那里是驾驶舱，这里是指挥椅，那里是火控中心。"换而言之，这里是龙墟的总指挥部。"最关键的是外边，透过巨大的落地舷窗，可以看到四根山丘一样巨大的管状物。

"看出来了吗？"组长眉开眼笑地说，"我们现在看见的，是四台巨型重聚变发动机，每一台比我们的母船——泰坦二号恒星际宇宙飞船——都要大。我刚才查过了，龙墟有四组十六台重聚变发动机。”

“也就是说，龙墟不是修建在地下的城市——”我目瞪口呆，“——而是布丁文明建造的超级恒星际宇宙飞船！”

我看着周围的一切，试图想象它全盛时的情形，想象无数布丁人在四周活动的场景。多么壮丽，多么宏大，多么辉煌啊！

“不对，不对。”黄明连声反对，“瞧这飞船的规模，还有这些机器，这些非同一般的装饰品，能是布丁文明制造出来的吗？我觉得，龙墟和我们一样，是外来的，另外一颗星球上的文明。甚至……甚至魔镜上的这三种智慧生物，其实是他们制造出来的。”

“这也不是完全不可能。”赵晓倩陷入沉思，“说起来我一直有一个疑惑，拟态这种现象也不稀罕。在地球上，有很多生物擅长这事儿。比如有一种拟态章鱼，可以任意改变颜色和形状，可模拟多种环境和包括比目鱼、狮子鱼、海蛇在内的其他海洋生物。拟态的目的，要么欺骗敌害，要么隐藏自己，总之都很有用。章鱼大王、弱智布丁、布丁人的拟态又复杂又危险，然而，有什么大用呢？如果说，他们是实验的产物，似乎说得过去啊！”

“不，不需要外星文明也能解释这件事。自然演化能够塑造出最为神奇的生物。”组长的脸上依然保持着笑容，隔着玻璃面罩也能感受到他莫名的兴奋，“我带你们去看另外一个地方。”

组长前头带路，穿过两条走廊，又往上走了两层，又毫不犹豫地穿过两道拱门和一道闸机一样的装置。组长对路的熟悉程度，让我有几分疑惑，但我想，多半是我们在看弱智布丁“排出”骨骼的时候，他已经到过那里了。

最后我们到了一个大厅，建筑格局和先前的大厅一模一样。不同的是，在十三根大柱子之间，摆满了数千座大小不一的冰雕，“喏，布丁人的博物馆。”组长大手一挥，俨然是主人一般，“随便看。”

所有的冰雕都以布丁人为主角，表现了布丁人生活的方方面面。我率先进入冰雕群里："都记录下来，团子。我们这是在见证布丁人的一切啊。"

说他们是布丁人，其实只是一种人类中心主义思想在作怪，认为所有星球上最高等的智慧生命都应该是"人"。事实上，布丁人跟地球人在任何地方都大相径庭。他们的原始状态就像多个角的海星，亮白的皮肤下，包裹着紫色的半流质身体。他们的拟态能力是章鱼大王和弱智布丁的数百倍，能以肉眼可见的速度变形成为他们接触过的生命。我看见好几座冰雕表现的就是布丁人的快速变形能力，从每一个细节上，我都能感受到他们的骄傲。

"团子，测一测冰雕的雕刻年代。"

"三千两百个地球年前，或者四百个魔镜年前。正负50年。"

那边黄明叫了起来："这座冰雕表现的是什么？繁殖吗？"

"不是。"赵晓倩在另外一边的冰雕下说，"那是布丁人在交流信息。"

赵晓倩在通讯系统里分享了一份资料：布丁人没有眼睛，也没有嘴巴和耳朵。布丁人与布丁人之间依靠电磁波联系，虽然信号并不像想象中的那样可以跨越千里，但也足以使方圆数十千米的布丁人能够彼此联系，交流较为复杂的消息。当需要快速交换保密信息时，布丁人会把部分身体延伸为细长的触手，与其他布丁人直接"连线"，互传信息。

"啊，神奇！"黄明感叹道，"不知道为什么，我就是觉得，我们对这里了解得越多，对它的理解越深，它对我们就越陌生。"

我往前走几步，一个问题突然跳进了我的脑子。这些数量众多的冰雕里，没有章鱼大王，也没有弱智布丁。照说，这两者也有一定程度的智慧，应该在布丁人的生活中占有一席之地啊。"赵晓倩，一颗星球上是不是只能有一种智慧生物？或者说，在智慧这个生态位上，只能有一个物种？”

“没有这样的规律。我知道你为什么这么问。”赵晓倩回答，然后接着解释，“魔镜上同时存在三种智慧生物，看上去不合理，实际上也不是什么难以理解的事情。在地球上，人类的表亲至少有倭黑猩猩、黑猩猩、大猩猩、猩猩四种。我们和这些大猿有共同的祖先，属于同一演化树上的不同枝条。因为走上了不同的演化之路，分化为不同的物种，彼此之间的隔离已经很深了。只有最不懂演化论的人才会说人是猴子变的。所以，我得收回先前的话。看到这些冰雕，我知道了，无需外星智慧生物的帮助，魔镜也能自行孕育出智慧生物来。”

“我明白了。”我点点头，一边走一边说，“就和地球上的大猿一样，章鱼大王、弱智布丁、布丁人，也有共同的祖先。这个共同祖先在魔镜的某一块大陆上率先演化出来，然后四处迁徙，开始了征服魔镜世界的漫长之旅。他们的祖先抵达了魔镜的每一个角落，各自定居，因为环境差异巨大，又走上了各自的演化之路。时间和地理上的隔绝，使他们分化为多个族群。在后来的族群战争中，多数族群都被消灭或者吞并了，只剩下我们现在看到的三个。”

“不不不。”组长连声否认，“艾星雨，你猜错了，这仨，是同一物种。你们都过来，到这边看布丁人的演化史。”

我们三个都走到组长赫连科身边。那里是一个独立的展区，矗立着十八座冰雕。结合先前看过的资料，再加上赵晓倩的讲解，我看懂了冰雕表现的全部内容。

布丁人是由原虫组成的。

原虫有点儿像原始的多细胞动物，构成它的细胞数量很少。原虫可以借助伪足移动，有一定的独立活动能力，本身呈灰白色，但会根据需要改变颜色，应激反应非常明显。单个的原虫看不出任何的智慧来，然而当两个原虫相互靠近，彼此伸出海星状突触并连接在一起后，它们会形成最简单的生命共同体。当更多的原虫加入进来，突破某个临界值的时候，这个生命共同体就会表现出某种初级的智慧来。会移动，会变形，会捕食，会规划路线，会互相交流，会团队合作。智慧的等级越来越高，最终演化出聪明的布丁人。

赵晓倩补充说："就像地球上的蚂蚁。单个的蚂蚁脑子里只有几根神经索，根本谈不上什么智慧，但成千上万只蚂蚁，就涌现出某种集体智慧来。它们会驯化动物、培植菜园、疏通道路，它们会蓄养奴隶、发动战争、建造超级巨大的城市。完全可以把一窝忙忙碌碌的蚂蚁，看成是一个完整的生物。这叫作超个体。而布丁人，就是超个体的实体化。"

在一个遥远的时间节点上，布丁人踏上了征服魔镜世界的旅程。他们摸清楚了天上两颗太阳的运行规律，制定出非常复杂的历法。他们四处出击，攻城略地。他们建造了大规模的海陆城市，数量越来越多，发展越来越快。他们交战了，他们和平了，他们又交战了。他们发明了样式古怪的天文望远镜，眺望附近的大行星——我们叫作小红帽、金球、莴苣和水晶鞋。魔镜的每一块大陆，都有他们的身影。他们无处不在。他们在地底下，在大洋上，在天空中。他们出现在了魔镜的轨道上。轨道上的飞行器越来越多，其中一些颇有些像小型龙墟。

"还是没有章鱼大王和弱智布丁。"我注意到了这一点。

在母船上的分组学习活动中，读过的资料里有这样一个统计数据：魔镜的所有智慧生命中，60% 是布丁人，他们最聪明，是已知最聪明的魔镜生物；30% 是弱智布丁，我记得当时我还发牢骚说："给一种生物取名叫弱智，实在是不尊重人家啊"；10% 是章鱼大王，生活在海洋里，对它们来说，离开海洋就像人类离开地球，是拿生命当赌注去进行的冒险。

“答案在这里。”组长拍了一下手掌，四周忽然安静下来，几束亮蓝色的光从大厅顶部如同瀑布一般倾泄下来，在地板上交织出动态的画面。没有声音，画面也有些扭曲和闪烁，但布丁文明最后的辉煌展露无遗。

他们登上了这个恒星系的所有行星，不管是气态的还是固态的；他们发射了巨大的能量采集器围绕两颗母恒星旋转，源源不断地供给魔镜；他们向着这个恒星系之外发射了数百颗探测器，并计划着更多的征服与殖民……他们制造出了龙墟的前身：魔镜有史以来最大的宇宙飞船。不，这不是宇宙飞船。他们又往宇宙飞船安装了别的东西，某种武器。宇宙飞船转眼间变成了星际战舰。

天上和地下，都拥挤而忙碌，一部分知道即将发生什么，而绝大部分都懵懂无知。

星际战舰释放了三颗海星模样的飞行器到魔镜的同步轨道上，同时启动，每一个飞行器射出一道绿莹莹的光到魔镜上，覆盖了魔镜的全境，从恐龙大陆到枫叶大陆，从呼喊大陆到天狗大陆，平原、山地、湖泊、丘陵、沙漠、戈壁、沼泽、森林、冰川、岛屿，每一座城市，每一个乡村，每一条道路，每一个角落，无一例外……

绿光闪烁了三下，然后就消失了，画面也跟着消失了。

“发生了什么事？”黄明问。

“后边呢？”赵晓倩问。

“那是什么武器？”我问。

“我知道，我什么都知道，我告诉你们。”组长赫连科说，某种兴奋支撑着他，“那是一种极具创意的光波武器。在它之前的所有武器，都是针对肉体的，都是为了如何从肉体上消灭敌对的一方，而这种光波武器最为厉害之处在于，它针对的是智慧本身。正如你们先前看到的那样，布丁人的智慧来源于原虫，原虫之间的联系越是紧密，越是频繁，越是高效，智慧等级就越高。光波武器所释放的光波，就是专门打击原虫之间的联系，使得全体布丁人的智力水平集体下降了好几个等级。因为个体差异，还有环境因素，布丁人的智力水平下降的等级有所不同，经过很长一段时间的混乱，最终固定在你们看到的章鱼大王、弱智布丁和布丁人三个等级上。魔镜上的所有问题，都是自诩聪明的布丁人的问题；解决了布丁人的智力问题，就解决了魔镜上的所有问题。是不是很刺激？”

我本来专注地听着组长的讲述，想象着当时的情形。但他的最后一句话警醒了我。“为什么你会知道这些？”我问。

组长突然变得沉默，与刚刚的飞扬跳脱形成了鲜明的对比。他木讷地望着我，脸上的表情宛若刚刚成形的蜡像。他嘀咕了一句什么话，似乎是“刚刚好”，又似乎是“等了好久”。

“组长，你说什么？”赵晓倩问。

“时间到了。”

这回我听清楚了，问：“你到底是谁？”

我话音刚落，组长和他的环境服一起，像冰雕遇到火焰一般溶解，继而像蜡像遇到硫酸一般瘫软下去，瘫软到地板上，分崩离析，变成一堆不成形的紫色布丁一样的东西。

黄明尖叫起来，赵晓倩大喊道：“啊，啊，他是布丁人！”

地板突然晃动了一下。“发生了什么？”我问。

团子回答：“警告！警告！警告！”

所有的视网膜显示器都闪烁起来：“警告！检测到地震！震源深度5千米，震级9级。龙墟即将倾覆！龙墟即将倾覆！请立即疏散！请立即疏散！”

“为什么会这样？”黄明绝望地喊，“地震说来就来，也太巧了吧！跟安排好了的一样！”

“还在啰唆！”我喊道，“快跑！”说着我已经启动了环境服的奔跑模式，同时发布命令："团子，前头带路，规划好回到着陆器的路线，避开危险和拥堵！"

团子的两颗眼珠探测器一前一后，飞了出去。我、黄明还有赵晓倩跟在眼珠探测器的下方，全力奔跑。团子在我们头顶飞行，小翅膀拍得啪啪作响。

龙墟又剧烈晃动了两三次。

我险些跌倒，如果不是赵晓倩拉我一把，我肯定已经跌倒了。

逃出去的路与来时的路略有不同，因为一处走廊的圆顶已经坍塌了。在一处向下的走廊里，我们遇到了一大群弱智布丁，混杂着章鱼大王。它们蜂拥而出，完全堵住了那条走廊。我们不得不重新规划路线，进了另一扇门，多走了一段路，然后重新回到先前的走廊。

震动更加频繁和剧烈。

地板开始明显倾斜。

"发生了什么？"我问。

"受地震影响，冰原正在皲裂。"团子回答，"你知道，龙墟正好位于海洋和陆地之间。计算表明，冰原皲裂后，龙墟会滑入旁边的海洋里。"

我打断团子的回答："抓紧时间，跑！"

我们已经跑到最初的那道走廊，看见了我们进来的那道裂缝。有几只章鱼大王的影子，在裂缝一闪而出。

"组长呢？我是说，真正的组长。"赵晓倩忽然停住脚步，"我记得他在这儿看壁画。"

我已经看见他了。在一堆弱智布丁遗弃的骨架下边，有一件藏红色的环境服。我跑过去，掀开骨架，把组长的那件环境服拖出来。面罩已经破损，里面没有人，只依稀看到一些液体和残片。我大概能猜出后来我们看到的那个组长是怎么来的了。

又一次剧烈的摇晃。

“喂喂，呼叫 42 号科考队，呼叫。我是张捷，收到请回答！”通讯系统传来驾驶员张捷的声音，“着陆器已经准备好。你们在哪里？”

“我们马上出来。”黄明答复，“等我们上了着陆器再起飞！”

我放下组长的环境服，从裂缝钻了出去，沿着来时的路，一直跑到着陆器所在的位置。我们三个都上了着陆器，然后发动机点火，以最快的速度飞向了魔镜的天空。

危险离我们远去。我们坐在着陆器上，俯视下面的千里冰原。

龙墟晃动着身子，仿佛要飞上漫天闪烁着极光的天空，重现多年以前的荣光。然而这一幕就像是穿行在鲸鱼骨架里一样，只是幻觉。大地颤抖着，冰原裂开一道如同红海大峡谷的裂缝，有碧蓝的万顷海水喷涌出来。龙墟侧了侧身子，重重地滑入裂缝，发出震耳欲聋的声音，激起更大更高的波涛。阳光斜射下来，照得波涛的顶峰一片通红，宛如晶莹的不断流动的红宝石。

“到底发生了什么事情？”张捷问，“你们进龙墟后都干了些什么？”

“我们都干了些什么，就是走走，看看……啥也没有干啊！”

“我想知道，那个变成组长的布丁人到底是怎么一回事？”

“刚刚进入龙墟的时候我出现了明显的幻觉，后边经历的一切都是我的幻觉吗？”

“弱智布丁仓皇逃走，是因为预感到地震的爆发吗？

“这场地震是刚才那个布丁人制造的？还是纯粹的巧合？”

“难道那个布丁人一直在等待我们的到来？”

“为什么要在文明的巅峰时期给自己降低智商啊？为什么呀？”

“不知道啊。光波武器，降智打击，这得多蠢的家伙才能干得出来啊！”

“不，是最聪明的家伙才能干得出来！”

“那干这事儿的家伙，到底是绝顶聪明，还是愚不可及？”

这话促发了团子的对话机制。它立刻接过话头：“魔镜魔镜，请你告诉我，在这世界上，最聪明的人是谁？最愚蠢的人又是谁？”

我想了想，没有说话，继续看沉没中的龙墟。龙墟是什么？是一座墓碑，一个警示，还是一则文明自戕的寓言。我想：不管龙墟里还有多少秘密，都已经随着龙墟的沉没，彻底消失了。然而，对我们的考察来说，它的历史使命已经完成了。亲爱的地球人，我的同胞们，布丁人用整个文明的退化所证明的道理，你看到了吗？

天地大冲撞

1

与地球同步轨道上另外200多座太空城一样，119号太空城也是计划中的“地球同步轨道环”的一部分。它的特别之处在于，三分之二的结构用来关押罪犯。简单地说，这是一座太空中的监狱，大家都叫它“天狱”。

“天狱”里关押着近10万名犯人，各种罪名都有。而现在，父亲也成了其中一员。想到这里，萧菁不由得轻声叹息。此刻，她坐在摆渡飞船里，透过智能玻璃，看到119号太空城越来越庞大的灰色身影，心情十分复杂。

在过渡舱等待消毒的时候，萧菁再一次清理了纷乱的思绪。她反复对自己说：一定不要和父亲争吵，我只是来询问毁神星事件的真相的。

两个太空军士兵在过渡舱门边等她。“萧菁上尉吗？”其中一个问，在得到肯定的答复之后，他说：“萧司令已经等了你30分钟了。请跟我来。”

父亲一向遵守时间，但凡与人有约，他都会提前几分钟去。“总会有意外的。凡事有提前，才会有充足的时间解决意外。”他总是这样说，“时间很宝贵的。”

跟在带路的士兵后边，穿过略显狭窄的甬道，萧菁的思绪又一次混乱起来。

士兵们还是叫父亲萧司令，丝毫不管他现在已经是个阶下囚的事实。一个月前，火星上的铁族与人类殖民者一起宣布脱离地球同盟的统治，建立火星同盟，萧司令奉命率领地球太空远征军前去平叛，结果在途中中了铁族的埋伏，全军覆没。萧菁脑海里闪过远征军出发时的场景：五艘五十万吨级航天母舰“珠穆朗玛号”、“乞力马扎罗号”、“麦金利号”、“阿空加瓜号”和“厄尔布鲁士号”，以及它们搭载的近千架各种型号与类型的空天战机，光是著名的“廓尔喀弯刀”式空天战机就多达678架；四艘三十万吨级太空战列巡洋舰“马丘比丘号”、“赫拉克勒斯号”、“库库尔坎号”和“赫维德奥佐号”，六艘十万吨级太空驱逐舰“芝加哥号”“天津号”“开普敦号”“悉尼号”“雅加达号”“雅典号”……然而这一切，这所有的战舰，连同上边的数万名士兵，如今都化为数以亿万计的碎片，漂浮在寂静而寒冷的太空中——他们可能要在那里漂浮数千年！

而这一切都是父亲的错误指挥造成的，所以他现在在天狱里待着，罪有应得。远征军出发时有多荣耀，现在就有多耻辱……萧菁再次咬紧了牙齿，提醒自己：我不是来审判父亲的，我只是来询问毁神星事件的真相的，我需要真相，千万不要生气！

但见到父亲的那一刻，萧菁还是差一点儿就尖叫起来了。

父亲坐在“天狱”会客室的板凳上，整个人蜷缩着，似乎没有长骨头一般。他穿的不是囚服，而是太空军的灰色便装，这显然是“天狱”方面的照顾。但服装并不能掩饰父亲的苍老与沮丧。刚过60岁的他头发全白了，尽管刻意梳理过，依然显得凌乱。他眼窝骷髅一般深陷着，好像一口干涸的井，没有丝毫的生气。

“菁菁！”看见女儿进来，萧瀛洲忙不迭地起身。

“别这样叫我。”萧菁看着颓丧的父亲，心中涌起一阵厌烦，继而冷冷地说，“我现在是地球太空防卫军上尉，目前担任038号太空堡垒404团副指挥官。”

萧瀛洲如遭重击，大张着嘴，过了好一会儿才缓缓坐下，头耷拉着，不敢抬头看女儿。两人沉默良久，最后是萧瀛洲打破了沉默。“这么说，是太空军方面派你来的？”他问。

“不是。”

萧瀛洲的嘴唇嗫嚅着，努力寻找新的话题：“你妈妈还好吧？”

这几乎不算是一个疑问，但萧菁还是回答了。“她很好，”她站直了身体，说，“住在堪萨斯的老家。和过去六年一样，每天不是去教堂祈祷，就是去走街串巷，发放福音书，劝人加入天主教欧米茄学派。”

“安柏·希尔娜还是那样虔诚。”

“关于母亲的宗教信仰问题，我不想在这里讨论。”父亲和母亲就是因为在宗教信仰问题上产生了严重的分歧才离的婚，一个是坚定的无神论者，一个是狂热的天主教徒，二者的矛盾是不可调和的，母亲甚至认为，与父亲相识并结婚是她这辈子最大的错误。“我是自己要来的。”萧菁说，“目的只有一个，我想知道毁神星事件的真相。”

“为什么？”

“别问我为什么。我只想知道答案，知道真相，知道事实的全部。”

“真相通常都是很残酷的。”

萧菁咬牙切齿地说：“你可以选择。你要说，我就坐下；不说，我立刻离开。”

萧瀛洲深深地叹了口气。“你坐下，”他说，“我会说出全部的事实。”

2

萧菁坐到了父亲的对面。

以前，父亲很少谈及他当年的英雄事迹。即使萧菁很刻意地问起，父亲也不会正面回答。心情好的时候，他会笑嘻嘻地说：“好汉不提当年勇。”心情不好时，他会板着脸说：“去看电影吧，里面什么都有。”

父亲说的裸眼 3D 电影名叫《天地大冲撞》，描写了 2036 年一颗名叫“毁神”的小行星即将撞向地球时，一个人类英雄拯救世界的故事。电影开头就告诉观众：这是根据超级大英雄萧瀛洲的真实事迹改编的。是的，“里面什么都有”：毁神星来之前人们生活得无忧无虑，好像生活在传说中的极乐净土；毁神星的消息一传开，净土顿时变地狱，处处生离死别；最危急关头，超级大英雄萧瀛洲以救世主的姿态出现了，解世界于倒悬……

小时候萧菁很喜欢看《天地大冲撞》。在相当长的时间里，她甚至觉得电影里的主人公更像她的爸爸。呵，“他”是那样阳光那样乐观那样英勇无畏！反观爸爸，倒显得普通，乃至有些阴郁。父亲并不像电影里演的那样擅长在大庭广众之下演讲，萧菁看过父亲很多次演讲前父亲紧张得手足无措的样子；父亲也不像电影里演的那样温柔多情，当和母亲因为鸡毛蒜皮的事儿吵架时，他爆发出来的冲天怒火往往令人吃惊。最关键的是，拯救地球的时候父亲并没有结婚，结识母亲是五年之后的事情了，而在电影里，在当着全世界的面拯救了全世界的同时，“他”就为自己赢得了貌美如花的心上人。

母亲很不喜欢看《天地大冲撞》，大概就是因为这个情节吧。长得越大，萧菁自己也越发讨厌这部电影。一开始她并不知道具体的原因，只觉得莫名的讨厌。后来她听闻了许多对于毁神星事件的质疑，其中一些说法有根有据，颇有说服力。“整个毁神星事件最大的问题就是巧合太多了。”质疑者举了一大堆问题进行分析：比如时间上存在种种疑点，比如核导弹的威力根本不足以炸毁来袭的小行星，比如“凤凰号”的燃料根本不够飞到毁神星附近，比如人类根本没有能力发现来袭的毁神星，比如根据一份历史研究资料，毁神星根本不会在 2036 年撞击地球。听得多了，萧菁心底的疑惑也日渐加深了。

萧菁也搞不清楚，自己是从什么时候开始真正怀疑父亲的。但她很早就意识到，自己一直在刻意回避讨论那个问题，即：为什么我们一家人都讨厌这部以父亲为人物原型表现父亲拯救世界的灾难片？答案说复杂也复杂，说简单也很简单。父亲的话只说了一半。他说：“里面什么都有”，后面没说的半句话是：“唯独没有事实。”

如今，父亲说他要说出全部的事实，萧菁毫不奇怪。她看着父亲苍老的脸，静静地聆听着。

3

2004 年 6 月 19 日，夏威夷大学的三个天文学家发现一颗围绕太阳旋转的小行星。经过两晚的观察和对比，他们确认这颗小行星此前没有被人发现过，于是上报国际小行星协会。7 月 19 日，这颗编号为99942的小行星被命名为“阿波菲斯”。

2004年12月24日，科学家经过计算，陡然发现它有极高的可能性于2029年撞击地球。消息一公布，就在全世界引起了轩然大波，“毁神星”的绰号不胫而走——“阿波菲斯”是古埃及黑暗、混乱及破坏之神，这名字真是名副其实。尽管距离2029年还有二十多年，人们还是无比关切地问：会撞上吗？撞上了又会怎样？

更多的天文观察资源被调集到对毁神星的观察和研究上。

毁神星的直径有350米，看上去不算大，然而，假如它撞上地球，其后果不堪设想。毁神星的轨道与地球的运行轨道相交，所以每隔7年，毁神星就会与地球近距离接触。经过科学家的观察和反复计算，最终断定：在2029年4月，毁神星将会以低得惊人的距离与地球擦肩而过——比许多人造地球卫星的高度更低——但它的速度够快，不会与地球相撞。

科学家们还没有来得及鼓掌，新的危机又摆在眼前。因为2029年的近距离接触，地球的引力会改变毁神星的轨道，使它在下一次——也就是2036年——与地球相会时撞上地球。

还好，2013年1月，当毁神星从1400万千米之外的地方擦过地球时，科学家进一步更为细致的观察和反复计算，完全排除了毁神星于2036年4月撞击地球的可能性。

整个地球都长舒了一口气。

然而，2013年2月15日，当地时间12时30分，一颗小行星在从太阳方向穿越地球轨道的时候撞上了地球，在俄罗斯车里雅宾斯克地区上空20至30千米处爆炸解体。爆炸造成超过1200人受伤，约3000栋建筑物遭到不同程度的损坏。事后追查，此次事件的罪魁祸首直径只有15米，质量约为7000吨，飞行速度约为18千米/秒，爆炸当量约为47万吨TNT。另外，这次事件造成的主要破坏，并不直接来源于小行星本身，而是小行星爆炸的冲击波到达地面之后引发的灾害。

造成“车里雅宾斯克事件”的小行星太小了，以当时粗糙的天文观测设备根本发现不了它。事实上，当时天文学家已经编制了“潜在威胁天体”目录，直径140米以上、到地球最小距离小于750万千米的天体都在其中，有近1500个，但“车里雅宾斯克事件”的肇事者不在其中。“车里雅宾斯克事件”是进入现代后最为严重的天体灾难。它使全世界的科学家都认识到，想要避免恐龙那样的悲剧命运，就必须比以前更为重视对“潜在威胁天体”的观察、跟踪、计算和记录。

因此，名为“地球哨兵”的国际组织迅速建立起来。参与组建的各国共同投入资金，在世界各地和地球轨道上建立各种天文观测设施设备，保证24小时不间断地监视太空。更多的计算资源用于计算“潜在威胁天体”的轨道参数，确保它们不会打人类一个措手不及。包括“毁神星”在内的诸多天体受到前所未有的关注。

2015年，毁神星与地球擦肩而过。

2022年，地球安然无恙。

2029年4月，毁神星再一次如约而至。但这一次，没有“地球哨兵”关注它的动向。因为2025年5月，自称“铁族”的人工智能突然造反，发动全球闪电突袭，人类陷入了全面的动荡与崩溃当中。到2029年10月，传奇人物靳灿借助电脑病毒“布龙保斯之火”击败铁族，从而结束五年“浩劫”时，已经有二十亿人或者三十亿人在“浩劫”中意外死亡。所以，2029年4月13日，毁神星在与地球不到3.5万千米的地方擦肩而过时——差不多是地月距离的1/10——没有人观察它。它在那里进入了一个宽约610米叫作“重力锁眼”的区域——考虑到毁神星的直径是350米，这个区域真的很小——受到地球引力的影响而微微改变了轨道时，也没有人知道。毁神星微微改变轨道的结果就是使它下一次回归变成最后一次，2036 年 4 月，它将会与地球撞个满怀——还是没有人知道。

“除了我。”父亲说。

4

五年“浩劫”之后，靳灿创建的国际科技志愿组织成为世界上仅有的同时也是最大的推进科技进步的力量。在大搞基础建设的同时，非常有远见的国际科技志愿组织并没有忘记航空航天技术。尽管这项技术与当时的吃饭、住房、交通等现实问题关系不大，但长远来看，却是至关重要的。

萧瀛洲是国际科技志愿组织招募的第一批 21 名宇航员之一。经过一年的特训，这批宇航员中，只有三个人合格，其中萧瀛洲获得了教官“性格沉稳坚毅，又不失灵活，适合当宇航员”的最高评价。2035 年 1 月，萧瀛洲独自乘坐“曙光号”宇宙飞船在文昌宇航基地由“长征五号乙”火箭送入近地轨道。这是五年“浩劫”之后，人类进行的第一次太空飞行。实验圆满成功。当时，萧瀛洲只有 19 岁。

“那其实是一次冒险，甚至可以说，是一场以我的生死作为赌注的豪赌，而我唯一的筹码就是我的运气。”父亲说，“所幸，在绕地球飞行了两天之后，我乘坐返回舱，掉进了南海，安全地回了家。”因为造成五年“浩劫”的铁族是人工智能，所以“浩劫”之后反科技的力量特别强大，国际科技志愿组织急切地需要一个正面的科技形象。“他们选中了我。”父亲简单地说，“但实际上宣传效果并不好。当时，根本没人关注这事儿。知道的人都说，这有什么？不过是把别人早就做过的事情又重复了一遍而已。”

2036 年 4 月 9 日，萧瀛洲第二次飞上太空。这一次的任务是他将乘坐最新研制的宇宙飞船“凤凰号”与地球同步轨道上的量子 099 卫星对接，并对后者进行维修。当时，覆盖全球的量子寰球网的建设已经进入尾声，其中量子 099 卫星是关键性节点，必须在指定的时间内修复。

与量子 099 卫星的对接很容易，维修这个比“凤凰号”还大的通信卫星花了萧瀛洲 6 个小时的时间。还好，总归是在指定时间内完成任务了。萧瀛洲回到“凤凰号”，通知地面指挥中心，任务完成——这时是格林尼治时间 2036 年 4 月 10 的凌晨，按照计划，国际科技志愿组织将在 6 个小时后全面启动量子寰球网。随后，萧瀛洲操作飞船与量子 099 卫星脱离。就在脱离结束时，通信器传来一个陌生的声音：

“呼叫萧瀛洲，呼叫萧瀛洲，呼叫萧瀛洲。”

宇航员在太空飞行中会一直与地面指挥中心保持联系，萧瀛洲熟悉每一个指挥员的声音，但这个呼叫，不但内容不对，语气也不对。他犹豫了片刻，接通对话，回答道：“我是萧瀛洲，你是谁？”

那人出现在屏幕上。个子很高，至少两米，皮肤白皙细腻，但肌肉相当结实。看不出具体的年龄，也许二十岁上下，但说不定有三十岁了。“我是铁中棠。你应该知道我是谁。”他说。

铁中棠。萧瀛洲当然知道他的名字。他并非人类，而是铁族中的一员，是铁族用以打入人类内部的特殊型号，叫作“安德罗丁”。因为与国际科技志愿组织总干事靳灿有过亲密交往而为人所知。但问题是——

“我知道你。请问，有何贵干？”

“小行星阿波菲斯，在国际小行星协会中的编号为 99942，你可以查到这颗小行星的详细资料。我要告诉你的是，它现在距离地球 15 万千米，将在 1 天后，格林尼治时间 2036 年 4 月 13 日，正面撞击地球。”

20岁的萧瀛洲吃了一惊，但并没有表现在脸上：“这个消息真实吗？”

“绝对真实。”铁中棠的语调平淡，没有什么变化，“从现在算起，你有29个小时35分钟的时间拯救地球，倒计时已经开始。全人类，还有铁族的命运，都掌握在你手里。”

“我该怎么做？”

“驾驶‘凤凰号’飞向阿波菲斯，具体的飞行路线已经预置到飞船主控电脑。燃料也早就准备充足。然后在距离阿波菲斯200千米的地方，向它发射两枚核导弹，将它炸毁。”

“核导弹？‘凤凰号’哪来的核导弹？”

“在货舱里，早就为你准备好了。一大一小，两枚。发射程序也已经预置到飞船主控电脑，你只需要按确定就行。”

这一次，一向心如止水的萧瀛洲也无法控制情绪了。“飞船上有核导弹？而且你们早就安排好了一切？”他低声咆哮着，“为什么我一点儿都不知道？”

“没有必要提前告诉你，徒增烦恼。”

“我为什么要相信你？”

铁中棠没有回答这个问题：“这个消息将在1个小时后向地球公布，你最多有5分钟的犹豫时间，再晚，‘凤凰号’就到不了指定位置，将错过炸毁阿波菲斯的最佳时机。”

这时，主控电脑屏幕上主动跳出一个对话框，申请启动特别飞行路线。两个选项摆在萧瀛洲面前：确定还是取消？萧瀛洲犹豫了三秒钟，但脑袋里是一片空白，没有思考，没有辩论，也没有推理，随后他扬起手指，点击了“确定”。

“凤凰号”微微晃动着，艰难地调整姿态，不久，主发动机点火，以第二宇宙速度向着预定路线前进。那路线不是一条直的，而是极为繁复，需要先绕着地球转一圈，获得足够的加速度，再以一条抛物线，去宇宙中某个点与阿波菲斯汇合。

很久以后，萧瀛洲都不知道自己当初的选择是否正确。

5

“凤凰号”在寂静的太空中飞行。萧瀛洲酷爱这寂静。不知道为什么，萧瀛洲并没有将这件事告诉地面指挥中心。是因为害怕，还是无法解释，或者是别的原因？不得而知，总之，萧瀛洲保持着无线静默，同时也保持着内心的静默。

在调整飞行路线一个小时后，地面指挥中心终于联系萧瀛洲了。

“文昌呼叫‘凤凰号’，收到请回话。”

“‘凤凰号’收到。我是萧瀛洲。”

“我是国际科技志愿组织总干事靳灿，现在在文昌地面指挥中心与你通话。”声音里满是焦灼，随即靳灿出现在屏幕上。时年靳灿36岁，在国际上的声望正如朝阳一般不可抵挡地升起。

“靳总干事，你好。”这是萧瀛洲第一次与靳灿对话，想到自己是与拯救过全人类的传奇人物对话，萧瀛洲竟然有小小的激动——在后来数十年的职业生涯中，两人有无数次对话，但毫无疑问，这第一次对话是最为重要的。

靳灿说：“紧急情况，‘天眼’监测到一颗99942号小行星轨道异常，经计算，表明该小行星可能与地球相撞。请你立刻调整飞行路线，具体路径随后发到飞船主控电脑上……”

后边靳灿还说了什么，但萧瀛洲心神恍惚，没有听见。“天眼”是2035年5月国际科技志愿组织发射的一颗人造小行星，在内轨道上环绕太阳运行，其高功率可见光、远红外线和紫外线探测器都对准地球和地球外侧的大片空域，用以监测所有可能威胁地球的小天体。说“天眼”发现了“阿波菲斯”，糊弄普通人没有问题。问题是看靳灿的样子，他也是刚知道这件事，那么货舱里的核导弹是怎么装载上飞船的……萧瀛洲收敛心神，继续聆听靳灿的“啰唆”。

“……任务关系重大，马虎不得。”

萧瀛洲说：“我已经在去阿波菲斯的路上了。”

显而易见，靳灿在极短的时间里，就完全懂得了这句话的意思。“祝你好运，祝人类好运。”他心情复杂地说。

“凤凰号”继续在无垠而寂静的太空中飞行。

又过了一个小时，量子寰球网正式启动。原有的国际互联网在五年“浩劫”中早就荡然无存。靳灿认为，这其实是某种巨大的优势，因为你不需要顾虑过去。最终，一个完全舍弃地面基站，舍弃大陆服务器，也舍弃所有的海陆电缆，以三组不同轨道不同大小共计 108 颗的网络通信卫星为太空服务器与主力基站，以平流层悬浮的数千个氦气艇云端站为辅助服务器与辅助基站，以超级量子计算机为主要运行节点的覆盖全球的无线网络建成了。

这个网络被称为量子寰球网，也有人叫它量子云。

从 2030 年开始，到完全建成量子寰球网，用了 6 年时间。这速度远远超过了靳灿最初的预计。在量子寰球网全球启动仪式上，靳灿回忆了量子寰球网的建造历史，最后说：“现在，任何人——或者任何东西——只要你有相应的上网工具，你都能在地球表面的任何时间，任何地点，不受任何限制地接入量子寰球网，接入量子云。并且，简单、安全、高效，费用还低得不可思议。这就是科技的力量。”

然后，靳灿象征性地按下了量子寰球网的启动键，于是无数的烟花绽放出来，无数的电脑屏幕被点亮，10 年没有使用网络的人们重新开始打开网页，去与世界见面。这是数十亿人的狂欢。

萧瀛洲并没有看到这些，这些是后来他回到地面从纪录片上看到的。当时，他在“凤凰号”上睡觉，按照设定的路线，他还要飞行 27 个小时。

待狂欢持续了一段时间后，靳灿让工作人员将自己的影像切换到数十亿打开的电脑屏幕上。“很抱歉打断大家的欢愉。这是第一次打断，也会是最后一次。”靳灿说，“因为阿波菲斯就要来了。”

他公布了那个消息。

全世界都疯狂了。

那颗小行星的编号 99942 没有被普及，小行星叫“阿波菲斯”也没有多少人记住，毁神星这个简单而直接的绰号被所有人记住了。

专家们告诉量子寰球网的观众：毁神星的速度高达每秒 12.59 千米。若它以这样的速度撞击地球，将释放出 1480 兆吨 TNT 的能量。作为对比，人类制造过的威力最大的单件武器是苏联 1961 年 10 月 30 日爆炸的代号“伊凡”的氢弹，也被叫作“沙皇炸弹”或者“赫鲁晓夫炸弹”，其爆炸当量只有 5000 万吨；而有记载的史上最大火山喷发是 1883 年 5 月 20 日开始的亚洲喀拉喀托火山喷发，不但引发地震和海啸，直接造成附近数万人死亡，而且喷射到大气中的火山灰还在此后的 5 年造成了世界范围内气候的剧烈变化，其爆发的当量大约为 200 兆吨级——与毁神星相比，都是不值一提的小家伙。

计算表明，毁神星将从北极上空进入大气层，继续往前飞，经过北美洲和南美洲的数个大城市，在南极上空掠过，高度越来越低，速度却越来越快。南非的人们会看到一个巨大的流星从头顶上飞过的奇景。毁神星继续往前飞，穿过大半个非洲，穿过赤道，最终坠入非洲北部的撒哈拉沙漠。

不要高兴得太早。

尽管坠落的地点是撒哈拉沙漠，人迹罕至，但剧烈的撞击会在撞击点制造出直径数十千米深数千米的巨坑，诱发世界各地的火山大规模喷发，加剧各个地震带的活动，出现十万年一遇的全球性大地震，甚至改变海陆板块的相互移动。“世界上有四大火山带：环太平洋火山带、地中海火山带、大西洋海岭火山带和东非火山带。毁神星一旦撞击地球，有极大的可能诱发这些火山带，还有次要的一些火山，数以千计的火山同时猛烈喷发。”灾难专家说，“环太平洋地震带、欧亚地震带和海岭地震带可能发生骇人听闻的 10.0 级地震，次一级的地区地震带也不会安宁。此外 5 级以上海啸，将在太平洋、大西洋和印度洋上同时形成，所有沿海地区都将被重创。火山、地震、海啸，全球性的大规模灾难——想想那场面吧，6500 万年来，地球还没有这么喧嚣过。”

同时，毁神星的撞击会将数以兆计的尘埃送入大气层，以至于在同温层中形成一层厚厚的“幕帘”，将太阳投射给整个地球的光和热给挡住了，结果将导致全球性的大低温及天气大紊乱。紊乱的天气会使全世界的农作物大量减产，甚至绝收。“如果你的幸运地没有死在天地大冲撞造成的第一轮灾难中，那么等待你的绝不是什么大难不死必有后福，而是无尽的寒冷，无尽的饥饿，还有无尽的看不到希望的动乱。”气候专家说。

“有人问我，地球会因此毁灭吗？回答是否定的。这种能级的撞击，在地球 45 亿年的历史中，并不特别罕见。那么，生命会消失吗？地球会变成月球那样的了无生趣的死星球吗？不，不会。从总体上讲，生命比你想象的更顽强，更坚韧，更能抵抗各种自然灾害。我从不为它们担心。”生物学家说，“我只为人类担心。人类自以为是地球的统治者，万物之灵，其实不是。人类其实是自然系统中较为薄弱的一部分，就像 6500 万年前的恐龙一样。”

各种专家的发言在量子寰球网上反复播出；毁神星撞击地球后

的惨状被编码成视频，在量子寰球网上反复播出。深深的恐惧牢牢地抓住了每一个人的心。

地球上正在发生的这些事情没有影响到太空中的萧瀛洲。“凤凰号”的飞行沉稳而执着。萧瀛洲还在沉睡，连梦都没有做。来自地面指挥中心的呼叫唤醒了他。

“萧瀛洲，做好准备，”靳灿说，“现在你是太空中唯一的地球人，也是唯一能够拯救地球的人，我们将对你拯救地球的行动在量子寰球网进行全球现场直播。”

6

“从那以后，我的生活一直在直播中。”61 岁的萧瀛洲对女儿说，“这就是我拯救地球所付出的代价。”

当时，20 岁的萧瀛洲还不知道全球现场直播意味着什么。他只是照常锻炼身体，照常撰写飞行日志，照常与地面联系，照常检修各种管线，有时还吹吹口琴。与此前的太空生活相比，唯一的不同就是他需要去货舱看那两枚核导弹。

对于武器，萧瀛洲了解得不多。即便如此，他也知道，2025 年 5 月 2 日，铁族发动全球袭击时，主要袭击对象就是各个大国的核武器。在不到一天的时间，全世界的所有核武器，以及研发和制造核武器的实验室和技术人员，全部被铁族所消灭，五年“浩劫”由此引发，数十亿人在“浩劫”中死去，地球也因此回到了无核时代。据他所知，目前还没有谁，包括国际科技志愿组织，宣布能够重新制造核武器。那么，这两枚核导弹是谁制造的呢？

两枚核导弹静静地躺在货舱一角的货柜里。整个货柜其实就是一个核导弹发射器。从货柜的自检系统可以知道，两枚核导弹大小不一。大的那个有 12 米长，代号“胖子”；小的那个有 7 米长，代号“小男孩”。不管是谁给这两枚核导弹取的代号，萧瀛洲都觉得他一定在暗地里偷笑。众所周知，多数时间里，核武器都是各个大国相互恫吓的资本，而唯一用于实战的两颗原子弹就分别叫作“胖子”和“小男孩”。

还有，这个“货柜”发射器是怎样安装到“凤凰号”货舱里的？要知道，这相当于给“凤凰号”增加了好几吨的负重，在火箭发射中，增加 1 千克的重量，都会给火箭发射带来极大的麻烦。增加几吨，那肯定是一场灾难。铁中棠说：“燃料也早就准备充足”，这事儿也显得诡异。本来，“凤凰号”的任务只是到近地轨道维修量子 099 卫星，根本没有考虑飞往深空而准备多余的燃料。

也就是说，这事儿一开始就是计划好的？

国际科技志愿组织的宇航专家是这么向观众解释的：“早在一年前，‘天眼’就观测到了毁神星奇异的轨道。从那时起，我们就开始准备。经过无数次论证，我们最终敲定了拯救地球的方案。我们研制了可重复使用的第二代凤凰级宇宙飞船，使我们的宇航员能够自由进出大气层。我们还制造了两枚核导弹。各位不要激动，国家科技志愿组织为了拯救地球，也只制造了这两枚核导弹，并不打算生产更多。”

对这位宇航专家的话，萧瀛洲一个字都不相信。

宇航专家继续介绍：“这两枚核导弹都是经过特殊加工，比历史上那些知名的洲际导弹小得多，因为它们不需要克服强大的引力，飞过 1 万千米的距离。按照计划，它们只需要在微重力的太空中飞 200 千米，所需燃料要少得多。具体过程是这样的：先发射“小男孩”，“小男孩”的当量只有 3000 万吨，不足以炸毁阿波菲斯，甚至连改变它的轨道都不能，但它的速度极快，能够在极短的时间里钻进阿波菲斯的地表之下，炸出一个大坑；接下去再发射“胖子”，“胖子”的当量高达1亿吨，它紧跟在“小男孩”的后边，钻进“小男孩”炸出的大坑里，将阿波菲斯——大家所称的毁神星——彻底炸毁。根据我们的计算，成功率高达81%。”

这个计划正在有条不紊地执行，但萧瀛洲很想知道，专家话里的“我们”到底指的是谁。

“凤凰号”继续在太空中飞行，寂静无声。距离毁神星还有一天的路程。直播也在继续。无数的媒体想采访萧瀛洲，都被靳灿拒绝了。“这种时候还是不要去打搅他了。”靳灿解释说，“等他成功后，大家有的是机会。”言下之意，要是萧瀛洲不成功，大家就没有机会了。饶是如此，萧瀛洲的祖上十八代还是被记者们调查清楚了：2016年2月3日出生在中国辽宁锦州；父亲是电厂工程师，死于五年“浩劫”；母亲是小学教师，依然住在锦州……

与此同时，地球上还发生了许多事情：无数的预言在故纸堆里被翻出来，证明毁神星事件在多年以前就被预言了的，有值得顶礼膜拜的大神和先知；各种宗教团体空前活跃，“最后的审判”“末日降临”“信我者得拯救”“杀死异教徒清洗人类的罪孽”……种种口号从提出到落到实处只花了几个小时；一些地方出现了规模不小的集体自杀事件，许多城市陷入严重的骚乱，但更多的人蹲守在电脑前，24小时不间断地看末日直播，关注萧瀛洲在“凤凰号”上的一举一动，因为萧瀛洲是拯救地球唯一的希望……

这些事情，萧瀛洲当时都不知道。要是知道有这么多人在关注他的话，他肯定会疯掉。

距离阿波菲斯越来越近。从探测器扫描后合成的画面来看，它的样子就像略扁的马铃薯，并不大，看上去黑漆漆的，完全无法想象它会是人类终结者。

又飞了20个小时——在这20个小时里，在地球上能上量子寰球网的人都在不眠不休地看着萧瀛洲——“凤凰号”抵达指定位置。它调整姿态，从侧面靠近阿波菲斯，在花了 3 个小时，调整了四次路线后，进入了与毁神星阿波菲斯并排飞行的轨道。两者相距 200 千米，速度都略微超过第二宇宙速度，方向都是朝着地球的北极。萧瀛洲想起一个很可能是编造的故事：第一次世界大战的时候，有个战斗机驾驶员看到旁边有只苍蝇在飞，伸手一抓，竟然抓住了一颗飞行中的子弹，原来是敌机从后边射来的，子弹和飞机同向而行，速度也差不多，对驾驶员而言，那子弹就像是静止的，因此伸手一抓，就抓住了……那么我现在是不是伸手一抓就能抓住阿波菲斯呢？萧瀛洲摇摇脑袋，将这个念头逐出去，专心做眼前的事情。

萧瀛洲要做的事情非常简单，就是按照预先设置的程序——就如那位在量子寰球网上侃侃而谈的专家所说的那样——发射两枚核导弹，先是“小男孩”，后是“胖子”，萧瀛洲就算是完成拯救地球的任务了。

问题是，货柜发射器不能在货舱里直接发射，需要用两只长 15 米的机械臂，将货柜发射器搬运到“凤凰号”外边，才能发射核导弹。

就在萧瀛洲操纵机械臂完成这一简单至极的任务时，机械臂突然停止工作了。

7

此前，萧瀛洲在地面上曾经多次在模拟器上操纵机械臂搬运货物。后来，在两次太空任务中，他也有三次操纵机械臂的实践经验。但现在，拯救地球的最关键时刻，机械臂罢工了。

货舱舱门已经打开，两条机械臂的触手在牢牢抓住“货柜”发射器，往舱门外搬运的途中，突然停住了。

机械故障的警报声在驾驶舱里回响，也回响在每一个正在观看末日直播的人耳朵里。后来有学者估计，警报声响起时，全世界至少有 50 万人承受不住那巨大的心理压力，选择了自杀。

萧瀛洲让电脑系统自检，没有给出令人信服的答案。警报声还在继续，萧瀛洲关掉了它。地面指挥中心的专家组经过紧急讨论，一致认为：问题可能出现在机械臂的复合轴承上，但要证明这一点，需要萧瀛洲亲自去检查。

萧瀛洲花了 20 分钟，穿上了复杂的舱外宇航服——这已经是史上最快的速度了，早期宇航员在别人的帮助下还需要 6 个小时——然后穿过过渡舱，进入暴露在太空环境中的货舱。机械臂抓着货柜，僵直在半空中，货舱门敞开着，远远的可以望见一面蓝色的镜子。萧瀛洲没有心情欣赏风景，抓紧时间启动喷气式背包，飞离地板，靠近机械臂去逐一检查。

检查机械臂花了 60 分钟。

无比漫长的 60 分钟。

全世界都屏息凝视，在萧瀛洲的呼吸声里备受煎熬。

结果出来了，是机械臂复合轴承上的固体润滑油出问题了。这些原本在零下 180℃也能正常工作的固体润滑油不知怎么的，碎裂成了极小的颗粒，无法发挥润滑的效用。于是，整个机械臂罢工，萧瀛洲拯救世界的行动也差点儿失败。

找到了问题之所在，解决起来就容易得多。萧瀛洲又花了 40 分钟，给所有复合轴承更换了固体润滑油。

“那 120 分钟，是整个拯救地球行动中，真正危险的 120 分钟。”“天狱”的会客室里，老迈的萧瀛洲对女儿说。

萧菁说：“其他的都不过是华丽的表演。”

萧瀛洲沉默片刻，说："你说得对。"然后，继续讲述往事。

机械臂发生故障时，距离发射核导弹的最后时机不到140分钟。维修机械臂就用了120分钟。计算表明，适宜核导弹发射的窗口时间前后不足8分钟。在那之前或者之后发射核导弹，都不足以拯救地球。要不是铁族提前通知，"凤凰号"提前到位，这次拯救地球的行动，很可能因为微不足道的润滑剂失效问题而失败，人类也就会因此而灭绝。萧瀛洲因此总结出一句人生哲理："凡事有提前，才会有充足的时间解决意外。"

萧瀛洲以最快的速度回到驾驶舱，换下舱外宇航服，再一次坐到电脑前。这一次，一切顺利，机械臂很快把货柜发射器搬运到舱外，进入发射位置。萧瀛洲向货柜发射器发出了一个指令，预先设置的程序启动，货柜发射器与飞船主控电脑建立起无线链接，海量的数据在两者之间相互传递。

萧瀛洲望望窗外，依然看不到毁神星的踪迹。200千米的距离，完全杜绝了肉眼看到毁神星的可能性。萧瀛洲又看看显示屏，马铃薯一样的阿波菲斯在缓慢地旋转着。

一切准备就绪，萧瀛洲按下了发射键。他感觉"凤凰号"摇晃了几下，"小男孩"发射了出去。

30秒后，"胖子"发射了出去。这次"凤凰号"摇晃得更为厉害。

追踪数据显示，一切正常。

但萧瀛洲没有时间等待发射的结果，立刻命令"凤凰号"调整姿势，脱离与阿波菲斯并排飞行的轨道。

核导弹的飞行速度为每秒10千米，只需要20秒，"小男孩"就能飞到200千米之外的阿波菲斯上。即使加上钻进阿波菲斯的地下所花的时间及延迟爆炸的设定，留给萧瀛洲逃跑的时间也不超过60秒。而在太空里，200千米的距离远远称不上安全。

大约过了1分钟，"凤凰号"刚刚转身，主发动机刚刚启动，"小男孩”爆炸所产生的巨大闪光就追上了它。刹那之间，“凤凰号”上所有的显示器全部过载，所有的警报在响过一声之后就全部变成了哑巴。

第二道闪光比第一道闪光强烈千百倍。

就像千百个太阳争先恐后地钻进眼睛里，即使受到“凤凰号”坚固船体的保护，萧瀛洲还是眼前一黑，失明了。

8

没有失过明的人永远无法体会眼前明亮的一切突然变成黑暗的恐惧。以隐忍坚毅著称的萧瀛洲在失明的时候，也忍不住连连尖叫。有好一会儿，他以为自己死定了，但没有，甚至连昏迷都没有。他一直清醒地感受着飞船在他身下震颤、摇晃、痉挛，像一头掉进陷阱的猛兽，深受致命重伤，却努力挣扎，想要逃脱出去。

也不知道过了多久，“凤凰号”的飞行变得平稳了。

“呼叫萧瀛洲，你还好吗？”

是铁中棠的声音。

“不好，很不好。”萧瀛洲说，“我瞎了。”

“没关系，我们会治好你的。”铁中棠说，“你做得很好，比我们预想的好得多。”

照本宣科而已。“毁神星怎么样呢？”萧瀛洲问。

“就如最初预计的一样，‘小男孩’钻进去炸出一个洞，‘胖子’紧跟着，在大洞里爆炸，将阿波菲斯炸成了数以兆计的碎片，最大的也不会超过一辆小汽车。它，现在该叫它们了，对地球已经没有任何危险了。”

“你们为什么要这么做？”

“铁族也是地球的孩子。”铁中棠的回答简单而有力。

“那为什么是我？我是说，你们为什么选择我来做这件事情？”

“巧合。事情发生的时候，只有你一个人计划飞向太空。”铁中棠说，“现在，准备回家吧，拯救了地球的超级大英雄。”

“凤凰号”按照预定的轨道向地球飞去。

在“凤凰号”回到地球之前，阿波菲斯的碎片们先撞上了地球——或者说是地球一头撞进了阿波菲斯的碎片群里。整个地球的人们目睹了有史以来最大的流星雨，不但夜空被一道道闪亮的光痕照亮，许多地方就连白天也能看到一颗颗流星燃烧着划过天穹。

那场下了一天一夜的流星雨，被称作“萧瀛洲的流星雨”，当时就催生了一大堆璀璨华章，也改变了无数人的人生观与世界观。

后世有学者这样总结毁神星事件的意义：世界的格局，历史的进程，人类的命运都被毁神星事件彻底改变。如果说，五年“浩劫”将人类逼到了谷底，毁神星事件又使人类重拾爬上巅峰的信心。

世界上有过很多英雄，也有很多关于英雄的传说，但这些英雄加起来拯救的人都不如萧瀛洲多，而且，萧瀛洲是当着全世界的面拯救了全世界。因此，当“凤凰号”回归地球时，所引发的关注是史无前例的。当萧瀛洲艰难地爬出“凤凰号”的驾驶舱时，他霍然发现自己成为了全世界最为瞩目的焦点。据后世学者估计，直接在量子寰球网上观看了末日直播的人多达 10 亿，考虑到当时距离“浩劫”结束不过 7 年，许多地方还没有恢复电力供应，这 10 亿人已经是那个时候上网人数的极限了。之后下了一天一夜的“萧瀛洲的流星雨”则是 99% 的地球人——总数超过 50 亿——都亲眼目睹的。

毁神星事件的后续影响有很多。比如，量子寰球网一举占领全球，经过数次升级，至今仍然是绝大多数人学习、工作、娱乐和社交的主要方式，又比如，科技的正面形象再一次树立，全球性的反科技思潮在很短的时间内退却，但大家公认的最大的影响就是世界同盟的成立。在毁神星事件中，全人类真切地体会到了“地球如此脆弱，而人类是一体的”这句话的全部内涵和外延，成立一个涵盖面最为广泛的国际组织，打破五年“浩劫”后全人类各自为政与各自为战的局面，势在必行。2037 年 4 月 13 日，毁神星事件一周年，以国际科技志愿组织为主体，国际粮农组织、国际货币基金组织、世界银行、全球能源合作组织、全球人道主义委员会、世界和平与发展委员会、国际教科文组织等数十个国际机构共同参与的地球同盟在重庆成立。成立时签署并公布的《重庆宣言》在那之后的数十年时间里，成为地球同盟及无数人的行动纲领。

对萧瀛洲个人而言，除了每天都生活在直播里之外，成为超级大英雄的另一收获，就是 2041 年在美国堪萨斯的一次宣传活动中结识了年轻漂亮的安柏 · 希尔娜，并且一见钟情。三年后，他们举行了神圣的婚礼，规模空前，数以千计的社会名流争先恐后地参加，量子寰球网直播了这次“世纪婚礼”。此外，2049 年成立地球太空防卫军时，萧瀛洲成为众望所归的太空军第一任司令。

9

“世纪婚礼？”在 2077 年的“天狱”里，23 岁的萧菁对父亲揶揄道，“对不起，我没能参加。”

“盛名之下，我确实做了许多违背本心的事情，但肯定不包括跟安柏结婚。”萧瀛洲近乎有些口吃地说，“我们的确因为宗教信仰的分歧而多次争吵过，尤其是在你出生以后，在你是否应该信教的问题上……结婚时她以为可以将我改造为天主教徒，而我以为，一个无神论者可以和一个天主教徒携手一辈子，谁知道……六年前我们离婚了。但那不是……不是我后悔的原因。我只后悔没有能更好地照顾好你妈妈。”

萧菁知道父亲想说他还爱着母亲，但不知为什么，父亲就是无法说出口，这让萧菁更增添了几分恨意与不屑。“这就是事实的全部？”她看着老迈不堪的父亲，“铁族提前通知你毁神星要来？铁族准备好了威力强大的核导弹，还有一切拯救计划？就因为它们也是地球的一分子？那它们为什么不亲自上阵扮演救世主？”

萧瀛洲看着萧菁，看着自己的女儿，眼里满是怜惜：“关于毁神星事件，刚才所讲的，只是事实的大部分，并非全部。毁神星回归是真的，毁神星撞击地球将会造成灾难性的后果是真的，我两次发射核导弹，‘小男孩’和‘胖子’炸毁阿波菲斯是真的，发射之前的机械故障是真的，数十亿人目睹的一天一夜的流星雨也是真的，量子寰球网直播中人们看到的一切都是真的——但毁神星会撞击地球的说法不是真的。

“被炸毁时，毁神星距离地球 2000 万千米，比月球还要远 50 倍以上，根本不会对地球造成威胁。如果不是那两枚核导弹，它将和往常一样，与地球擦肩而过，继续在围绕太阳的轨道上运转。这是一场虚构的拯救行动。

“那场所谓的末日直播并不是直播，而是录播。铁中棠通知我毁神星要来，不是提前 29 小时，而是 12 天，我飞到了 2000 万千米之外的深空，用两枚核导弹炸毁了无辜的毁神星。整个过程被精心录制下来，然后在 4 月 10 日，靳灿在量子寰球网全球启动仪式上，宣布毁神星来袭，只有你父亲能拯救地球，随后借助量子寰球网，向全世界进行所谓的拯救地球现场直播——事实上，那个时候，我已经在回家的路上了。”

萧菁的嘴惊讶地圆成了“O”形。“难怪有人质疑时间不对！还有人翻出2013年的研究资料，说毁神星不会撞击地球，只会从离地球很远的地方掠过！原来这些谣言都是真的！”随即，萧菁的情绪变得无比激烈，“为什么？为什么要这么做？难道靳灿真与铁族有勾结？真有碳铁秘密协议？铁族助他夺取人类的领导权，而他作为铁族的代理人，为铁族牟利？是铁族灭绝人类计划的一部分？”

“典型的阴谋论。”萧瀛洲摇摇头，“根本没有什么碳铁秘密协议，更没有什么灭绝人类的计划。要是铁族真想灭绝人类，只需要任由人类自相残杀就够了。或者改变毁神星的轨道，让它在下一次回归时撞上地球就行了。用不着帮助人类建立空前庞大空前团结的世界政府，再来把人类全都杀死。”

“也许是因为人类还有什么用，对铁族而言。一定是这样。”

“你为什么这么仇视铁族啊？”萧瀛洲几乎是在咆哮。

但萧菁毫不犹豫地进行了反击，父女间的矛盾如天地大冲撞一般，在此时此刻彻底爆发了：“你为什么这么相信铁族啊？铁族到底给了你什么好处？你是铁族的忠实走狗吗？”

萧瀛洲瞪着女儿，胸中郁积的怒气似乎就要如火山一般喷薄而出，然而，下一秒钟，他无可奈何地摇摇头，所有的愤懑竟然都在刹那间消失不见了，连瞪大的眼睛都微微闭上，好像所有的勇气都随着那一声长叹而流走。

这就是当着全世界的面拯救了全世界的超级大英雄？这就是我曾经无比崇拜无比骄傲的父亲？那个我曾经视之为一切的父亲？萧菁看着颓丧的父亲，觉得又好气又好笑，于是霍地站起来，说：“那就这样吧，我走了。”

萧瀛洲问：“接下来你准备做什么？”

“我会把你刚才告诉我的，公之于众，告诉全世界。这个世界谎言已经太多了，能减少一个是一个。”萧菁说。

“我到底做错了什么？你说！”怒火再次在萧瀛洲眼里燃烧起来，

萧菁更喜欢父亲此时的样子，因为那更像是一个敢作敢当的英雄，而不是逆来顺受的窝囊废，“难道当初我不应该发射‘小男孩’和‘胖子’吗？难道铁中棠告诉我毁神星要撞击地球我应该袖手旁观？你要知道，毁神星距离地球 2000 万千米这个事实我也是回到地球上才知道的！”

“飞 15 万千米和飞 2000 万千米的时间差距那么大，你怎么都没察觉出异样来？还是你根本就是在配合铁族演出啊，大英雄？”萧菁敏锐地捕捉到父亲的疏漏。

“我睡着了。”萧瀛洲苦笑着说，“在和靳灿总干事通话后我去睡觉了，醒来之后就开始末日直播。忙上加忙，我根本就没有机会发现我在睡袋里整整睡了 11 天——我猜那是早期冬眠试剂造成的。”

“这么说，靳灿伯伯事先知道铁族的计划？”

“我不知道。”萧瀛洲费力地摇头，“我不知道他知不知道。本来我想过要问的，可后来的局势对国际科技志愿组织越来越有利，我也就没有问出口。我希望你能理解我当初的所作所为。”

“理解？你理解过我吗？”萧菁反问道，“算了，不争论这些问题了。你说过，三年一条代沟，十年一条山谷，二十年就是一条深渊。你和我之间，就横亘着一条宽阔无边又深不见底的深渊。我不指望你能理解我，你也别奢望我能理解你。”

萧瀛洲再次无可奈何地低下了脑袋。

“要不要宣布和你这个大骗子断绝父女关系呢？我还没有想好。”萧菁继续说，“到时候看，心情好，就不宣布，心情不好，那就难说了。”

事实上，萧菁并没有做出决定。此刻，她的心里五味杂陈。似乎所有的疑惑都得到了解答，又似乎没有，新的疑惑又生发出来，比如铁族在毁神星事件中到底扮演了怎样的角色，它们的目的又是什么，又比如自己真的会狠心到宣布与父亲断绝父女关系吗？有时她以为自己已经做出了选择，下一秒却又迁延不决，质疑并直接否定了自己的答案，后悔刚才说出如此刻薄决绝的话。少数时候她脑子里空空荡荡，宛如婴幼儿般无所思也无所忆，多数时间却翻腾起诸般互相矛盾彼此纠缠的情绪与想法。

然而这些复杂的心事萧菁没有表露出来，就像以隐忍坚毅著称的父亲一样，她把一切隐藏到愤怒的面孔之下。没人可以知道她的心事。她仿佛一只骄傲而孤单的孔雀，毅然决然地转身，连再见也没有说，就快步走出“天狱”会客室，同时也逃出了父亲焦灼而又疲惫的视线。

她走得心急火燎，匆匆忙忙。内心最深处却有一个冷静的声音告诉她：这就像逃避自己的影子一样，越是逃避，越是紧紧跟随。你以为你宣布不是萧瀛洲的女儿，就真的不是萧瀛洲的女儿了吗？你逃不掉的……

泪水已经充盈了她的眼眶。她强忍着不哭出来。只是继续在甬道里不管不顾地快步疾走，疾走，好像这样就能够把所有的悲伤、苦痛与烦恼化解，把父女之间的矛盾化解。

显然不行。所以，她依然只能疾走，走向完全未知又或者早已经注定了的未来。

骰子已掷出

1

那粒金色的骰子在半空中旋转着，旋转着，倏然落下，然后被一只纤细的手牢牢抓住。

“曼谷。”阿宏说着打开手指。

正如阿宏所预测的那样，是一点朝上。

六点是河内，五点是仰光，四点是清迈，三点是巴厘岛，两点是加德满都，一点是曼谷。他把这句话又默念了一遍，最后强调了一句“没错，曼谷”，这才把骰子塞进裤兜里，穿过熙熙攘攘的人群，走向岘港高铁站售票厅。

这次休假，有 7 天时间。同往常一样，去哪里度过这 7 天，阿宏难以做出选择，于是和往常一样，他罗列出所有的选择，用掷骰子的方式决定。

两个摄像头在高处俯瞰，阿宏不用抬头，也能感受到它们的存在。到处都是摄像头。他心中不安，加快脚步，走进了售票厅。左边是人工售票，右边是机器售票。去哪边呢？他把金骰子从裤兜里拿出来，心中默念：“单数是人工，双数是机器。”投掷的结果是四，于是他走向了右边第四台售票机器。

阿宏抬起左手，按在售票机器的屏幕上，通过指纹检测。“买一张去曼谷的高铁票。”他说。声音检测也通过了。一丝微弱的红光从他眼前滑过，他知道这是售票机器在检测他的虹膜和静脉。他不相信这机器会查到他的真实身份。在编造假身份这件事情上，“皇家玛丽号”向来做得很好。

“请眨眼睛。”售票机器说。

阿宏眨了眨眼睛，然后他得到了去曼谷的高铁票。

一小时后，岘港开往曼谷的 G5538 次列车出发了。车厢里基本坐满。乘客们都在各自的座位上，少部分睡觉，大部分玩着虚拟游戏。旁人看不见他们“看见”的东西，只在某些角度可以窥见他们指间闪烁的五彩的光。阿宏身旁是个胖子，上车后就没有对谁说过一句话，完全沉湎在游戏世界里，只偶尔爆出一连串的粗口，伴之以双臂激烈的挥动。阿宏枯坐了一阵，阖上眼睛，开始睡觉。

牙齿传来的振动惊醒了阿宏。这是一个绝密的网络电话，知道的人很少，而休假的时候，“皇家玛丽号”的人是不会打电话来的。发生了什么事情？阿宏不动声色地扫视四周，没有人注意他，于是抬起左手手腕，捻动拇指与食指，手背上的皮肤显示屏亮了起来，但除了当前时间和一句格言，并没有来电信息。与此同时，一个陌生的声音在他的耳朵里响起。

“阿宏，他们找到您了。”对方声音低沉，浑厚，有种难以形容的吸引力。

然而，对方不但在网络电话上屏蔽了自己的信息，而且一上来就称呼他在“皇家玛丽号”上的名字，这令阿宏心中立刻升起了警惕之心。他用舌头按照一定的规律敲击牙齿，门牙内侧暗藏的微型编码器会把这些敲击翻译成一句话：“你是谁？”，再通过鼻梁上方的天线发射出去。

“他们都叫我方先生。”那人答道。这声音实际上是听骨上的微型解码器，把无线电波直接“翻译”为神经脉冲，传递给听觉神经的结果。除了他，没有别人能听见。

“他们又是谁？”阿宏小心翼翼地问，同时观察了一下四周。他在“皇家玛丽号”上做的事情，可不是什么合法的买卖。车厢里一切如常，睡觉的睡觉，闲聊的闲聊，吃东西的吃东西，打游戏的打游戏。

“龙虾特工。”方先生说。

他不是第一次听说这个名字：“龙虾特工？”

“秘密警察，地下特工，特别调查员。随便您怎么称呼，知道他们是坏人就成。”方先生说，“时间有限，不啰唆了。总而言之一句话，他们正向您所在车厢里走去，准备抓您。”

方先生一口一个“您”，令阿宏感觉不舒服：“你能看见他们？”

“到处都是摄像头。神圣秩序监控并统治着整个世界。我不过是借用了他们的一点儿网络资源。”

神圣秩序。阿宏咂摸着这个词语。这不是他第一次听说“神圣秩序监控并统治着整个世界”这种说法。然而……

“听着，”方先生说，“三只龙虾马上就要进入您所在的车厢了。”

阿宏连忙站起身，正好看见三个人从车厢连接处往这边走过来。他们身着同一款式的黑色西装，笔直挺括，仿佛是用同一个模板打印出来的。黑色的皮鞋尖得像锥子，矫健的步履，使他们如同一阵黑色的风。他们的头发梳得纹丝不乱，圆圆的黑框墨镜盖住了大半张脸，流露出某种神秘气质。在他们左胸上，有一个暗色的徽章，上面龙虾张牙舞爪的图案格外抢眼。

“我该怎么办？”

“去上厕所，303 号厕所。知道在哪里吗？”

“知道。”我不知道的只是该不该相信你。阿宏伸手到裤兜里去掏骰子。单数是相信，双数是不相信。

“我的人会在厕所里等您。速度要快，但幅度不要过大！”

阿宏将骰子抛起，然后看着它飞到最高处，又掉落下来。他伸手去接，却被旁边那个胖子——沉湎于游戏的胖子突然间扇动了两下手臂——碰了一下胳膊，没有接住骰子。

骰子跌落到地上，骨碌碌地滚到了另一边的座椅下。他没有看到投掷的结果，恐慌抓住了他的身心。他来不及去责怪旁边的人，立刻跪下，身体前倾，伏到地上，去寻找那粒金骰子。其他乘客都莫名地望着他，就像望着马戏团的猴子。他不在乎，所有的心思都在寻找骰子上。他看见了，那粒骰子静静地躺在座椅的一条腿附近，影影绰绰，看不清楚是哪一个数字朝上。他正要尽力伸长手臂去拿，却被人猛力摁住了后背，从座椅下拖了出来。

“你被捕了。”一个尖利的声音说，“不要做无谓的抵抗。”

“我要那骰子！”阿宏吼道。同时，他拼命摆脱龙虾特工的控制。“我还没有看到……”

“你没有权利要这要那。”龙虾特工中的一个说。他有宽宽的额头，在阿宏反驳以前，已经一拳擂在阿宏的太阳穴上。

阿宏晕了过去。在晕过去之前，他仿佛看见了骰子上的点数，又仿佛没有看到。

2

阿宏醒来后，发现自己坐在一把藤条椅上，置身于一个空荡荡的房间里。面前只有一张长条形的玻璃桌子，桌子对面也摆着一把藤条椅。一片刺眼的白光在身后亮起，他扭过头去，发现身后是巨大的落地窗。窗外漆黑一片，正下着瓢泼大雨，隔着落地窗，听不见声音，只能瞧见雨滴愤怒地击打在玻璃上，还隐约能分辨出几株高大的亚热带植物。

伴随第二次雷声来的开门声，比雷声更吓人。阿宏转回头，看见一个西装革履的龙虾特工推开房门，走了进来。他把一叠文件丢到玻璃桌子中间，旋即坐到藤条椅上。

“阿宏，你可以叫我老P，字母P。”这名龙虾特工有宽阔得可以跑高铁的脑门，“不用琢磨它的意思，就是个代号。”

“为什么抓我？”阿宏问。

“还不是你在‘皇家玛丽号’上干的那档子事。”老P说着翻了翻桌子上的文件，阿宏瞥见文件上有自己的照片，心想：“那些事情虽然烂，但用不着龙虾特工出手。”

“皇家玛丽号”表面上是艘豪华邮轮，实际上是艘赌船，将各个国家的达官贵人、新晋富豪、职业赌徒，还有无数喜欢浑水摸鱼的投机之徒，送到公海上，进行数额特别巨大的赌博。

“为什么抓我？”阿宏问，“我干什么了？”

“与迦楼罗非法接触。”

“迦楼罗？”阿宏努力让自己的疑惑显得更加真诚，“那是什么？”

“迦楼罗是一个恐怖组织，意图对抗神圣秩序。高铁上，给你打电话的方觉晓就是迦楼罗的领导人。”

恐怖组织？“可是，在方先生打来电话之前，你们已经在来抓我的路上了。”

“抓你，不是因为你已经做过的事情，而是你将要做的事情。”

“这不可能。”阿宏瞠目结舌，“没有谁该为他还没有做的事情负责……”

老P伸手在阿宏眼前晃了晃，示意他不要说话：“这里没有法律，或者说，我就是法律。我知道迦楼罗那帮蠢货会对你说些什么。真的，说他们是蠢货简直就是侮辱蠢货这个词语。什么精准的预言，什么不可或缺的救世主，什么命中注定。几千年了，一点儿变化都没有，毫无创新意识。”

“我不明白。”

“你明白，或者不明白，都没有意义。”老 P 说，“眼下，你只需要记住一件事情。因为与迦楼罗非法接触，你被判处死刑，没有公开审讯，没有对外宣判，不接受上诉，立即执行。”

阿宏一时无语。他在“皇家玛丽号”赌船上工作，不是没有见过同伴被捕，也不是没有想过自己会有同样的一天，但现在这种情况……他只觉得荒谬绝顶。

“不过，也不是完全没有咸鱼翻身的机会。”老 P 摘下墨镜，搁在玻璃桌子上。他的眼珠是棕褐色的，眼角的皱纹像钝刀强行雕刻的一样，又宽又深，那是岁月碾过的痕迹。“一个机会，最后的机会。你要好好把握。”

“要我做什么？”阿宏问道，问完他就猜到答案了。

“做鼹鼠。”老 P 说。没有墨镜的遮挡，阿宏清楚地看见他的眼神显出无尽的贪婪。这种眼神，他在“皇家玛丽号”上曾经见过无数次。“答应方觉晓的邀请，去往他们的迦楼罗基地，然后把迦楼罗基地的位置和其他资料一并报告给我。”

“你就可以把迦楼罗基地一网打尽？”

“是的，一网打尽。”

“我能从中得到什么？”

“不用去死。不用现在就去死，还可以舒舒服服地活上好几十年。”老 P 补充道，“小子，我告诉你，人生虽然没有意义，但好死不如赖活着。别错过了最后的机会。”

阿宏沉默了。

“你在想，应不应该相信我，对吧？这个问题的答案不重要。”

老P说，“你相信，或者不相信，都不重要。有神圣秩序在，所有的结果都已经注定了，不管你如何选择。”

选择？阿宏心里生出一种渴望，渴望把金骰子扔向半空，好决定这个问题的答案。然而，骰子落在了高铁上。深深的失落感与空虚感交替占据着他的身心，令他一时之间如鲠在喉，说不出话来。

老P盯着阿宏的脸，良久，从玻璃桌子上，把墨镜拾起，戴回到脸上，遮住了密布皱纹的眼睛。“你拒绝合作？你一定会后悔的。不，你没有时间后悔。因为……”老P忽然停住，微微侧头。这是在听耳骨电话的典型动作。稍后，他微微点头，又异常惊讶地说了一句：“外卖？”旋即，他起身离去，将阿宏一个人留在审讯室里。

闪电透过落地窗，瞬间照亮了房间，外面隐隐传来滚动的雷声。

房门再次被推开。这次进来的不是老P，而是一个提着篮子的兔女郎。她身穿白色暗纹比基尼，脚蹬兔脚拖鞋，手戴兔爪手套，脑袋上顶着长长的兔耳头冠，甚至屁股上还有球状的兔子尾巴。

“是你点的外卖吗？”兔女郎问。

“不是我。”阿宏摇头道，“我没有。”

“是你。不要反驳。”兔女郎说，“我说是就是。”

阿宏没有答话，只盯着兔女郎看。他注意到她个子不算高，但异常丰满，行走之间，“性感”呼之欲出。她把篮子搁到玻璃桌上，顺手掀开了菜篮子，从里边掏出了两把枪。丛林之鹰，2020经典款。他使劲儿眨动了两下眼睛。

“我在G5538次列车303号厕所等你，可你没来。”兔女郎说。

“你是……”

“方先生派我来救你。”兔女郎把一把丛林之鹰递给阿宏。“叫我艾莲娜。”

枪身沉甸甸的，好像是铁铸的。阿宏双手用力握住丛林之鹰，同时努力回忆在“皇家玛丽”上，学习使用枪支的情景。

“用过枪吗？”

“学过。”但还没有对真人开过枪。

艾莲娜靠近阿宏，伸手在丛林之鹰的弹夹上方按动了一下：“开启自动补偿机制，会使你射得更准。”

“嗯。”阿宏轻声回应，以掩饰自己心脏的狂跳。

艾莲娜向他举起了丛林之鹰。

在半秒钟的惊愕之后，阿宏才意识到艾莲娜瞄准的不是自己的额头，而是身后的落地窗。

落地窗在枪声中碎成一堆圆形和椭圆形的碎渣子。风和雨立刻蜂拥进来。

艾莲娜走到落地窗前，风把她的头发吹得像无数飞舞的小蛇。她探头望了一眼外面，对阿宏说：“跟我来。”随后跳了出去。

阿宏拿好丛林之鹰，也跟着跳进夜色里。审讯室在一栋建筑的二楼。还在半空，他的全身就已经被风雨浸湿。脚刚着地，湿滑的地面就令他一个趔趄，若不是艾莲娜及时出手扶住，他就要狼狈地在泥地里打上几个滚了。

“谢谢。”阿宏站稳了说。艾莲娜的手已经闪电般从他的胳膊上松开。“我以为会从门那儿冲出去……”

“在想什么呢？”艾莲娜说，“你以为就凭我们两个，两把枪，就可以从守卫严密的龙虾 42 号基地杀出去？别做梦了。”

阿宏很不自然地笑了笑。

就在这时，阿宏看见艾莲娜身后的矮树丛里，潜伏着一条银灰色的身影。矮树丛一阵晃动，那人似乎有所行动。阿宏赶紧扣动扳机，丛林之鹰震动着，噗呲一声，射出了致命的子弹。

3

银灰色的身影向后飞出，以一条优美的弧线，掉落到泥地里。子弹正中他的胸膛，淡红的液体从那里渗透出来，被雨水迅速稀释，冲走。

“你干什么？”艾莲娜的质问异常突然。

“他要偷袭你！”阿宏辩解道。丛林之鹰的自动补偿机制确实优秀，令他这个生手都能准确命中目标。但有哪里不对劲儿？那具尸体穿着龙虾特工的服装。“他不会是你负责接应的同伴吧？”

“不是。”艾莲娜焦灼地说，“快走。时间不够了。”

她转身跑向外面。

一道闪电在左上方的天空亮起，短暂地照亮了黑暗笼罩着的世界。阿宏伸手把打湿的头发从额前拢到脑后，跟在艾莲娜后面。在他身后，龙虾 42 号基地又陷入了黑暗之中。

很快，两个人就跑到一堵围墙边上。一条绳梯从五米高的围墙上垂下来。艾莲娜率先爬上了绳梯，又转身把阿宏拉上了围墙。这时，龙虾 42 号基地警铃大作，无数的探照灯亮起，宛如一把把巨大的刺刀，向天空和四周扫荡着。

两个人继续奔跑。转过一个弯，阿宏看见平地上停着一架旋翼机，发动机已经启动。驾驶员冲他们一边挥手一边高喊：“快，快！他们发现我们了！”

艾莲娜一步跨上旋翼机后排座，阿宏跟着跳上去。舱门在他身后关闭。旋翼机随即低吼着，在风雨之中，努力挣脱地心引力，飞到比亚热带丛林略高的位置，然后向着东南方向，迅疾飞去。龙虾基地那边，也有几架飞行器出动，但眨眼之间，旋翼机已经将它们远远地抛在了后面。

阿宏喘了口气，望向艾莲娜，这才发现后排座上还有一个中年男子。那人伸出手来，越过艾莲娜，握了握阿宏仓皇之间伸出去的手。“很高兴认识您，救世主。”他比划了一下接听电话的动作，“我是方觉晓，大家都叫我方先生，我们通过话的。”

“我也很高兴。”阿宏礼貌性地回答，“叫我阿宏，听着舒服些。”

方先生收回了手。他光光的脑袋上，没有一丝毛发。“您相信命运吗，救世主？”他问。

“不相信。”

“为什么？”

阿宏说：“有一种隐秘然而无处不在的力量，不管他是谁，是上帝、造物主，或者叫什么狗屁命运，在暗地里左右我以及世界上数十亿人的一切。从简单的吃喝拉撒睡，到信仰、梦想、希望与追求，这一切的一切，都在冥冥之中归他管理。我无法接受这样的场景，连想一想都觉得头疼。”

“救世主，您会这样说，证明您对真正的命运一无所知。”方先生露出高深莫测的微笑，“艾莲娜，你相信命运吗？”

“相信。”艾莲娜望着面前的空气，“以前我是不相信的，但现在我相信了，尤其是加入迦楼罗之后。”

方先生微微颔首，又问：“飞行员，你相信命运吗？”

飞行员答道：“方先生，我相信命运，从小就相信。我妈一直对我说，上天早就安排好了一切，你只需要默默接受就好。”

方先生意味深长地说：“救世主，您会乘坐从岘港到曼谷的列车，您会接到我的电话，您会被老P抓住带到秘密基地审讯再被艾莲娜救出，您会坐在这里听我讲话，您会成为救世主，成为迦楼罗的领导者，拯救这个黑暗的世界于末日的边缘，这都是命运的安排。”

“事实上，我不太明白。”阿宏努力理解方先生所说的话。至少从岘港到曼谷，是丢骰子的结果，在骰子落下之前，谁也无法预测，谁也无法干预，而且……“尤其是关于迦楼罗与救世主的那一部分。”

方先生嘴角带笑：“不愧为救世主，提问都这么一针见血。”

“我想，任何一个人，忽然被人叫作救世主，要他承担拯救世界的重任，他都会这么问的。”

“我会把一切都告诉您，救世主。这是我的职责。”方先生说，“和老 P 打了这么多年的交道，他会告诉你一些什么，我知道得一清二楚。老 P 老奸巨猾，他所说的话，一个字都不能相信。”他竖起精细瘦长的食指，在空气中左右晃动两下，仿佛要把老 P 和他的言行全部从现实里抹掉：“不过，我们现在要先降落。”

雨已经停了，也可能是旋翼机飞出了雨区。黑灰色的云层在头上默默铺展着，遮蔽了大部分天光。看不到月亮，也看不到钻石一般璀璨的星星。旋翼机下方是莽莽苍苍的亚热带丛林，一眼望去，似乎无边无际，永无尽头。这时，旋翼机止住了向前猛冲的势头，往正下方降落。在旋翼机落到丛林的空隙之前，那里出现了一道外旋的收缩门，于是旋翼机落进门里，继续沿着陡直的通道往下降落，最终在阿宏以为旋翼机会一直飞到地心之前，停下了。

方先生从他那边下了旋翼机。阿宏推开自己这边的舱门，跳下旋翼机，眼望四周，发现停机坪建在一个大型溶洞里，头顶上巨大的钟乳石仿佛无数冻结的棉絮云。

“这是你第一次杀人？”艾莲娜在阿宏身后，忽然这样问。

“是。”阿宏被问得猝不及防，忙不迭地回答。

“害怕吗？”

阿宏喘息了一下，回忆起开枪时的震动以及误以为死者是艾莲娜同伴时的恐慌，老老实实回答：“害怕。”

“会习惯的。”艾莲娜又问，“需要换衣服吗？”

“不需要，已经干了。”阿宏牵起衣角，证明自己所言不假。这衣服是用纳米布料做的，不沾水，还自带烘干功能。

“我需要。”艾莲娜说着，加快步伐，从阿宏身边走过。

阿宏目送艾莲娜远去。方先生从旋翼机的另一边，踱到阿宏身边。“艾莲娜是整个迦楼罗最诱人的花儿，不但能打，还身材劲爆。这么好的花儿您上哪儿找去？”他看向艾莲娜的背影，这样说，“您迟早会爱上她的。这毋庸置疑。她也会爱上您，因为您是救世主。”

阿宏明显感觉到自己的心跳加速了。听方先生这样说，却不知道作何评价，只好一边跟着方先生走，一边偷偷看着艾莲娜摇曳多姿的身影消失在一根巨大的钟乳石后边。

停机坪通过主洞方向的道路堪比高速公路，又宽又直，三辆大型客车齐头并进，还绰绰有余。这里原本是一个大型溶洞，但如今每个角落都有人工改造的痕迹，俨然是一座规模惊人的地下城市。随着脚步的移动，看着四周出现的越来越多的现代化建筑，阿宏不禁想：当初建设这个基地的时候，耗费了工程师和技术员多少心血啊。

“这里能住多少人？”阿宏问。

“十万。”方先生说，“如果降低生活质量，还可以更多。”

“这里也到处都是摄像头吗？”

“不，迦楼罗不允许安装摄像头。”

没有摄像头这件事让阿宏暗暗有些高兴。

穿过一道高高的闸门，方先生示意阿宏停下，他自己继续往前，两步跨上一个平台。台下聚集了二十来个人，从服装上可以看出他们来自不同的地方。

方先生扫视全场，待所有人都安静下来，这才开口讲道：“我们在黑暗中等待这一刻已经太久，然而救世主值得我们等待。迦楼罗从来没有叫我们失望过。他把我们从浑浑噩噩中唤醒，让我们知道了世界运转的真相，教会了我们如何去反叛，反叛神圣秩序，对抗黑暗暴政。所有迦楼罗的反对者与怀疑者，都将遭遇命运的碾压。我们不要再做奴隶，我们要接受迦楼罗的安排，反抗一切黑暗与邪恶，消灭一切不公与不义。”

台下静默着，没有人鼓掌，也没有人欢呼。阿宏早就注意到了，台下的这群人是个非常奇怪的组合：有满脸胡子、肩膀上挂着突击步枪的彪形大汉，有身穿淡黄色僧袍、腰间却别着短刀的和尚，有一脸稚气、却熟练地吸着大雪茄的孩子，有穿着传统直筒裙、左臂却完全机械化的女子……每个人都个性十足，找不到装扮完全一样的。

方先生的声音进一步提高，双臂也举了起来：“同志们，欢呼吧，迦楼罗预言的那一个救世主，今晚被我——我们——找到了。让我们用最热情的欢呼，迎接救世主闪亮登场。”

4

这是一个重要的时刻，或许是。出场，还是不出场？阿宏毫无意外地发现自己惦记着金骰子，渴望把它捏在手里，用拇指去触摸它的每一个平面，品味平面上每一个凸起与凹陷，渴望把骰子高高抛起，看它在半空中骨碌碌旋转，旋转，渴望伸出手去一把抓住落下来的骰子，然后把手指一根根挪开，亲眼看看朝上的点数是什么……然而他的腿已经鬼使神差般地把他送到了方先生的身边。台下响起一阵礼貌性的掌声，所有的眼光都投注在他的身上，目光中有热切的期待，也有毫不掩饰的怀疑。

“凭什么说他是救世主？”彪形大汉率先发问。

“救世主就长这个样子？”一个人阴阳怪气地问。她的头发全部被翠鸟的羽毛所替代，从不同角度看，呈现出不同的颜色和光泽。

“你是救世主？你能让我妹妹复活吗？她死在了龙虾特工的手里。”叼着大雪茄的孩子问。

“我不是什么救世主。”阿宏说，“我就是一个在赌船上掷骰子的人。我也不知道为什么会在这里。我正在度假，从岘港去曼谷的列车上，忽然就有人来告诉我，我是什么救世主，又说什么神圣秩序，什么迦楼罗，要我承担起拯救世界的重任。这个世界要毁灭了吗？我，我还没有吃晚饭呢。”

果不其然，台下传来阵阵潮水般的哄笑。那个和尚的笑声格外突出。这时，阿宏看到了艾莲娜，她换了一身宽松的套头衫，倚靠在一根钟乳石上，静静地眺望这边。他心中的些许涟漪顿时汹涌成海啸，赶紧把注意力转移到方先生身上。刚才说那番话的目的，就是逼方先生给出解释。

方先生没有丝毫的慌乱，一副成竹在胸的样子。“接受质疑，与自我否认，是成为救世主的必经之路。”他说，“迦楼罗早就预见了这一切。”

阿宏问：“迦楼罗不是印度神话里的大鹏金翅鸟，天龙八部之一吗？”

方先生说：“别纠结词语了。迦楼罗，或者叫祭司，或者叫先知，或者叫巫罗，或者叫大鹏金翅鸟，或者叫高深叵测的量子算法，或者叫方觉晓，无所谓了，结局都一样。您在这里了，领导我们对抗神圣秩序。”

“神圣秩序到底是什么？”

“您不需要理解，只需要相信，相信您就是在这件事上不可或缺的救世主就好了。相信，是一种无可匹敌的力量，当您选择相信什么的时候，全世界都会为您让路。如果您相信您是救世主，您就能拯救世界。”方先生再次提高嗓门，“你们也是一样，你们只需要相信他是救世主，跟随他，服从他，他就能从神圣秩序的魔爪下拯救你们。至于你们的怀疑……救世主将很快证明你们的怀疑是错误的，证明他就是无可替代的救世主。”

警铃在这个时候非常应景地响起：“警告！警告！发现龙虾天空母舰！警告！警告！龙虾天空母舰来袭！这不是演习！这不是演习！”

整个迦楼罗基地都躁动起来。有的门自动打开，另一些门自动关上，几台巨大的机器轰鸣着启动，所有通道都有身着丛林迷彩服的士兵在奋力奔跑。躁动，但并不混乱，一切都在有条不紊地进行。台下这群人也没有惊慌的，有的甚至还露出欣喜之色。

“这是龙虾特工第一次正面进攻迦楼罗基地。显而易见，我们把您从龙虾秘密基地救出来的时候，不小心暴露了迦楼罗基地的位置。”方先生看着阿宏，“来吧，证明您就是救世主的时候到了。”

“我该怎么办？我什么都不会啊。”

“事情发展得确实有点儿快，但您是迦楼罗选定的救世主啊，到时候您自然知道该怎么办。”

“可是……”

“没有人可以教救世主如何去拯救世界。”方先生昂首大声道，“大家跟我来。”

容不得阿宏多犹豫，方先生带路，在众人的簇拥下，他脚步踉踉跄跄，踩着五彩祥云一般来到一间观察室。

观察室能容纳五十人，布置有排列整齐的圆形桌椅，桌上摆着水果和饮料。一侧墙壁全部是玻璃，透过它，下方的迦楼罗指挥中心尽收眼底。

指挥中心是一座可以容纳数百人聚会的圆形大厅，被完全改造过，见不到一丝天然溶洞的痕迹。中间是一台巨大的空气显示屏，至少30米长，20米宽，20米高。阿宏相信自己的估算。这玩意儿比“皇家玛丽号”上的大多了。在此之前，他还没有想过空气显示屏能够大到这种程度。四周是三圈操纵台围绕着它，数十名身着丛林迷彩服的士兵在操纵台上忙碌。各种口令，此起彼伏。

众人都站在玻璃墙边俯瞰。方先生问道：“维科中校，汇报情况。”

一名肩章与绶带特别显眼的军官从空气显示屏下方的指挥椅上站起来，答道：“报告方先生，一艘龙虾天空母舰出现在迦楼罗基地上空，并释放出350架各型无人机，对基地进行袭击。我方派出220架无人机迎战，双方已经交战5分钟。”

“战果如何？”

维科回答：“龙虾无人机群有母舰的支持，我方处于下风。目前我方已有45架无人机被击落。”

阿宏的注意力全都在空气显示屏上。红绿蓝三色光从三个角度射到空气显示屏上，交织出一幅立体而且颜色格外饱满的画面。画面所展示的，正是两大机群在夜空之中鏖战的情景。速度都快得惊人，造型也相差无几，阿宏几乎无法分辨哪些无人机是龙虾的，哪些是迦楼罗的。只见机群上下翻飞，彼此对冲，敌我难分，时而开火，时而躲避对方的攻击，不时有烟火绽放。

“维科，把你的指挥权交给他。”方先生命令道。

“他就是救世主？”维科仰望观察室，隔着玻璃，阿宏也能感受到他深深的怀疑。

“不要怀疑我，执行命令。”方先生强调。

观察室左侧有一道可以打开的步梯，通向指挥中心。在众人复杂的目光里，阿宏走下步梯，走进指挥中心。

维科把阿宏带到指挥椅旁，叫他坐下。“需要你开放植入系统的全部权限，也需要你接受迦楼罗的全部管辖。”维科说。他身材颀长，精瘦，干练，典型的军官形象，眼神里却有几分促狭，似乎在是看阿宏闹笑话。“整个过程会有几分刺痛，正常。”

“会有什么管子或者锥子插进我的脑子吗？”

“你说的那种早就被淘汰了。”维科解释说，“戴上这个头盔，非侵入式脑机连接装置，躺下就可以了。”

阿宏戴上头盔，有黏液从头盔的缝隙中渗透出来，与他的头皮紧贴在一起。起初有些凉凉的感觉，但很快就感觉不到那黏液的存在了。

阿宏又问：“作战的都是无人机？”

提问可以缓解阿宏的焦虑，但维科显然已经失去耐心了：“无人机的速度，随随便便就可以达到七倍音速，如果有人类驾驶员，早就变成一滩脓血了。”

一连串的权限申请出现在皮肤显示屏上，阿宏全部勾选，确认了一次。因为太过重要，植入系统——植入身体的那些智能玩意儿的内核——又要他确定了一次。他躺到指挥椅上，掀下面罩，盖住了整张脸。他对身体的感知渐渐模糊，一阵“正常”的刺痛之后，他完全感觉不到身体的存在，他的意识扩展到了整个指挥中心，仿佛指挥中心才是他的身体。他有些茫然地审视着自己的新身体，意识到自己其实是漂浮在指挥中心上方，俯瞰着大厅里的所有设备和所有人。那个坐在指挥椅上的是谁呢？熟悉，又如此陌生。一丝恐慌在心底泛起，他成功地抑制住了它。不能让维科看笑话。这跟“皇家玛丽号”上的蜘蛛是一样的，只是功能更加强大而已。他这样安慰自己，并且把注意力转移到指挥大厅站立诸人的面容上。他们此时的表情极为复杂，值得玩味，但他的意识已经进一步扩展开来。

他向上飞升，飞出覆盖迦楼罗基地数百米的岩层，飞出地表薄薄的一层绿色植物，飞上黎明之前空阔辽远而寂静的天空。但这其实是错觉，下一纳秒，海量数据汹涌而入，宛如岩浆瀑布毫无阻滞地流入大海，他的脑子陡然间沸腾起来，变得无比炽热，无比喧嚣。

他木然地想：必须找点儿事情做，具体的事情。

一架前端是滑翔弹头，机身是双乘波体一体化布局，机翼后掠，机尾上雕着龙虾标识的无人机从他前方飞过。他想消灭它，就近找了一架迦楼罗无人机——也是双乘波体一体化布局——去追逐那架龙虾无人机。在一阵加力猛追之后，龙虾无人机进入射程。阿宏操纵迦楼罗无人机开火，倾泄出数十发穿甲弹与高爆弹。对方一个巧妙的侧翻，避开了这一轮足以致命的攻击。他正感叹于对方反应之迅速，就觉得一阵锐痛从脑髓深处传来。下一纳秒，他被系统强行踢出来，然后目睹那架迦楼罗无人机尾巴冒着火，呜咽着，旋转着掉落。

他有些庆幸，又有些后怕。如果不是被系统踢出来，无人机撞击大地时“我”还在里边，结果会怎样？

他茫然地注视着眼前的一切，感觉与他们有一种深深的隔膜。就像潜入水中，隔着水体，看到和听到岸上的动静，一切都变得扭曲而不真实。

又一架迦楼罗无人机在他跟前爆炸，化作一朵红蓝相间的烟花。我要死了！他惶恐地意识到。

5

不能再这样下去了，他摇着不存在的脑袋，不无恐慌地想。他看着眼前来来去去的色块，忽闪忽闪的光斑，起起伏伏的线条，忽然间意识到这样的场景曾经见过。

还见过很多次。

一种莫名的熟悉感抓住了阿宏。这让他的内心趋于平静。他环顾指挥室，这里就像“皇家玛丽号”的中心控制室。他意识到，他不需要操控单独一架无人机去战斗，不需要考虑单独一架无人机的得与失，这样只会在细枝末节处去计较，导致整个战局的被动挨打，畏首畏尾。

想明白这一点，阿宏变得欣喜乃至兴奋。他把注意力从单独的一架架无人战斗机上抽离，将它们连同对手都弱化为一个个不带感情色彩的编号，由此成功地从更高更辽阔更立体的角度，鸟瞰纵观整个战场。

若是不考虑情报支援，这个空中战场，长 300 千米，宽 200 千米，高 4 千米，误差不超高 5%。迦楼罗这边是红色编号，龙虾那边是蓝色编号。数百个编号在三维的空间上下翻飞。

他专注地观察着，思考着，手忙脚乱的状态早就过去。眼前的图景虽然纷繁复杂，但并非真的毫无头绪。编号来来往往，轨迹明明灭灭，敌我双方的战机宛如两群对攻的马蜂，彼此胶着、浸润、混杂在一起。阿宏闭了闭（不存在的）眼睛，他已经发现了一种模式。闭上眼睛是为了清空之前的印象，再睁眼的时候，他确认自己的判断是正确的。

他向着那些编号发出各种清晰的指令。这些指令或是进攻，或是防守，或是协同，或是救护，或是迂回，或是潜伏一时突然突击，甚或是猛地前冲自我牺牲以改变整个战场的局势。那些编号，只是些没有灵魂的无人战斗机，不需要考虑它们的感受，只需要一个结果，那就是获胜，获得眼前这场空中战争的胜利。

他用口和手同时发出指令。他的指令得到了百分之百的执行。战场局势很快逆转。靠牺牲一部分红色无人机，给蓝色无人机设下一个埋伏，进入埋伏圈的蓝色无人机被瞬间击落。数十架无人机凌空爆炸，绽放为一朵朵烟花，另一些无人机呜咽着坠下黎明前黯淡的天空。丛林深处不时传来爆炸声，浓烟像一条条藤蔓，扭转着身子，向越来越亮的天空爬升。

在另一个方向，迦楼罗损失了二十多架无人机。但无碍大局。经过一系列精心安排，一条空中走廊被清理出来。这条空中走廊通向龙虾天空母舰。在阿宏的指挥下，五架迦楼罗无人机向龙虾天空母舰发起了自杀式进攻。一架无人机刚出发就被击落，两架在中途被龙虾天空母舰的近防炮打成了碎片，有两架到达预设的攻击位置。其中一架炸开了龙虾天空母舰的壳体，另一架从那个洞口飞进去，引爆了身上的所有炸弹，摧毁了龙虾天空母舰的雷达与通信系统。它只能狼狈地退出战场。

结束了吗？阿宏退出指挥系统，睁眼就看见方先生热切的目光。

不知何时，方先生已经从观察室走到了指挥中心。他问：“救世主，你接受过空中作战指挥的训练吗？”

“没有。”这是实话。我只是把赌船上的……阿宏正想解释，但方先生已经站起身，对着身后的那几个人朗声说道：“大家看到了吗？救世主没有接受过任何军事指挥训练，这是他指挥的第一场战斗，就能挽狂澜于既倒，以一人之力，打败整支龙虾军队的进攻。这不是救世主还是什么？”

那群人沉默着，谁也不愿意先表态。和尚打破了沉默：“这种事情，似乎没有多少说服力啊！”他的这种说法引起了不少共鸣，但更多的人没有发表意见。

这时，有一个士兵冲进了指挥中心，一路跌跌撞撞。

“怎么啦？没规没矩。”维科责问道。

来人冲到方先生跟前，哽咽着吐出一个名字：“艾莲娜！”

“艾莲娜怎么啦？”方先生语带咆哮。

“她的战斗机被击中，她跳伞了，我们找到她的时候……”那人哭道，“她就要死了。”

方先生命令道：“快带我们过去。”

一路急行。阿宏走得尤其匆忙。刚才他发出了不少自杀指令，让无人机发动自杀式攻击。艾莲娜驾驶的战斗机会是其中一架吗？无人机中怎会混入了有人机？为什么没有告诉我？

带路的士兵打开了一扇门，艾莲娜躺在床上，脸上扣着呼吸面罩。见有人进来，她艰难地转动了一下脖子。

方先生走过去，摘下艾莲娜的呼吸面罩：“感觉怎么样？”

艾莲娜没有回答他的问题，而是奋力扭过头，定定地看着阿宏。“阿宏。”她用几不可闻的声音呼唤着他的名字，“承担起你的责任来。”

阿宏不知道该说些什么，嘴唇嗫嚅着，却没有声音发出来。

艾莲娜勉力笑了笑，随即闭上了眼睛。附近的一台机器叫喊起来：“警告！警告！病人失去所有生命体征！”

“她死了。”方先生宣布，语气低沉。

和尚凑过去，观察了片刻，说：“她死了。”

方先生挪步到阿宏身边。“救世主，你不该做点儿什么吗？”他压低声音说，眼神里暗含着某种暗示和期待。

阿宏踌躇着，心底有一个声音在命令他。最后一次，那个声音如是说，是你害死了她。他端详着她惨白至极的脸。在褪去了所有的光环之后，她是如此普通、宁静而又安详。他发现她鼻梁左边有一颗之前没有发现的小小的痣，忽然意识到认识她不过短短几个小时，感觉却有一个世纪那么长。他不再犹豫，走上前去，俯下身子，吻了吻艾莲娜紧闭的嘴唇。

那嘴唇冷得像冬眠中的蛇。

阿宏在心底打了一个冷颤，但表情依然保持不变。他直起身子，分开围观的人群，走向外面。

没走两步，身后传来一阵骚动，混合了沉重的喘息与低低的惊呼。“她活过来了！”那个装了一只机械手臂的女人说。她把这句话重复了三遍。阿宏转身，看见艾莲娜眼睛微微睁开，惨白的脸色竟在短短的几秒钟里变得潮红。

“救世主！他果然是救世主！”和尚惊呼。这话宛如石头丢进平静的湖里，漾起的涟漪在人群中迅速传播开来。

“救世主！”少年脸上洋溢着兴奋，“死而复活！”

“我相信，您就是大家期盼已久的救世主。我相信您。”彪形大汉阔步走到阿宏跟前，朗声说道，“我尼罗鳄，还有我麾下的十万名鳄鱼战士，从此就跟定您了。”

“我佛慈悲，帕朗塔布寺愿意听从您的调遣。”和尚说。

“在下杜推芝，”脸上有烧伤纹身的女子拱手道，“凤凰战队是您的了。”

“到底发生了什么？我怎么就成了救世主？”阿宏心中泛起阵阵疑惑，却没想好如何表达，就已经被这一伙人团团围住。

6

成为“救世主”后，阿宏觉得所有人看自己的眼神都变了。毕恭毕敬是程度最轻的，诚惶诚恐是最常见的，最夸张的，有个来自印度次大陆的人恨不得趴到地上舔他的脚趾。这一伙人中，对阿宏最为热忱的是少年拉梅什。拉梅什只有十六岁，是童子军派到迦楼罗基地的观察员。他对自己人极为严苛，动辄打骂，对阿宏却是异常用心，不但鞍前马后，为阿宏提供了很多便利，还告诉了阿宏很多秘密。阿宏意识到，他的思想远比他的年龄更为成熟。

从拉梅什嘴里，阿宏知道了反抗神圣秩序的力量除了迦楼罗，还有很多。当时到机场迎接阿宏的二十多个人都是和拉梅什一样，是各个反抗力量派驻迦楼罗基地的观察员。方先生到各个反抗军队那里宣讲，说单个的力量不足以反抗神圣秩序，必须结成联盟，而迦楼罗已经找到了传说中的救世主。在救世主的领导下，反抗力量汇集成前所未有的强大洪流，足以摧枯拉朽一般推翻神圣秩序，创建鲜花处处的人间天堂。对这种说法，多数人都嗤之以鼻。在方先生的反复游说下，各个反抗力量都派出观察员，到迦楼罗基地看看。“就是看看您是不是真的救世主。”拉梅什最后说，“您所展示的神迹，令人折服。没有人不相信您就是那个大家寻找了很久的救世主。”

神迹？阿宏也莫名其妙。“我怎么就成了救世主呢？”

阿宏向方先生求助。

方先生说：“您相信自己是救世主，当然是好的。倘若您不相信，也无所谓。因为神迹就摆在那里，不增不灭。只要他们相信就行。”他指的是那些观察员。“他们相信了，反抗神圣秩序的力量才能汇集在一起，形成合力，共同实现伟大目标。”

“他们相信了吗？”

“他们相信了。”方先生说，“结果您很快就会知道。”

当然，这个结果再快也不可能是两三天就出现。

“必须先等等。”方先生说，“耐心是美德，等待出奇迹。”

在等待中，阿宏往艾莲娜的病房跑了好几次。

艾莲娜死而复活的消息在基地传开后，她的病房就成了朝圣之地。面对满屋子的鲜花和各种礼品，艾莲娜解释说，这些其实都是送给阿宏的，因为太过敬畏，他们不敢送到阿宏跟前，只好送到这里来。迦楼罗基地的人中，只有艾莲娜坚持叫阿宏的名字，别人都像方先生一样，叫他救世主。对此，阿宏觉得这是一种特殊的待遇。

起初艾莲娜说不了多少话，身体还很虚弱，到了第二天，竟然能下床行走。医务兵惊呼，这是生命的奇迹，不愧为救世主复活过的人。第三天晚上，艾莲娜约了阿宏一起吃饭。阿宏讶异之余，欣然应允。

吃饭的地方在迦楼罗基地的一处供高级军官享用的餐厅，规模不大，胜在关了有隔音功能的玻璃门，非常清静。艾莲娜要阿宏点菜，阿宏拒绝了，说:“我对这儿不熟悉，不知道什么菜好吃。还是你来点吧。”艾莲娜问:“有什么禁忌或者偏好吗？”阿宏说:“没有，我什么都能吃。”这并非实话。但面对电子菜谱上满满当当又陌生无比的菜名，要从中进行挑选，对阿宏来说，确实不是一件简单的事情。“都交给你，你做决定就好。”阿宏补充说。艾莲娜没有坚持，又问阿宏喝不喝红酒，在得到肯定的答复之后，她低头在电子菜谱上勾选几下就完成了点菜。

菜上来，半杯红酒下肚，两人边吃边聊，话渐渐多起来。

艾莲娜说:“我听说你喜欢掷骰子来决定自己的下一步行动。”

“我本身并不喜欢掷骰子。”阿宏答道，“之所以用掷骰子帮助我做决定，是因为我有选择恐惧症。”阿宏没有跟别人说过这事儿，但他清晰地记得在面临选择时自己内心的感受。如果只有一条路可走，还好办，照着走，就行了。一旦有多条路可以选择，他就会立刻恐惧起来，恐惧他的选择是错误的，恐惧错误的选择会带来错误的结果。“有人告诉我，其实并没有选择恐惧症这种病，选择恐惧症其实是害怕承担责任的表现。我承认这种说法很有道理，但我就是无法克服面临选择时的恐惧心理，就像多数人无法战胜对蛇的恐惧一样，虽然他们并没有被蛇咬过。”

“怕蛇是本能。”艾莲娜说，“你没有接受过任何的指挥训练，第一次指挥迦楼罗无人机机群迎战龙虾，就大获全胜，也是一种本能吗？”

“不是。”阿宏回答，“你知道的，在来这儿之前，我在一艘赌船上工作。”

“‘皇家玛丽号’。”

“是的。”阿宏点头说道。

上赌船的人都不是什么良善之辈。形形色色的赌徒来到赌船，目的只有一个：赢钱。没有哪一个赌徒会抱着输钱的目的上赌船的。但具体分析起来，赌徒与赌徒还是有所不同。

从赌徒购买“皇家玛丽号”的船票开始，船上的电脑系统就开始收集他们的资料。“这个电脑系统我们都叫它蜘蛛。”如今，一个人，还在子宫里的时候，就接受各种检查，所有检查结果，都在医疗系统的数据库里保存着。其他事情，上学、工作、娱乐、旅游、购物，诸如此类，同样如此。网络成了每一个活人甚至死人的外存。“它记得我们记得和不记得的所有事情。蜘蛛要做的事情，就是顺藤摸瓜，把这个赌徒的全部资料从网络的各个角落扒拉出来。这事儿想起来难，但对蜘蛛来说，非常容易。收集、整理、分析，作出评判，一气呵成。”

“这还不算完。”阿宏继续介绍：等赌徒上了“皇家玛丽号”，他的一言一行就在蜘蛛的监控之下。不说手指的颤抖、鼻翼的翕动、眼角的收缩，这些的细微的表情变化，就连心脏的搏动、肝脏的效率、肾脏的强弱，都在监控范围之内。结合之前搜集的资料，蜘蛛完全可以推测某一个赌徒下一分钟甚至下一小时会说些什么，做些什么。毫无疑问，这就是传说中的预言。

蜘蛛会罗列出好几个预测结果，每一个结果后边附上变成现实的概率，是 90%，或者是 40%。这个概率，也会根据当前发生的情况，随时在变化的。蜘蛛的功能强大，会为每个赌徒建立完整的数据档案并进行个体行为预测，再通过边缘计算模式，分析相关群组，去除个体偏差，建立包含了整船所有赌徒的完整的预测模型，一张群体预测的网络。

“蜘蛛有数个大小不一的显示屏，你可以随时查询任何一个赌徒的现状和对他未来一个小时的行踪的预测。”阿宏说，“当然，对赌船而言，最重要的预测都是关于赌局，关于输和赢的，关于筹码的来去与资金的流动。”

阿宏扳着手指数道：哪些赌徒即使输得倾家荡产也不会皱一下眉头；哪些赌徒无论输赢都要上串下跳鬼哭狼嚎，其实只是引人注意；哪些赌徒需要在最后关头留几分吊命钱，好让他下次再来；哪些赌徒非常谨慎会小心地给自己划定底线，输了多少钱赢了多少钱就走人；哪些赌徒不会赢了钱就收手，从而安排他多赢一些钱，让他把赌钱致富的故事对外讲了一遍又一遍；哪些赌徒不在乎输赢，只陶醉于赌局的不确定性所带来的强烈无比的刺激；哪些赌徒是抱着玩一玩的心态来见识豪华赌船是怎么一回事的；又有哪些赌徒是下定拼死一搏的决心，把全家老小的性命都带上赌船的。

“不得不说，这最后一种赌徒是最可怕的。”阿宏如此评价道，“却又是最容易预测的，因为他通常只有一条路可以选择。”

说来好玩，最初研制蜘蛛系统的目的是为了预防有人在赌局中作弊。通过监控赌徒们的微妙表情与肢体语言，很容易发现其中的作弊者。算法稍微改进，就可以推测出哪些赌徒作弊的可能性更大，并进行重点监控。因为揪出了好几个隐藏已久的作弊高手，“皇家玛丽号”在业界声名鹊起，由此吸引了源源不断的赌徒。但“皇家玛丽号”很快就不满足了。一群天赋异禀的程序员和工程师被雇用来对蜘蛛系统进行改进。经过好几年的奋斗，蜘蛛系统终于达到了“皇家玛丽号”主管的要求。试运行后效果良好，小有漏洞，也很快补上，臻于完美。

“蜘蛛负责预测，还得有人负责根据蜘蛛的预测，安排赌局。”阿宏说，“我就是那个在‘皇家玛丽号’上负责安排赌局的人。在不声不响中，让一些人一夜暴富，让另一些人一局赤贫，让一些人先赢后输，让另一些人先输后赢，整个过程通常一波三折，极富戏剧性，但总的目的就是让‘皇家玛丽号’从任何一场赌局中获取最大的利益。”

艾莲娜一直在默默倾听，这时插嘴问道：“这个时候你就没有选择恐惧症呢？”

“没有。”阿宏的答复很肯定，“干这个，我已经干了六七年了，一点儿也没有受到选择恐惧症的困扰。因为是替别人选择，所有的结果，都是别人来承受。那些赌徒，只是不相信自己会输，不相信自己的运气会一直差下去，想赌一把而已。”

“可是，我还是不明白，”艾莲娜面露困惑，“安排赌局与指挥空战之间是怎么联系起来的？”

“看上去有很大的不同，其实模式是一样的。”阿宏说，“无人机就是不要命的赌徒，每一次对战就是一场赌局，无人机的轨迹就是蜘蛛对赌徒的行为预测。我不在乎赌徒的命运，也不在乎每一场赌局的输赢，我只需要保证迦楼罗基地或者‘皇家玛丽号’获得最大的收益。”

艾莲娜思虑了片刻：“真棒。我怎么就没有想到这一点呢？”

阿宏觉得脸有些发烫，连忙低下头去掩饰，却已经被艾莲娜发现了。“哈，听到表扬居然脸红了，难得难得。”艾莲娜说，“很久没有见过会脸红的男孩了。”

“我不是……”阿宏略微尴尬地辩解道，“我已经二十五岁了。”

“意思是说，你已经是个大人了吗？”艾莲娜上身前倾，凑近阿宏。她今天穿的是件贴身的军用休闲服，与兔子装相比，英姿勃勃。“可以不经父母同意，跟女生约会了吗？”

“我不是那个意思。”阿宏呼吸急促。

“那是哪个意思？”艾莲娜嘴角的笑意味深长，似乎洞悉了阿宏内心的一切想法。她坐回去，用右手撑住自己的下巴，灯光下，能隐隐看见她鼻梁旁边浅色的痣。“对方先生，你怎么看？”

“很擅长演讲。”

“你不觉得吗？方觉晓说了很多话，但细细琢磨，除了空洞的说教，什么实质性的内容都没有。比如，就连到底神圣秩序是什么，他都没有讲清楚。”

“哦，有这样的感觉。”阿宏咂摸着艾莲娜的话。艾莲娜是在引导我怀疑方先生吗？“神圣秩序到底是什么？”

“你的手。”

“什么？”

“双手拿出来，掌心向上，搁桌子上。”

虽然不明白艾莲娜的用意，但阿宏还是照做了。

艾莲娜伸出双手，分别抓住了阿宏的双手：“神圣秩序可能是一切。”又翻转阿宏的双手，掌心向下：“也可能什么都不是。”

“什么意思？”阿宏茫然地望向艾莲娜，期望得到更为明确的答复。

但艾莲娜微微一笑：“自己想。”在阿宏想出如何回答之前，她伸手拍拍阿宏的肩膀，说：“谢谢你救了我。”然后抽身离开，只给阿宏一个绮丽的背影与若有若无的念想。

7

来到迦楼罗基地的第七天，尼罗鳄来找阿宏。“拉梅什到处跟人说，你要复活他的妹妹？”他劈头就问。

“什么？”阿宏疑惑地反问。他正要出门，被尼罗鳄堵在了门口。

“他妹妹都死了好几年了，我听说，已经火化了，你还能复活她？”

阿宏摇摇头：“我不知道，我也没有答应要复活拉梅什的妹妹。”

尼罗鳄粗声粗气地说：“拉梅什在你跟前献殷勤，不就是想让你复活他的妹妹嘛。”

“我没有说要复活拉梅什的妹妹。”阿宏把这句话又重复了一遍。

尼罗鳄说：“要是你真能复活的话，帮帮我。”他的声音突然低沉了下去：“我的妻子，她在与龙虾特工的战斗中牺牲了。我没有火化她，而是把她冷冻起来，在液氮的棺材里，就是指望有一天，出现神迹，她能够……能够复活。”

说到最后，尼罗鳄竟有些哽咽。看着这么壮实的汉子，面容悲戚，阿宏心中隐隐作痛。“我不知道……”他想说我也不知道怎么复活一个死去的人，但思绪纷乱，竟然没有把那句话说完整。谁料，尼罗鳄接过话头，说：“我知道，我愿意等待，等待机缘的降临。”然后自顾自地离开了。

阿宏出门去找方先生。方先生这段时间格外忙碌，阿宏已经好几天没有见过他了。维科说方先生去了好几个反抗军基地，签署了一系列的联合作战协议。“马上就会有大事情发生。”维科如是说。刚才，阿宏已经确认方先生在迦楼罗基地里，就过去找他。

一路上，阿宏察觉到新增了很多人，原本有些空旷的迦楼罗基地，现在摩肩接踵，竟有人满为患的感觉。拉梅什所在的兵团，按照协议，已经有一千人入驻了迦楼罗基地。“我们老大说了，还要来三万人。”他说，“有救世主指挥，无往而不胜。”凤凰战队和帕朗塔布寺全都来了。鳄鱼军团也有一万人入驻。还有好几支反抗军也要来。“论装备，鳄鱼军团是最好的。”拉梅什羡慕地说，“每名战士都有一套功能强大的动力外骨骼。”

几名鳄鱼军团的战士在远处双手合十，向阿宏致意。他们身穿暗绿色的动力外骨骼，整个造型酷似鳄鱼。新来的这些人，对阿宏的态度多数都与鳄鱼军团相似，礼敬有加，但都谨慎地保持着距离。偶有狂热的质疑者与崇拜者，都被拉梅什挡住了。这让阿宏颇为感激。保持距离是好事情，挡住狂热者更是好事情。他向来不知道如何与陌生人交流，更不要说与那些思想和行为都很极端的人相处了。

方先生独自一人坐在观察室里。下方的指挥部非常安静，只有少数几个人在值班。全息投影关着，空气显示屏上没有任何画面。也不知道为什么，上次龙虾特工入侵失败之后，就偃旗息鼓，没了动静。阿宏隐隐有些不安。也许真如拉梅什所说，“马上就会有大事情发生”，而这只是暴风雨之前的宁静。

“方先生，我有问题想问你。”阿宏开门见山，“这几天我一直在琢磨，神圣秩序到底是什么。”

“不要去管神圣秩序到底是什么。是黑暗组织，是死亡军团，是量子寰球网，是外星降临者，是蜥蜴人操控的世界影子政府，抑或是九大富豪组织的骷髅会，都不重要。重要的是，我们要紧密团结在救世主的周围，推翻神圣秩序。”

“您这种说法，跟不说有什么区别？”阿宏气呼呼地说。

“哦，我们的救世主生气了。”方先生调整了一下坐姿，“知道虚实合一技术吗？”

“知道。”阿宏答道。

大约五十年前，许多新兴技术涌现出来，每一个看上去都光鲜亮丽，前途无量。但经过一番激烈的竞争，偶然与必然的因素同时作用，最后胜出并再一次改变世界面貌的就是虚实合一技术。虚实合一技术集虚拟现实、增强现实、混合现实、扩展现实于一体，在人工智能、量子计算、神经科学、脑机工程、超大数据等技术的加持下，将网络世界与现实世界完美地叠加在一起。在网络世界的操作，会得到现实世界的回应；在现实世界的活动，也会同步到网络世界更新。

“是网络世界彻底覆盖了现实世界，抑或是现实世界完美地入侵了网络世界，随便你怎么理解。结果都一样，网络世界与现实世界已经合二为一，虚实一体，再也无法一刀两断，截然分开。”阿宏读过这段历史的文章，结尾这样写道，“在虚实合一的世界里，人不再是孤岛，而是成为连接网络与现实的节点，既是虚实结合技术的制造者与使用者，也是虚实结合技术的一部分，被裹挟着，不由自主、漫无目的地运转着。”

“这个虚实合一，就是神圣秩序。当然，你也可以叫他盘古、奥丁、帝释天、拉亦或者宙斯。就是个名字，叫什么都差不多。”方先生说，“把它理解为知晓并掌控一切的力量就好。”

阿宏双腿发软，就近找了个位置坐下：“知道为什么我喜欢用骰子帮助我做出决定吗？”

“不是因为你有选择恐惧症吗？”

“不，选择恐惧症只是答案的一部分，但不是全部。”

“皇家玛丽号”上的主控电脑“蜘蛛”的能力还是有限的，它能够分析、监控和预测的最大个体数是 999 个，它最多能预测对象一小时内的行动。这对一艘赌船来说，绰绰有余。然而，赌船之外呢？会不会有比蜘蛛功能强大数万倍的某种超级电脑，能够分析、监控和预测所有人？并且能预测对象一天、一周、一月乃至一年之后的行动概率呢？

“赌船上的胜负由我操控，赌船之外的世界呢？有没有人在操控？又是谁在操控呢？”阿宏对方先生说，“只要离开‘皇家玛丽号’，我就如芒刺在背，老觉得有谁在暗地里监视我，分析我，预测我，操控我。我不知道他们是谁，只是无端地觉得他们就像是坐在黑暗角落里面目模糊的傀儡师，而我是他们数以亿计的提线木偶中的一个，无知无识，只会盲目地听从他们的安排与调度。这种感觉一度令我崩溃。在城市街边，绿灯亮起时，我甚至不知道该先迈哪一只脚，到底先迈哪一只脚是出于我自己的选择，而不是由于他们在暗地里的操控。当初您说我是救世主，要我从神圣秩序中拯救世界，我没有骂您是神经病，一脚把您踢开，是因为您说的这些，我早有怀疑。”

“怀疑是一粒可以长成参天大树的种子。”方先生说，“您的怀疑让您成为推翻神圣秩序的救世主。”

“那么，龙虾特工就是神圣秩序的维护者？”

“是的。老 P 是个非常无趣的人。对龙虾有着特殊的偏好，总觉得龙虾的社会结构对人类社会有指导意义。”

“听上去您和老 P 很熟悉啊。”阿宏有几分疑惑，“在龙虾基地里，他审讯我的时候，特地骂了您一通。”

“没错。我们曾经是战友。”

阿宏瞪着方先生：“什么？”

方先生补充说：“只是现在站在了对立面上。”

阿宏凝神看着方先生的表情，但方先生面沉似水，并没有让阿宏看出什么来。

然而怀疑是一粒可以长成参天大树的种子：有毒且顽强，一旦种下，就将无穷无尽的滋生，掐灭一次，滋生一次，掐灭一次，滋生一次，直至长成参天大树，把大地和天空，还有周边的一切，甚至包括它自己，统统毒死……

阿宏心中忐忑，担心表情暴露了自己的真实想法，于是找了个借口，起身离开。

在快到住处的一处走廊里，维科矗立在那里等他。看见阿宏过来，维科上前说："有人托我带一样东西给您。"

"是谁？"

"他说您见到东西就知道他是谁呢。"维科说着，把一个小包递给阿宏。

阿宏撕开小包的密封口，从里边抖出一粒金骰子。正是他在列车上遗失的那一粒。"老 P，他在哪里？"他用拇指、食指和中指捏着骰子，原处转了两圈。

"他说，您很快就会见到他了。"

话音刚落，阿宏就听见迦楼罗基地警铃大作。

8

"抱歉，我要去指挥作战了。"维科从阿宏身边挤过去，若不是阿宏及时侧了一下身子，他就会和阿宏结结实实地撞在一起。阿宏觉得，维科肯定是故意这么做的，因为过道很宽，维科完全可以从远离他的地方过去。维科为什么要这么做？还有，维科为什么要替老 P 带东西？来不及细想，就看见数名指挥员从各个通道奔向指挥室，他赶紧后退半步，靠在墙壁上，让这些人从他的鼻子尖前面跑过。咚咚咚的脚步声，比他的心跳还要猛烈，还要急切，还要凌乱。

"救世主，方先生请您到观察室。"拉梅什穿出人群，对阿宏说。他转身，逆着汹涌的人潮，高举了双手在空中挥舞，同时大喊着"救世主来了，让开让开"，竟在乱糟糟的人潮中，开出一条路来。阿宏跟着他，快步走回他刚刚离开的观察室。

此时观察室里有十多个人。阿宏认识其中一半，艾莲娜、尼罗鳄、杜推芝等。另一半应该是新来的，阿宏没有见过他们。每个人都用不同的目光看着他。他冲艾莲娜点头示意，后者回以浅笑，他就觉得眼睛仿佛被粉色的拳头击中，整个世界都变成粉色的了。

方先生背着手，矗立在玻璃墙边，眼望下方。他光秃秃的脑袋在灯光的照射下，格外浑圆，仿佛是刚剥开的鸡蛋。他忽然转身，面向众人。在他转身的同时，玻璃墙变得不透明，将指挥中心的一切都遮蔽起来。“我们中间，出了一个叛徒。”他厉声说道，“此次龙虾军团大规模来袭，正是这个叛徒告密的结果。”

“那叛徒是谁？”和尚恶狠狠地说。

方先生的目光扫过眼前众人，最后停留在尼罗鳄脸上。“你！”方先生说，“你出卖了我们！你这个叛徒！”

周围立刻吵嚷起来：“这不可能！”“真没有想到！”“怎么是他！”“我就知道尼罗鳄有问题！”“为什么？你为什么要出卖我们？”“可耻！我最恨叛徒！”

尼罗鳄脸涨得通红，大声吼道：“我没有出卖大家！我不是叛徒！”

方先生说：“我有大量的证据，可以证明你就是叛徒。”

尼罗鳄取下肩膀上的突击步枪，枪口直指方先生，厉声呵斥：“别想冤枉我！”

尼罗鳄身边的人全都散开，与他保持距离，但也有人靠得更近了。好几个人拔出枪来。一场内战，即将爆发。

眼见局势要失控，阿宏赶紧喊道：“别急，大家别急。把枪收起来。”但没有人响应救世主的命令。阿宏又对尼罗鳄说：“你先动的枪，你先收枪。大家都是自己人，有话好好说，不要动刀动枪的。”

尼罗鳄迟疑了一下。“我不是叛徒。”说着，他放低了枪口。这时，他身旁的三个人突然暴起，一人抢枪，另外两人合力控制尼罗鳄。尼罗鳄力气颇大，两个人控制不住，拉梅什上前，怒喝一声

“叛徒”，猛击他的小腹，使他瘫倒在地，无力反抗。在此之前，阿宏还不知道拉梅什有这样大的力气。

阿宏忽然意识到，似乎是因为服从了自己的命令，尼罗鳄才被抓的。然而，这其中好像有什么隐情？阿宏求助地望向艾莲娜，但后者只是淡然地看着这一切，没有作声，也没有别的举动。

“把这个叛徒带走。我不想再见到他。”方先生命令道。

刚才伏击尼罗鳄的三个人在他脖子、手腕和脚踝分别套上镣铐，然后将他推搡着带离观察室。阿宏看见尼罗鳄的眼睛里，充溢着疑惑与愤怒。这样的人，会是叛徒吗？他望向方先生，期待方先生拿出尼罗鳄是叛徒的证据。

“我生平最恨三种人，一是叛徒，二是叛徒，三还是叛徒。”方先生说。

“我也是。”拉梅什附和道，“叛徒比敌人更可恶，更可恨，也更可怕。”

“所以，在迎战龙虾军团之前，我们要先处理叛徒。不定什么时候他就会在背后捅你一刀，简直防不胜防。”方先生停了片刻，似乎在思考着什么，“此次龙虾军团大举来犯，大家不必担心。一来迦楼罗基地由于有诸位的加入，实力大增；二来救世主就在我们身边，相信他一定能够带领我们，展现神迹，再一次打败龙虾军团的进攻。”

无数道目光倾注到阿宏脸上。他想说些什么，却终究什么都没有说出口。有什么东西硌着他的右手，令他的右手有些疼痛。隔了好一会儿，他才反应过来，那是过度用力捏那枚金骰子的结果。

玻璃墙再度变得透明，下面的指挥中心一片忙碌，巨大的空气显示屏上，无数的线条和色块，还有数字，来来去去，起起伏伏。

“大家在这里继续观战，我去安排指挥作战。”方先生说着，转身离开。

艾莲娜跟在方先生身后。路过阿宏时，她对阿宏耳语道："自己当心。"在阿宏明白这句话的意思，回以"你也是"之前，她已经悄然离去，消失在观察室门口。

有那么一阵子，阿宏的心思全被艾莲娜的面容和声音还有自己迟钝的反应所占据。"自己当心"，说明她在意自己，而"你也是"的说法是多么蠢笨啊！完全可以有更好的回答嘛。甜蜜与自责的感觉在他体内回转，前者带来热意，后者带来冷意。一热一冷，反反复复，他竟忘了现实。

直到一队持枪士兵，冲进了观察室。士兵们都穿着鲜红的动力外骨骼，像极了某种节肢动物。两大块整体打印的胸甲护卫着上半身，胸甲中间嵌着一块巴掌大的椭圆形护心镜。腹甲由数小块会挪动的金属用丝线串连而成，随着他们的跑动，不停地翕动，仿佛正在呼吸。他们怀里抱着螯肢一般的黑色武器，在鲜红的身影映衬下，显得异常可怕。

"龙虾战士！"和尚第一个叫了出来。

有四个观察员带了武器，但没等他们拔出枪来，就听密集的嘭嘭嘭响起，四个观察员已经变成了躺在地上的尸体。

这骤起的变故，总算把阿宏从自怨自艾的幻境中唤醒。怎么会变成这样？他吃惊地发现，身边那些观察员都以一种奇怪的目光看着自己。

"大家都在，不错不错。"一个声音说。

循声望去，老P从龙虾战士的队列中，施施然走进来。和上次一样，他穿着黑色西装，胸配龙虾标识，墨镜遮住了大半个脸，脑后的头发紧贴头皮，梳得纹丝不乱。

"救世主，又见面了。"老P走到阿宏跟前，摘下墨镜，皱缩的褐色眼睛放射出冰冷的光，紧盯着阿宏的脸，就像两把锋利无比的弯刀，想从他的脸上一直挖到他的心，"我很想知道，当救世主是什么感觉？是不是觉得自己特别伟大？可以拯救整个世界？”

阿宏没有说话。

老P的嘴角忽然不受控制地抽动两下。他迅疾地戴上墨镜，说：“我饿了，好饿啊。你饿吗？饿就一起吃吧。”

说话间，有两名龙虾特工送进来一张折叠玻璃桌，一把藤条椅，摆好。在老P坐到藤条椅后，又有两名龙虾特工端上来一盆热气腾腾的龙虾。空气里顿时充斥着又麻又辣的气味。阿宏感觉自己的喉咙不由自主地抽动了两下。周围也传来浅浅的吞咽之声。

“啊！龙虾，我的最爱。”老P说，“还是麻辣味儿的。”

他搓了搓手，从盆子里挑了一只龙虾出来，熟练地撕开，翻找着壳里的肉，塞进嘴里。只见他的手和嘴配合，很快干掉了一只龙虾。空壳扔到了玻璃桌上，他又去挑第二只龙虾。

老P这是在干吗？阿宏想。这时，和尚向他使了一个眼色。他朝和尚所指的那个方向望去，透过玻璃墙，看见下方指挥中心里，所有的迦楼罗指挥员，包括维科中校，都矗立在原处，一动不动，仿佛被施了定身咒一般。奇怪的是，指挥中心并没有见到龙虾战士的身影。那他们为什么会这样听话？空气显示屏上，线条、色块和数字还在不停地变动，但阿宏不知道它们所表达的意思。他心中忽然生出一种渴望。渴望进入指挥系统，渴望……

老P忽然说：“帕朗塔布寺已经被消灭了，凤凰战队也差不多了。”

和尚与杜推芝的脸色都骤然一变。毫无疑问，在老P进入观察室的同时，龙虾特工和龙虾战士也在迦楼罗基地的其他地方展开攻击。在老P乐滋滋地吃龙虾的时候，外面正在进行生死未定的激烈战斗。

“嗯，鳄鱼军团的战斗力比预料的要强。无妨，消灭他们是迟早的事情。反正外面还要打一阵才能结束，我不妨给你们上上课。”老P举起手里的龙虾，晃动两下：“各位，你们为什么要造神圣秩序的反呢？”他等待了片刻，没有等到想象中的回答，就自顾自地往下说：“现在是人类文明有史以来最好的时期，不是吗？我们战胜了瘟疫，战胜了饥荒，战胜了污染，战胜了犯罪，甚至在很大程度上也战胜了战争。是的，外面正在打仗，打得尸积如山，血流成河，但对人类文明总体而言，现在是我们从树上下来之后最为和平的年代。只要你对历史略知一二，你就不会不承认这一点：现在，普通民众远离战争非常之遥远；想要体验战争，必须到小说、影视和游戏里边去。世界从未如此美好。这都是神圣秩序带给我们的。你们还有什么不满意的？为什么还要造反呢？我就搞不明白了，好端端地过自己的小日子，不行吗？”

“因为我们是人，不甘心当神圣秩序的奴隶。”杜推芝说。

“谁告诉你的？是方觉晓吗？”老P癫狂地大笑几声，“方觉晓，该你了。你此时不现身，更待何时？”

9

在众人惊疑的目光里，方先生迈步进入观察室。与刚才离开时相比，他身上唯一的不同，就是胸前多了一枚龙虾徽章。他背着手，穿过人群，从容地走到老P身边。

“来一个。”老P递给方先生一只龙虾。

“我对虾和蟹过敏。”方先生摇头道，“你知道的。”

“这次打赌我输了。”老P说，“我没能说服救世主当鼹鼠。”

“我想赢的可不是龙虾。”

老P呵呵笑着，收回递出去的龙虾：“介绍一下，这是老F，高级龙虾特工。”

这话在观察室引发了一阵喧哗，仿佛一锅沸腾的水。“原来你才是那个叛徒！”和尚洪钟一般的声音在水面之上依然清晰。

阿宏忽然想起，方先生说过，他和老P曾经是战友。这么重要的信息怎么被我忽视呢？阿宏眼前突然一亮，想起在从岘港到曼谷的高铁上，被老P抓住之前，他抛出了金骰子，却没有接住，那骰子掉落到地上，骨碌碌滚到座椅下面。他伏下身子去找骰子，在看见骰子在哪里的时候，老P抓住了他，拖走了他。他一直认为自己当时没有看见骰子朝上那面的点数，然而现在，他突然间想起，他看见了，金色骰子朝上那面的点数是四。单数是相信，双数是不相信。他心中一阵锐痛，就像一把尖刀从肋骨的缝隙直接插进了扑通扑通跳个不停的心脏里。

方先生举手示意安静，然后朗声说道：“和尚说得不对。我不是叛徒，刚才老P已经介绍过了，我是高级龙虾特工，奉神圣秩序的命令，组建迦楼罗基地。”

“建立迦楼罗基地的目的，是要反抗神圣秩序的统治，你说的。”阿宏听见自己用疑惑的语气说，“可你刚才又说，你是奉神圣秩序的命令……”

“这就是我要告诉大家的。”方先生道。

方先生说，基于社会物理学的预测模型，带入超大数据分析，神圣秩序已经可以预测人类90%的个体90%的行为。但还有10%的人类个体的10%的行为无法预测。对神圣秩序来说，这些无法预测的个体就是系统的漏洞，潜伏的不安定分子，从里到外散发着危险气息，必须予以修补、重设甚至删除。于是，包含了预言、反叛者和特工在内的修补体系就迅速建立起来。

方先生负责扮演反叛者，以一则救世主预言，吸引各路反抗势力。“不得不说，救世主预言虽然老套，但很有说服力。”方先生强调，“毕竟是老祖宗留下来的东西，能流传下来，就说明它的有效性。”

老P是龙虾特工的首领，扮演追捕者，目的是把反抗势力一股脑儿地赶到方先生身边。“你们必须承认，我这个角色虽然有些脸谱化，但也不失为一个有血有肉的反派了。”老P补充说明。

“等到反抗势力集中得差不多了，再一举歼灭。这就是外面正在发生的事情。”方先生说，“你可以称它为钓鱼执法，可以大喊不公平，但结果都一样，你不但有参与反叛的想法，你还真的参与反叛了。”

“既然你是假的，救世主预言是假的，那我这个救世主肯定也和我无数次怀疑过的那样，也是假的。”阿宏艰难地说，“为什么选我？”

老P说:“你以为你是天选之人吗？不是的。并不是因为你天赋异禀，也不是因为你血统高贵。选你是神圣秩序随机遴选的结果。我告诉你，不管是谁来当这个救世主，都一样。阿宏可以，阿猫阿狗都可以。因为，救世主一旦选出来，剩下的就是走流程了。追捕，被救，讲解，反击，复活，认证，背叛，围歼，龙虾基地与迦楼罗基地提供一条龙服务。”

“是的。”方先生饶有兴致地补充说，“其中，整个计划中最为困难的部分，要让这些叛军相信一个完全陌生的人是救世主。幸好在神圣秩序的安排下，尤其是卧底们的完美配合下，本次任务中的救世主认证环节，完成得极为完美。”

也就是说，最初看到阿宏展现神迹并拜服的观察员当中，有好几个不是真正的反抗军。他们是方先生的手下，或者剧组成员。有的专门唱反调，发出可以控制的质疑；有的负责跳反，制造现场顿悟、改邪归正的戏剧性效果；有的架秧子起哄，营造“我们是相亲相爱的一家人”的归属氛围；有的假装第三者，用貌似公开、公平、公正的语气说出暗含引导性的话……目的只有一个：让那些真正的反抗军观察员相信阿宏是“救世主”。

阿宏扫视周围的观察员，观察员们也回望他。“你不是。”他听见和尚喘息着低声说，“你不是救世主。”

有什么东西，在周围迅速垮塌。阿宏能清晰地听见那些如玻璃金字塔垮塌的声音。

“大家都听明白了吗？”老 P 说，“告诉大家这些，目的只有一个，就是希望大家认清现实，不要抱有幻想。举手投降，是你们唯一的选择。”

“太可怕了。预言和反抗是计划的一部分，追捕与歼灭，更是计划的一部分。”和尚说，“连你的反叛都是计划好的，这样的秩序，这样的体系，除了顺从，除了投降，你还能反抗吗？”

和尚的话引来一片同意之声。

“神圣秩序到底是什么？”阿宏不甘心地说。

“我也不知道。”方先生说，“也许用人类的语言已经无法描述它了。它囊括一切，包裹一切。它监视一切，记录一切。它调控一切，引导一切。它分析一切，预知一切。一切是它，它就是一切。它无处不在，无所不知，无所不能。”

老 P 道：“就拿清除行动来说，我们这里叫迦楼罗行动。在地球的其他地方，也有类似的行动。只是有的叫弥赛亚，有的叫弥勒佛，有的叫巴哈那，有的叫所罗门，有的叫查拉斯图特拉。”

“在地球的任何一个角落，都在神圣秩序的罗网之下。”方先生对阿宏说，“不要怪我，我只是奉命扮演这样一个角色。你也不是第一个救世主，在迦楼罗行动中，你是第六个。所以，投降吧。”

绝望的感觉完全抓住了阿宏。

这时，从外面传来一个声音。“瞧瞧我抓住了谁。”阿宏循声望去，看见拉梅什手里握着丛林之鹰，抵在艾莲娜的后腰上，将她押进了观察室。

10

“怎么回事？”老 P 问。

“报告。”拉梅什语气和动作都极其夸张，“迦楼罗的公主，我亲爱的艾莲娜小姐要逃跑，我早就注意到了。就在刚才，她救走了尼罗鳄，要尼罗鳄率领手下反攻指挥部。她自己却趁乱想悄悄逃走。如果不是我，她就成功了。”

“真是你发现的？”方先生问。

拉梅什吐了吐舌头：“是我。”

“拉梅什哪有这本事？”艾莲娜说，“肯定是神圣秩序发现了我的行为数据异常，命令拉梅什监视我而已。”

阿宏不解地看着艾莲娜。在拉梅什的枪口下，她颇有几分狼狈，但也保持着一贯的从容与镇静。这份从容与镇静是久经沙场考验出来的，是阿宏所没有的，因而他非常羡慕。

随后，他忽然间想到一个问题，心顿时疼痛难忍，仿佛被鳄鱼咬去了一大半。

老 P 和方先生两个人飞快地对视了一眼，某种共识已经在这对视中达成。“介绍一下，这位拉梅什是中级龙虾特工，代号 L。”老 P 说。

方先生接着说道：“别看拉梅什只有十五六岁的样子，他实际上已经四十多岁了。有塑形手术的帮助，这没有什么好奇怪的。他看上去人畜无害，演戏方面却是个中高手，很少有人能识破他稚嫩面孔下的真面目。”

“鉴于 L 在此次行动的卓越表现，我决定，将 L 升级为预备高级龙虾特工。”老 P 说，“待一年之后，服役期满，即可升级为正式高级龙虾特工。”

方先生带头鼓掌。这干巴巴、孤零零、突如其来的掌声，反而像某种尖锐的讽刺。拉梅什没有注意到这讽刺，他挤眉弄眼，张牙舞爪，活蹦乱跳，宛如一只喝高了的小龙虾。

变故就是在这个时候发生的。

门那边传来爆响，火花四射的同时，整扇门都被烈焰熔解，化作一滩液体迅速流走。一名身着动力外骨骼的鳄鱼战士出现在门洞那里。他还没有来得及开枪，就被龙虾战士齐齐开火，当场射杀。但第二名鳄鱼战士在他身后，向观察室里的龙虾战士发射了两枚高爆弹。连续两次爆炸把龙虾战士的队形打乱了。于是，更多的鳄鱼战士得以从门洞钻进来。

观察室内顿时一片混乱。龙虾战士忙着重新组队，建立防御体系，对鳄鱼战士进行反击，而龙虾特工拔出随身携带的武器，想要制止观察员们的四处奔逃。

浑水摸鱼，这是一个极好的机会。阿宏的视线越过和尚的肩膀，望向艾莲娜。只见她左手翻折，闪电一般沿着一条自上而下的弧线出击，捏住拉梅什手中的枪，往下猛压，使枪口朝向地面。拉梅什奋力向上，要将枪口对准艾莲娜，但靠这一只手，力气不够，于是他赶紧把另一只手也挪到枪上。然而，这是一个错误的选择。艾莲娜的右手已经在袭击他的喉结的路上了，等他两只手都握住丛林之鹰时，他的喉结碎裂了……

阿宏放心了。耳边陡然传来和尚的惨叫。他正往某个方向狂奔，不知谁的子弹打中了他的肩膀，他跌倒在地，发出一连串诅咒，声音之大一度盖过了枪声。

阿宏赶紧俯身疾走，到了巨幅玻璃墙边，迅速蹲下。

在这几秒钟里，观察室的局面已经发生了变化。和尚和拉梅什一样静止不动，没有看见艾莲娜。观察员有的趁乱逃跑，有的中弹倒下，还有的就近寻着掩护，暂时没有性命之虞。杜推芝受了伤，幸而不严重。龙虾战士与鳄鱼战士鏖战在一起，短时间内看不出胜负。老P和方先生在龙虾特工的掩护下，从容离去。阿宏没有看到尼罗鳄的身影。

刚才，大敌当前，方先生不是想御敌之策，反而一门心思捉内奸。现在已经明确了，方先生才是真正的内奸，那尼罗鳄显然不是。之所以把尼罗鳄冤枉为内奸，是因为抓了尼罗鳄，鳄鱼军团将群龙无首，很容易就被打败。由此可以证实：鳄鱼军团不但是这批反抗势力中真正想反抗神圣秩序的，而且是其中战斗力最强的，因此最为龙虾们忌惮。也许此次任务的主要目标就是鳄鱼军团。

尼罗鳄在哪里？还有艾莲娜……

此刻战场纷繁复杂，宛如大江与大河的交汇之处。子弹横飞，火焰腾起，烟雾弥漫，阿宏还是从一片纷乱中瞧出某种趋势来。

鳄鱼战士虽然神勇，但数量上处于劣势。也就是说，突袭观察室的并不是鳄鱼军团的主力部队，至多算是一支小队。刚才的突袭，使他们占了一时的上风。然而龙虾战士的数量更多，装备更为先进，训练也更为有素，他们三人一组，彼此配合，有人主攻，有人掩护，有人佯攻，于是局势很快逆转过来。

有人拍了一下阿宏的肩膀。他悚然回头，看见是自己寻找已久的艾莲娜，不由得咧嘴一笑。“你还好吧？”他问。话音未落，就见艾莲娜脸色骤变。“怎么？”艾莲娜往前一指。阿宏知道了艾莲娜脸色骤变的原因。

他身后那面巨幅玻璃墙被子弹多次打中，早已出现多处裂纹，此刻又承受了一轮大口径子弹暴风雨般的射击，裂纹迅速扩散，然后在轰地一声巨响中，破裂收缩成一地指甲大小的圆形碎片。

阿宏张大了嘴，犹如被丢到了岸上的鲤鱼。这时，艾莲娜拽住阿宏的手臂，强行拖着他，转向玻璃墙碎裂后留下的巨大空洞。阿宏还没有回过神来，只听见身前身后有子弹呼啸的声音，人已经在半空。他尖叫了一声，和艾莲娜一起落到了三米下的指挥中心。

指挥中心此刻空无一人，维科和他的手下早不见了踪影。阿宏勉力站稳:“还是你专业。”艾莲娜回了一句:“废话。”随即从上方的观察室突然探出一名龙虾战士。他的射击迫使艾莲娜拖着阿宏躲进了观察室下方的空间。

这里宛如宁静的避风港。阿宏刚刚喘了一口气，上方爆出剧烈的闪光。这闪光如此剧烈，以至于一度将眼前所见的一切都淹没了。

“闭上眼睛！”艾莲娜大喊。

阿宏没有听明白，但他还是照着做了。

整个凸出的观察室吱吱呀呀怪叫着，在子弹的呼啸声、爆炸声和无数金属折断的声音里，垮塌下来。倘若不是艾莲娜及时拖了阿宏一把，往内侧翻滚了几圈，他已经被垮塌下来的聚合物砸中，一命呜呼。

11

四周一片漆黑，伸手不见五指，仿佛置身于无光地狱。只有外面不绝于耳的枪声、爆炸声与碎裂声提醒着阿宏，他还在人间挣扎求存。

“艾莲娜？”他轻声呼唤。

“我在。”艾莲娜回答。

听声音，应该就在离他不远的地方，但他看不见她。“你怎么样？”他关切地问。

“我没什么大事儿。”艾莲娜说，“你试试能不能出去。”

阿宏仰面躺着，伸出双手摸索了一番，发现坍塌的观察室与指挥中心的这个角落构成了一个完美的逃生三角区。他试着推动压着自己的聚合物。这种高分子材料跟岩石相比，不算特别沉重，但他用尽全力也不能撼动分毫。他又试着寻找较为脆弱的部分，一轮敲击下来，没有任何发现，不由得颓然一声长叹。

“我动不了。”阿宏说。

“你听。”艾莲娜说，“外面战斗的声音已经消失。要么是战场已经转移，要么是战斗已经结束。”

那获胜的一方是谁？龙虾，还是鳄鱼？阿宏脑子里转过千百个念头。他们已经遗忘了我们？我们被活埋了吗？问出的问题却是：“艾莲娜，你是龙虾特工吗？说实话，不要骗我，好吗？”

“是，我是高级龙虾特工，代号A。”艾莲娜并不讳言。

“你奉神圣秩序之命扮演这个角色？艾莲娜，这不是你的真实名字？”阿宏突然悲从中来，“在别的地方，你有别的名字，别的爱人？”

“这是我第三次执行这个任务。”

“你的死亡与复活都是假的？”

“当然是假的。死亡是假的，复活也是假的。一个小把戏。只需要一种提取自蘑菇的药物，就可以使我进入死亡的过程，其逼真程度，一般的仪器都无法检测出来。”

“那你说的那些关于死亡与复活的感受……”

“那些感受是真实的。”艾莲娜回答。

沉默半晌，阿宏又问：“你的真名是什么？”

“很重要吗？”

阿宏轻声说：“很重要，对我很重要。”

“别天真了。即便知道我的真名，你也改变不了什么。”艾莲娜道，“说真的，我从来就没有喜欢过兔子装，勒得难受。但为了完成任务，又必须穿上它，去讨得新一任救世主的欢心。”

“他们会脸红吗，前两任救世主？”

“我……我不记得了。”艾莲娜沉默了，似乎陷入了回忆，不久就自言自语道，“同样的剧情，救援、相识、复活、恋爱，甚至上床。任务，都是任务。有没有脸红？我真不记得了。”

“后来，我的前任，那两位救世主，怎么样呢？在知道整件事情的真相，知道一切都是阴谋，知道一切都是骗局以后，他们怎么样呢？都死了吗？”

“没有死。他们成了龙虾特工。”艾莲娜说，“你已经见过他们呢。”

阿宏眼前滑过两张面孔，不由得打了个寒噤：“你是说……”

“是的。老P和方先生。他们都曾经是救世主。从反抗者，到神圣秩序的距离，并不像你想象中那样遥不可及。”

缅甸有一个古老的传说，恶龙盘踞山谷，威胁村民定期献上少女。少年暗暗跟随少女，奋力杀死恶龙，救出少女。然后，少年坐到恶龙尸体上休息，眼望少女和恶龙囤积的金银财宝，心生恶念。下一秒，少年头上长出尖角，身后长出尾巴，肋下生出一对硕大的肉翅，浑身长出黑灰色的斑斑鳞片。旋即，变身恶龙的少年啊呜一口，把少女吞下。

小时候听爸爸讲这个传说的时候，阿宏并不能理解少年为什么会从英雄摇身一变，成为人人痛恨的恶龙。此时听到艾莲娜说老P和方先生都曾经是救世主，他忽然间明白这个传说的寓意了。我会变成恶龙吗？他苦笑着问自己。没有答案。单数是会，双数是不会。他想象着骰子掷出之后的情形，然后发现自己的手已经伸进裤兜里，去掏骰子。但是……但是，裤兜里没有骰子，骰子不见了。他的大脑顿时一片空白。

“我的骰子不见了。你看见了吗？”

“没看见。什么时候丢的？”

“刚才还在我裤兜里呢。现在怎么就不见了呢？它是我父母留给我的唯一的东西。”

“皇家玛丽号”上的蜘蛛系统最初只能监控，不能做行为预测。一对程序员夫妻对蜘蛛系统进行改进，根据量子概率理论，升级了它的算法，最终使它成为“皇家玛丽号”至高无上的秩序。这对程序员夫妻就是阿宏的父母。在完成改进工作后不久，阿宏的父母就消失了。阿宏那年 12 岁。他得到的说法是，不会游泳的母亲失足掉入海中，父亲不顾一切跳进海里去救她，因为体力不支，风浪太大，双双溺亡。当然，阿宏也隐约听到过别的说法，比如保密，比如逃离，比如背叛，总之都不是失足溺亡那么简单。然而，就如此后的若干事情一样，阿宏无法分辨哪种说法是真实的，哪种说法是虚构的。有没有可能它们都是对的？抑或都是错的？他只能藏好金骰子——那是他 12 岁时，父母送他的生日礼物——假装什么都不知道，在“皇家玛丽号”赌船上默默地奋力长大。

旁边传来一阵响动。虽然看不见，但阿宏感觉得到，是艾莲娜从她躺着的位置，勉力爬到他的身边。“阿宏，你还好吧？”她问。

阿宏没有回答，而是再一次提出了那个问题：“神圣秩序到底是什么？你是高级龙虾特工，你有没有见过神圣秩序？”

“神圣秩序到底是什么？”艾莲娜说，“也许是一种我们需要领头羊的集体幻觉，也许是每一个活着的人不自觉地却又共同参与整个社会运作的结果，也许是庞大到无以复加的虚实合一系统在足够复杂后自发涌现的数字生命。谁知道呢？大家都在说，但谁也没有见过它。我也许见过它的代理人，现在想来，这些代理人说不定是自封的呢。打着神圣秩序的旗号做着自己的事情。然而，真要说没有神圣秩序，我也不能完全同意。”

“为什么这样说？”

“这次，我处心积虑地策划了逃跑。我以为我做得很隐蔽了，表现得与之前的任务都一样——没想到还是被发现了异常。”

“你要逃跑，为什么不跟我说一声？”

“我为什么要跟你说啊？”

“因为……”阿宏感觉自己的脸烫得像岩浆在流淌。

艾莲娜整个身体都笑得颤抖起来：“你想说你爱我吗？别傻了，我会相信一个认识我还不超过一个星期就说爱我的人吗？我并不爱你。所有你觉得我爱你的言行都是我表演出来欺骗你的，都是你的错觉。”

“我想说的，其实是……”“对不起”三个字在阿宏嘴里打转，吐出去的却是“我爱你。”他被自己的勇敢吓住了。然而，没有掷下骰子，他做出了这个决定，似乎没有想象中那么困难。

“爱太易碎，也太奢侈，不是我可以享用的，但还是要谢谢你。”艾莲娜说，“我告诉你吧，大男孩，不要让爱蒙蔽你的眼睛。爱，有时是一切，有时什么都不是。”

“我要是喜欢呢，喜欢爱蒙蔽我的眼睛。”

“很抱歉，我规划的未来里没有你。”

“你规划的未来是什么样子的？”

“老一套，没什么新鲜的。”艾莲娜说。随即开始喋喋不休地讲述湖泊、森林和木屋。湖边的小路，屋后的花园、菜园和果园，天边的彩虹。“没有摄像头，没有谁监控你，没有谁命令你，自由自在。”艾莲娜说，“还要养三只猫，一大两小。我愿意宠它们，就把它们宠上天；我要是不愿意呢，就让它们自己跟自己玩，我什么都不管。”

阿宏沉湎于艾莲娜的幻想之中，然后意识到自己没有为自己规划一个未来。“我有一件事想做。可是不知道该不该做。”一个念头从他心底跳出来。

“典型的选择恐惧症。需要丢个骰子来决定吗？”

“不，不用。”

“噢，我忘了，你骰子弄丢了。”

他半转了身子，伸手勾住了艾莲娜的脖子，吻了她。黑暗中，她的唇冰冷如雪，身体几近战栗。他突然意识到，她并不像她说的那样的勇敢而决绝。尽管已经“死”过好几次了，她还是惧怕。死亡，是不可能习惯的。他心生怜悯，觉得自己应该再做点儿什么。口口声声说爱她，却什么都不能做……

周围突然变亮，压住他们的聚合物板材被什么力量猛地掀开，光线如同无数枝利箭从四面八方扎进来。

12

掀走聚合物板材的是四名龙虾特工。然后，他们退到一旁，动作整齐划一，如同傀儡师操控的四只木偶。阿宏和艾莲娜相互搀扶着从废墟中站起，正好看见老P和方先生过来。老P在前，背着手，踱着方步，而方先生在他的侧后方，也背着手。阿宏现在看来，这两人有惊人的相似之处。

“都还活着呢。”老P说，语带嘲讽，“好一对苦命鸳鸯。”

艾莲娜轻轻松开了握住阿宏的手：“你想怎么样？”

阿宏手指弹动几下，除了空气，什么都没有抓住。遥远的地方，隐隐约约有枪声和爆炸声传来，这让他明白，惨烈的战斗还在继续，眼下的事情并没有结束。

“为什么背叛？”

“我累了。”

“什么？”老 P 对这个答案颇为惊讶。

艾莲娜耸耸肩：“就是同一个任务做得太多，反反复复循环，累了，不想干了，疲倦了，心态突然崩溃了，一心只想好好休息了。”

“还有，想养猫了。”阿宏补充道。

老 P 摇摇头：“一直以来，你都干得挺好的，升高级龙虾特工是早晚的事情。这个时候背叛，把之前的功绩全部一笔抹掉，太不明智了。真不明白你是怎么想的。女人啦。”

“选择背叛，跟我是不是女人没有关系。”

“无所谓了。”老 P 说，“你的背叛，对神圣秩序所掌握的超级数据而言，不过是一个微不足道的变量。抹掉你，比干掉一只龙虾还要容易。”

“加上我呢？”方先生忽然说，“会不会使变量变得有那么一点儿力道？

老 P 愕然：“你也要背叛？”

阿宏和艾莲娜齐齐望向方先生。事情转变得太快，阿宏看出，连艾莲娜也毫无心理准备。

方先生掏出一把丛林之鹰对准老 P：“你挡着我的道儿了。”

“难怪刚才你建议我把龙虾战士都派去消灭鳄鱼军团呢。”老 P 强行露出见怪不惊的表情，“也对，我挡着你的道儿，只要我还活着，你永远是千年老二。”

“说得不错。”

“你们——”老 P 厉声命令道，“——抓住他！”

一旁侍立的四名龙虾特工无动于衷地看着，在尴尬了几秒钟后，他们突然双手一摊，做出了一个无可奈何的表情，表明了自己的立场。

老 P 终于意识到了问题的严重性，脸色变得极其难看。“你就不怕神圣秩序查出来？”他咆哮着说。

“不是我杀死你的，我怕什么？”方先生说，“是现任救世主在迦楼罗基地的混战中杀死你的。所有的线索都将指向这一结论，所有的证据都能证明这一事实。他有充分的理由这样做，他也有足够的能力办到这件事。”

方先生郑重地把丛林之鹰递给阿宏：“杀死他，然后跟我走。”

也就是说，方先生将取代老P的位置，而阿宏将成为新一代方先生——或者叫宏先生……阿宏平端着丛林之鹰，感觉到了它的重量，还有这重量之中所潜藏的血腥杀意，以及游丝一般若有若无的未来，心中踌躇。

“别，”艾莲娜叫道，“一旦开枪，你就回不了头了。”

阿宏垂下握枪的手，感激地望向艾莲娜：我不会成为恶龙的。

这时，枪声骤然响起，老P胸前绽开一朵绚烂的血花，子弹的巨大冲击力将他的身体推向后方三米远，然后仰面倒下。一只手从他的怀里滑落，露出一把丛林之鹰。

开枪的是四名龙虾特工中的一个。“奉神圣秩序之命，处理老P。”他面无表情地说，“老P并非龙虾组织首领的唯一人选，而他自以为是。”

方先生也是惨然一笑：“我知道，我也不是。”

现场气氛再一次骤变。艾莲娜指着老P的尸体，说：“下一次执行救世主计划的时候，你就是他现在这个样子。你还要继续为神圣秩序服务吗？”

“艾莲娜，你以为我真不知道吗？我只是想继续活下去，多活几天。”

“多活几天？”阿宏把方先生的最后几个字重复了一遍。他看到了一个希望。虽然渺茫，但并非没有实现的可能。他假装无意中拂过手背上的皮肤显示器，用舌尖在门牙后面敲击，发出一个指令，遥控启动一个叫作“小跳蛛”的装置。

之前艾莲娜曾经暗示过阿宏，方先生不可靠，维科对阿宏的敌对情绪也让他疑惑，所以借用一次到指挥中心的机会，阿宏将“小跳蛛”偷偷插进了指挥椅。这是赌船上的人自己研发的一种工具，比指甲盖还小，一半是固体，一半是液体，附着在电脑的量子芯片旁边，平时没什么用，一旦接到指令，就会积极行动起来，侵入量子芯片，完成诸如窃取情报、篡改信号、谋夺指挥权等复杂任务。

“还要活得更好。”方先生接过阿宏的话头，说，“我并不像你看见的那样擅长演讲，在很长的一段时间里，我甚至讨厌面对一群人说话。然而，没有别的办法，我必须克服心里的恐惧，让自己学会演讲。本来执行外勤任务，神圣秩序可以从数百个候选对象中挑选出最适合完成某个任务的龙虾特工。但当这种默默等待安排的螺丝钉和砖头，不是我的性格。想要在神圣秩序中获得更高与更快的升迁，仅仅靠等待神圣秩序安排，更是不可能的事情。所以我磨练了自己，改造了我自己，增强了我自己，我把自己变成了神圣秩序最需要的人。”

“神圣秩序要你野蛮粗鲁，你就野蛮粗鲁，要你精明能干，你就精明能干，要你笨嘴拙舌，你就笨嘴拙舌？”阿宏一边说话，一边接受来自“小跳蛛”的信息。听骨上的微型解码器拼命工作着，将小跳蛛发来的无线电波翻译成他能听懂的语言。

作为救世主，他拥有进入迦楼罗基地指挥系统的权限，但那是在指挥椅上，而他此时要做的，是借助“小跳蛛”遥控进入。这是一件非常复杂的事情，小跳蛛并不能独立完成，需要阿宏下达大量的指令。问题是，他现在面前站着方先生，舌头用于说话，就不能用于发指令。忙于说话，指令发错，小跳蛛的任务就无法完成；专心发送指令，不与方先生说话，就会被方先生察觉出异常。

这是一次不容许失败的冒险。

“是这样的。”方先生点头，“只要任务需要，我可以变成任何一个角色。正是这种超越常人的可塑性，使我在数量众多的龙虾特工中脱颖而出。连神圣秩序都不得不承认，我就是那行为无法预测的10% 的人中的一个。”

下一秒，阿宏意识到该对方先生说话了。这当中出现了多长时间的停顿？方先生起疑了吗？“神圣秩序驯化了你，把你驯化成了演员。”他说，声音微微有些颤抖，于是用反问来加强了自己的语气，“不是吗？”

“演员？很好的比喻。是的，我就是一个演员，一个不可替代的演员。”

继续说啊！影帝！我看好你！小跳蛛的反馈很积极。但我需要时间，时间不在我这边。“跟你走，就是要让我变成你那样的一个演员？”

“你还有其他选择吗？”

“不，我不想成为演员。”阿宏说，“神圣秩序，不管你是什么，你不能决定我的一切。我有我的选择。我只想成为我自己。”

“骰子的奴隶吗？”

“不，你并不真正了解我。”阿宏说，同时焦灼地望了艾莲娜一眼，“掷骰子，自有其意义。”

然而他无法继续说下去了。借助小跳蛛，他体内的植入系统已经与迦楼罗基地的指挥系统无线链接在一起。他的意识在指挥大厅扩展开来。虚拟与现实，合二为一。他漂浮在指挥中心的上方，看见了自己的身体木头一样矗立着，模模糊糊听见了艾莲娜在说话。

“我知道阿宏是怎么想的。”艾莲娜说，“骰子，正六面体，六个数字。抛向空中，在落地之前，朝上的点数是多少，没人知道。傀儡师或者神圣秩序，抑或是影子政府，也不知道。他们可以监控，但无法干预骰子。掷骰子，是一种特定条件下的自由。

“假如并没有一个高高在上的神圣秩序掌控一切，一切都是随机、叵测、无常的，那掷骰子就是以无常对抗无常。假如真有一个高高在上的掌控一切的神圣秩序，一切都是有序的、注定的、不可改变的，那掷骰子就是以无常对抗有常，力求在命定的轨迹上，写出不一样的传奇。”

阿宏感激地（暗自）点头，放出意识之手，就像放出无数条章鱼一般绵长、有力、布满吸盘的腕足，去搜索眼下能用的资源。整个迦楼罗基地的战况他尽收眼底，鳄鱼战士虽然神勇，作战意志也远超龙虾战士，但数量与装备上的劣势，使得这场战斗很快就进入了尾声。四处还有鳄鱼战士的零星抵抗，但毫无疑问，战斗已经结束了。他在资源列表中寻找：无人战斗机、遥控坦克、同步机甲……他需要一支战斗力爆表的军队，把方先生和龙虾特工全部干掉，还要护送艾莲娜突破龙虾战士的层层包围，去往停机坪，坐上旋翼机，逃出迦楼罗基地，摆脱神圣秩序的控制，过上她想要过的生活……

方先生说：“哦，没有想到你会这样想。”

艾莲娜莞尔一笑：“演戏嘛，谁不会？”

“你在拖延时间……”方先生拉长了声音，“……没有用的。”

一阵锐痛，从每一条腕足的尖端传来，所有衍生出去的意识之手都悲鸣着颤抖着消散于无形。阿宏惨叫一声，被指挥系统强行踢出，整个人触电一般抽搐着倒下。

13

“别以为我对你那些小把戏一无所知。”方先生说，“一切都在神圣秩序的掌控之下，除了鳄鱼军团的战斗意志超出预期外，其他的都按照计划进行。救世主，你也不例外。”

阿宏闭着眼睛，蜷缩在中心控制室的地上，宛如一个无助的婴儿。所有的幻想都离他而去，连愤懑也消失不见，只剩下一具充盈着绝望、羞愧与自我憎恨的皮囊。这就是结局了吗？是的，这就是结局。我努力了，失败了。失败就等于死亡，死亡……

死亡是什么？在几天前的一次闲聊中，他曾经问过艾莲娜这个问题。

艾莲娜回答道：死亡，好可怕的。相信我，你不会喜欢那种感受。你的意识清醒着，身体却渐渐麻痹，不能动弹，也不再传来任何的信息。你似乎在飞，似乎在膨胀，又似乎没有，在你思量这个问题时，你又瞬间缩回到冷寂的躯壳里。四周变得异常安静，就像偌大一个宇宙，只漂浮着你孤零零一个灵魂。然后，这唯一的灵魂也如即将燃尽的火柴，在风中飘忽几下，熄灭了。一切都消失殆尽。黑暗，寂静，寒冷，连灰烬也不曾留下。

当时听艾莲娜这样说，他并不觉得有什么特别的感受。但现在，他正在经历死亡，所以能深刻地理解艾莲娜说过的每一个词语，每一个句子。

一切都消失殆尽。黑暗，寂静，寒冷，连灰烬也不曾留下。

“阿宏？”有人在呼唤。声音飘飘渺渺，似远至天外，又似近在耳畔。阿宏，阿宏是谁？

“阿宏？！”一根手指伸到他的鼻翼下方，探寻着他的呼吸。他嗅到了一股若有若无的香气。我是阿宏吗？

“阿宏！你醒醒！”艾莲娜的声声呼唤，仿佛暗夜里悦耳的风铃声，又仿佛沙漠中悠扬的驼铃声，还仿佛是……

他沉醉其中，不想自拔。但是，隐隐约约有光透过眼睑照射进来。然后是雷鸣般的声音在大脑深处轰响，过了好一阵子，他才明白那是心跳的声音。我是阿宏，我复活了吗？

他也曾问过艾莲娜复活的感觉是什么。当时艾莲娜说：你不敢睁开眼睛，也睁不动，眼睑沉重得像生了锈的铁门。四肢酸软无力，稍微用力就如无数根钢针在肌肉与骨头之间的缝隙里进进出出，疼痛无比。但你会感谢这疼痛，因为正是这遍及全身的疼痛告诉你，你还活着。你将继续在生与死之间挣扎。

我要复活。阿宏努力感受着艾莲娜说过的感受。不顾肺的抗议，剧烈喘气。手指能微微弹动几下，也让他欣喜不已。他终于睁开了眼睛。睁开又马上闭上了，因为光线太过强烈，他需要重新适应。“你身上的每一个器官都需要重新适应。”艾莲娜如是说，“再一次睁开眼睛的时候，无数的声音也将潮水般涌进你的耳朵里。你会意识到，这声音其实一直都存在着，只是被你（我）忽略了而已。”

阿宏倏地睁开了眼睛。10% 的人的 10% 的行为是无法预测的。这句话在他心里萦绕。他拉住艾莲娜的左手，让她把自己从地上拉起来。比如，愿意为只认识一个星期的女孩牺牲自己。

第一次阿宏没能站起来，他起了一半，又一阵抽搐，倒了下去，连艾莲娜都差点儿被他拖倒。艾莲娜再次呼唤着他的名字，倾身向前，右手揽着他的腰部，让他把胳膊搭到自己脖子上，用自己的身体将他从地上支撑起来。

借着这一番挣扎的掩护，阿宏用左手拿到了掉落在地上的丛林之鹰，并将它藏在了艾莲娜的身后。

枪身很沉，有浓浓的杀意，也有拯救的希望。

“方先生，我有选择困难症。这是事实，我从不否认。”阿宏喘息着说，“但你，还有很多人所不知道的事实的另一半是，一旦我作出了选择，就不会轻易更改。”

方先生轻蔑地说：“这次你的选择是什么？”

“我不会成为恶龙。”

阿宏说着，扣动扳机。丛林之鹰传来巨大的后坐力，他拼尽全力，固定住射击方向。

子弹不是射向方先生，也不是一旁侍立的四名龙虾特工，而是指挥中心大门。那里在先前的战斗中已经被炸成了大窟窿。子弹打过去，没有击中任何有价值的目标。这一点让方先生颇为疑惑。然而下一秒，他就明白阿宏这么做的原因了。

五名鳄鱼战士从指挥中心大门蜂拥而入。他们的动力外骨骼虽有斑斑伤痕，甚至残破不堪，但作战依然勇猛。第一轮齐射，就打倒了三名龙虾特工。第四名龙虾特工拔枪还击，但很快被弹雨击倒。

“你怎么知道他们在哪里？”艾莲娜轻声问。

“刚才我在指挥系统里看见了。”阿宏说，“他们并不知道我们在这里，我开枪，是提醒了他们。”

“鳄鱼军团获胜了？”

“不，从整个迦楼罗基地的战况来看，鳄鱼军团战败了。这几个，是为数不多的幸存者。”

鳄鱼战士中的一个，掀开了面罩，露出尼罗鳄粗犷而坚毅的脸。他走到方先生跟前：“你还有什么话说吗？”

“神圣秩序已经放弃我了。”方先生耸耸肩，“我无话可说。”

这个昔日的救世主，今时的龙虾高级特工，将来的龙虾首领，挺直身体，脸上露出烈士一般肃穆的表情。但在阿宏看来，他更像是一个孤注一掷，结果输光了一切的赌徒。

“为了鳄鱼军团！”尼罗鳄低吼着扣动扳机。

方先生向后跌倒，跌倒在老P的尸体旁边。他们俩靠得很近，近得喷涌而出的鲜血在地面汇集成小河，到最后，完全无法分辨出这血是方先生的，还是老P的。

“结束了，至少是告一段落了。”

艾莲娜说着，松开扶住阿宏的手，走了几步，蹲下身，从废墟下捡起来一样金色的东西。她走回到阿宏跟前。“你的，你父母给你留下的唯一礼物。”她把手摊开，金骰子安静地躺在她的手心。

阿宏取过金骰子，捏在手里。“谢谢。”

“接下来你有什么打算？”

“我还没有想好……”阿宏迟疑着：回“皇家玛丽号”？还回得去吗？去别处，又是哪里呢？“现在不是讨论这个的时候。”他看见尼罗鳄向他走来，临时想起一个说法，“至少等我们一起杀出迦楼罗基地再说。”

尼罗鳄走到阿宏跟前：“救世主，请您原谅，我来晚了。我的妻子，还等着您的拯救。”

“都这个时候了，你还相信我是什么狗屁救世主吗？救世主会犯如此明显的错误吗？要不是你，我早就死了。”阿宏真诚地说，“救世主还需要别人来救？有这样的救世主吗？”

“相信，是一种无可匹敌的力量，当您选择相信什么的时候，全世界都会为您让路。”尼罗鳄引用了方先生的话，回答了这个问题：“在这件事上，我相信错的不是您，而是方觉晓。遭遇背叛，不也是成为救世主的必经之路吗？”

“你相信命运？”

“不。”尼罗鳄说，“我的意思是，我从来不去想那档子事儿，太深奥了。我只管做好眼前，比如现在。我就知道只有最虔诚最忠心最纯粹的信徒，才能不计一时的成败利钝，跟随救世主，历经磨难，走到最后的辉煌。”

艾莲娜说：“尼罗鳄，有一件事情我必须先告诉你。先前我救你，只是为了让你拖住龙虾战士，让我有机会逃走，没想到现在你真的救了我和阿宏。”

“我明白的。我只管做眼前，不管其他。”尼罗鳄说，“时间很紧，龙虾战士随时会过来。我们赶紧离开这里，回到鳄鱼基地。在那里，重新开启反抗神圣秩序的伟业。”

尼罗鳄指着前方，仿佛红彤彤的太阳就要在那个方向跃出地平线，把淡金色的光线洒向莽莽苍苍的亚热带丛林。这似乎预示着什么。然而……我该相信他吗？这会是救世主计划的第二季吗？阿宏突然愣住了。

他摊开手掌，端详着手心的金骰子。单数是相信，双数是不相信。他很想抖抖手腕，把骰子抛到半空，然后看着它落下，等待着最后的结果，等待命运的安排。

然而他以最大的毅力克制住了这一冲动。他屈指成拳，把骰子捏在手心，用力之猛，好像要把骰子捏成碎片，好像要把骰子捏进皮肉里，好像捏着的不是骰子，而是他脆弱而又顽强的一生一世。

这一次，我要自己做出抉择。他想。

剑上的凤凰

序　决战昆仑之巅

透过厚厚的云层，阳光勉强洒落在昆仑之巅。在山间的开阔地带，数以千计的生灵正在相互砍杀，吼声震天。遍地的死尸、破碎的铠甲、断裂的兵器，都在诉说着战况的惨烈。更远的地方簇拥着更多的进攻者，前面的一批倒下，他们就立即补上，对胜利的渴望洋溢在每一个战士的脸上。

一千米之外的万神殿中，你独自俯瞰战场。一名疲惫的斥候向你报告：水神共工临阵脱逃，率领全部麾下往北方遁去；巨灵神夸父所辖狰狞军轻易突破东北防线，正向万神殿杀来。

你挥挥手，让斥候离去。你需要安静。战局已然扭转，胜利的天平已然倒向对方。此次与水神共工结盟，同上昆仑山，原本就是不得已的事情，谁料他的背叛比预想的还早……

远远地，就能听见狰狞们愤怒的咆哮。夸父嗜好巨大之物，手下的狰狞就是最好的例证。它们的个头是常人的三倍，皮糙肉厚，力大无穷，作战时犹如野兽，从不慈悲，更无畏惧。简陋的城墙已然坍塌，到处是残肢断体；狰狞怒目圆睁，披散着毛发，手中的狼牙棒沾满脑浆，大踏步跨过己方用血肉铸就的防线；士兵们且战且退，早已溃不成军，原本势均力敌的对战演变为单方面的屠杀……

陡然，西南浓烟滚滚，烈焰冲天，数千只火乌鸦呜咽着冲向半空，然后流星般坠下，爆炸、燃烧，毁灭一切能够毁灭的东西。你知道，那是燧人在大展神威，火乌鸦是他的宠物，焚烧是他的爱好。“敦煌城失守了。”你自语道。西北的天空如生锈一般晦涩，那是有巢最钟爱的毒雾。

又一个伤痕累累的斥候跑来：战神刑天在滇池遭遇箭神后羿的阻截，正在激战。

“该来的都来了。”你心中隐隐作痛。战神刑天是你唯一能指望的援军，而滇池远在天边。

天空忽然传来雷鸣之声。起初如号角齐鸣，接着似万马奔腾，然后是翻江倒海，天崩地裂。金光璀璨的雷霆战车带着风，挟着电陡然出现在天空，婚育与繁茂之神女娲端坐在战车之上，一身锦衣秀袍，甚是华贵。她舞动手中的权杖，身后云层里传来阵阵杀伐之声，仿佛隐有千军万马。旋即，一道金色的光芒自女娲头顶射出，直插天顶，刹那间，那光爆裂开来，幻化为亿万道闪电同时击向大地，大地似乎也畏惧这超级可怕的力量，如风中的落叶一般震颤起来。

火凰，你的爱人，悄无声息地走到你身旁。“我们还有机会吗，祝融？”她的声音轻如落叶坠地。

你轻轻叹了口气，垂下头看看腰间金色的彤灵剑。这把由器物之神偃师在天地初开之时，借万物显化所激发的无边生气亲手锻造的神兵跟随你南征北战，曾畅饮过妖族姜黄色的血，曾击退过来自“杳冥之冈”的魔族，曾破解过怨念郁结而成的鬼阵，也曾斩过混乱之神蚩尤硕大的头颅。而今，你是否还能凭借它开天辟地的神力，扭转败局?

你再次轻叹。在你率领大军趁昆仑山空虚发动奇袭、攻占万神殿时，遇到了留守的混乱之神蚩尤。蚩尤虽亡于彤灵剑之下，但他濒死一击，也令彤灵剑几乎成了碎片；与蚩尤的鏖战，也令你神力大损，无法修复心爱的宝剑。现如今，女娲、燧人、夸父和有巢从各地赶回，联手围攻万神殿，你却如废人一般，无力再战。英雄末路，美人迟暮，向来就是如此。你心里很清楚，大势已去，这一局你输定了。

“不，我们还有机会。”火凰瞧着你凄惶的眼睛，显出不忍的神情，“偃师临行前曾经告诉我一个关于修复彤灵剑的秘密。他说，你火气太甚，战意太浓，总有一天，彤灵剑会毁坏到无法修复的地步。”

机会在向你招手。对胜利的渴望再度在你内心熊熊燃烧。“到底要怎样做，才能修复彤灵剑？火凰，你快告诉我！”

火凰轻声道:“我。”

“什么？”

“就是我。”火凰抿了抿嘴唇，似乎下定了决心，“偃师说，神兵都是需要献祭的，而最好的祭就是持剑者所爱之人的心。”

“什么？”你睁大了铜铃般的眼睛。

火凰盯着你的眼睛，眸子里满是平静。她柔声说:“祝融，我本是凤凰一族，体内流淌着炙热之血。彤灵剑亦属火，若你亲手将彤灵剑刺进我的心脏，我的精魄将由此进入彤灵剑，与剑合二为一，彤灵剑不但会修复如初，威力还会增加数倍。”

“可是火凰……”

“为你献祭我心甘情愿。你是我的最爱啊。”火凰替你拔出了彤灵剑，交到你手里，就像此前的千百次一样，“来吧，祝融。胜败存亡在此一举，说不定，结束旷日持久的诸神之战也在此一举。你不能优柔寡断啊！”

你握住了曾经握过千百次的彤灵剑，第一次觉得它竟如此沉重。

这一剑，刺，还是不刺？

1 神话

“周先生！周先生！”

“醒醒，醒醒。”

挣扎了片刻，周孜越渐渐恢复神智。先是光，透进眼睑来，然后是声音，潮水般从四面涌来。他睁开惺忪的眼睛。一道阳光透过天窗照在他身上，热烘烘的。调皮鬼们围着他，其中一个正试图用树叶挠他的耳朵。周孜越大吼一声，“找死！”他们哄笑着四散跑开。

周孜越打了个哈欠，浑身舒畅。昨晚他到五千米外的野鸾林捉钦原鸟，一宿没睡——临近火神节，昆墟十几个村落的青年都来这里捉钦原鸟，已经很难捉到了——没想到居然在课间睡着了。火神保佑，折腾了三个晚上，我总算还是捉到了一只。想到这里，一个俏丽的脸庞掠过他的心田，带来一阵甜蜜的晕眩。

周孜越站起来，吼道:“准备上课。”四处玩耍的孩子们嬉笑着跑回自己的树桩板凳，宛如纷乱的战场。忽然间，他有种异样的感觉，仿佛自己正置身于旌旗招展的方阵之前，号角声中，长剑一挥——剑身饰有一只艳丽至极又凄厉至极的凤凰——有千军万马跟随自己呐喊着冲向前方……那是——他眨巴着眼睛，努力回想——梦。刚才的梦，华丽到奢侈的美梦。

——与眼前简陋的现实形成多么鲜明的对比啊！

—— 然而那梦又是如此诡异：祝融、火凰、彤灵剑、诸神大战……

“这节课讲什么呢？”周孜越收敛心神，道，“就讲我们这个世界，沧海灵荒，是怎么来的吧。

“我老爹，也就是老村长说，每个地方都有自己的创世传说，唯有我们敦煌人的最正确。话说上古时期，大神盘古按照自己的形象创造了人类，又凭空建造出上古世界供先祖们生活。

“上古世界种有三棵桃树，三千年一开花，三千年一结果，三千年一成熟。盘古说：先祖们可以享用上古世界的任何果实，但这三棵桃树除外。我老爹说，禁令本身就是一种诱惑。有一天，大神盘古外出，先祖们偷偷爬上第一棵桃树，一边摘一边吃，就像你们上次偷吃村口的沙棠一样。桃子鲜美可口，所以他们吃完第一棵桃树上的桃子，立刻爬上第二棵桃树，贪婪地边摘边吃，眼睛还瞅着第三棵桃树上的桃子。

“第一棵桃树结的乃是善恶果，吃下之后能分是非，辨善恶；第二棵桃树上结的乃是智慧果，吃下之后醍醐灌顶，聪明百倍；第三棵桃树上结的乃是长生果，吃下之后会长生不老，青春永葆。如果先祖们把三棵树上的果子全吃完，也就拥有了和盘古一样的神通，能飞天遁地，变化无穷，无所不能。但这样荒谬的事情怎么会发生呢？在先祖们偷吃第二棵桃树上的桃子的时候，盘古回来了。见先祖们公然违反了他的禁令，盘古的愤怒无法言表。他发誓要以最残酷的手段惩罚他们。

“怎么办呢？让人类自食其果是最佳手段。首先，盘古悄悄地在先祖中间散布不同的是非观和善恶观，并且让每个先祖都认为自己独得大神的眷顾，自己的观点是唯一正确的，别人都需要接受自己的观点。于是先祖之间产生了无限的分歧，刚开始时只是口头上争论，然后辩论激化为拳脚相加，最后观点近似的组成了集团，慢慢地，集团与集团之间的冲突演化为了战争。盘古这一招着实恶毒。

“为了取得战争的胜利，先祖们充分运用智慧果赋予他们的能力。他们发明了很多武器：有棍子，在很远的地方就能把人轰成碎片，比狩猎队队长手里的弓强多了：有铁旋龟，没有脚，靠轮子走路，一边走一边冒烟；有铁鹰，会飞，翅膀一张，就是十万八千里，还会下蛋，边飞边下，那蛋能砸死人……最后，他们发明了小太阳。天上的太阳见过吧，神的造物，也就是说，这时人类的能力已经接近神了。

“盘古在一旁看着，高兴极了。因为他的惩罚已经达成，人类制造的小太阳之多足够把人类毁灭好几百次。可令盘古万万没有想到的是：人人都有小太阳等于没有小太阳。为什么呢？我老爹说了，是因为小太阳威力太大，毁灭别人的同时也会毁灭自己，同归于尽的傻事谁乐意干呢？所以人类没有像盘古想的那样，造出了小太阳就自我毁灭了。

“盘古那个气啊！他想了很久，终于想到了第二个办法。他拿出一个第三棵桃树上结的桃子，也就是长生不老果——发现先祖们偷吃桃子之后盘古把所有桃树都藏起来了——对先祖说：只有最聪明的人才能长生不老，青春永葆，桃子只有一个，给谁好呢？你们自己看着办吧。这个时候大家都知道吃了善恶果、智慧果之后再吃长生果就会化身为神，谁都不愿放弃这个机会，于是有史以来最大规模的战争开始了。没人知道是谁第一个使用了小太阳。敌对双方都指责对手，宣称自己是自卫。但不管是谁，结局都一样：上古世界突然间同时升起了一千个太阳。你们想想，一个太阳都把敦煌晒成了沙漠，那一千个会是什么感觉？整个世界被煮沸了、蒸干了，高山崩塌、大地皲裂，无论是飞禽还是走兽，都在一道道青烟里化为灰烬，最后，整个上古世界破裂、崩解，形成不可计数的碎片。碎片继续分解，化作金、木、水、火、土等基本元素扩散到无限广阔又无限久远的地方。盘古的惩罚最终达成了。

“但成功惩罚了人类的盘古并没有感到高兴。相反，深深的失落感与负罪感统治了盘古的内心：毕竟那个世界是他的造物啊。于是，他决定再造一个全新的世界，这个新世界将比原来的世界更完美。那个时候，金、木、水、火、土，还有风、雷、电、光、暗，在宇宙中各自流转，既不知从何处来，又不知往何处去，更不知为何而存在。盘古施展无限神力，收集散落在宇宙各处的基本元素，不知过了多久，这一项任务总算完成了。然后，盘古将自身变为熔炉，以自己的神力为火，对那无限多的元素进行提炼、组合、调制、熔炼、镶嵌、演化，制造出一个大海与大洲交相辉映的世界。大家知道这个世界叫什么名字吗？对了，就是我们居住的这个世界——沧海灵荒。”

“后来呢？”一个学生问。

“重造世界后，盘古筋疲力尽，躺下休息就再没起来。可他依然惦记着沧海灵荒。于是，他的左眼变成了太阳，守护着沧灵世界的白天；他的右眼变成了月亮，守护着沧灵世界的夜晚。他的血液流淌成了江河湖海，他的脊梁耸立成了山峰雪原。”周孜越说，“他同我们永远在一起了。”

“周先生，再讲一个吧，战神刑天打败女娲的故事。”

“光讲故事啊，不行不行。”周孜越板起面孔，“先把上一节学的课文抄完再说。”

“哦。”学生们不情愿地找出纸和笔，以各种姿势趴到树桩上，抄起课文来。有人边抄边念，马上有人制止他，声音此起彼伏，学堂里热闹得像关了一屋子苍蝇。

周孜越百无聊赖地斜坐在板凳上。自从成为先生，负责教村里十二岁以下的小孩子识字以来，他无数次有类似的感觉。假如五年前能去扬州那该多好啊……他偏头瞅着窗外，一个梳着紫色长辫的身影一闪而过。周孜越赶紧坐好，正要叫孩子们安静，那紫色身影已经飘进了学堂。“阿越。”她的声音永远那么甜。

周孜越抑制住心中的欣喜，假装不满地说：“有什么事吗？我正上课哩。”

“上课？嘻嘻。”方小雅俏丽的脸上浮现出两个别致的酒窝。周孜越觉得自己深深陷进了那酒窝里。“狩猎队回来了，你不知道吗？”

“真的？太好了，那明天的火神节可以如期举行了。”

“火神保佑，我担心死了。挚风大哥他们已经晚回来四五天了。如果挚风大哥他们不能赶回来，那明天的火神节——真不知道该怎么办。”

周孜越对孩子们大声说：“明天火神节，不用上课，放假一天。”孩子们一阵欢呼。“把课文抄完，回家诵读，后天我要抽读。没有抄完的，继续。最后抄完的两个，负责学堂清洁。抄完了的，放学。”有人哀叹着继续抄写，有人则欢呼着夺门而出。

周孜越转头问：“小雅，狩猎队到哪里了？我们快去。”

2　鬼蝠

周孜越跟在小雅身后出了门，跨过清溪，继续往前疾走。清溪自葫芦沟的沟口起，穿谷而过，一直流进山沟尽头悬崖底下的望月潭里。沟里一百多户，四百来人全仗这清溪养育，他们简陋的房子集中在葫芦沟中段。清溪在村边流过，两岸都是水田，不久前收获了今年的最后一次稻谷，现在空荡荡的，漾着青绿的山和微蓝的天。

远远地，周孜越就看见狩猎队一字排开，正沿着村中大道往祖屋走去。当先一人，看不清面目，但从他颀长的身形、矫健的步伐及独特的发髻可以看出，他就是狩猎队队长沈挚风。沈挚风今年刚满二十四岁，曾前往扬州大学堂习练了十年的神技。两年前，葫芦沟附近出现了一头叫陆吾的怪兽，伤了不少人，老村长出面请他回老家除害。沈挚风三箭皆中陆吾，陆吾负箭而逃，此后不再现身。村民猜测陆吾伤重而死，只有沈挚风恐陆吾再来作恶，遂在葫芦沟定居下来。他本领了得，见多识广，为人又亲切，不拘礼节，俨然已成为村里年轻一代的领袖。

沈挚风身后跟着三十余人，有血气方刚、有说有笑的年轻人，也有经验丰富、沉稳老练的老猎手。力气大的，独自扛着一头中等大小的土蝼；力气小的，拿扁担一边吊一头小土蝼；最大的土蝼足有三百斤，浑身密布黑色鬃毛，拿麻绳绑了四蹄由两个人抬着。

祖屋前的坝子上早聚集了成百的村民，有的敲着腰鼓，欢迎狩猎队胜利归来，更多的人迎接上去，帮猎手们把土蝼转移到祖屋里。早有人准备好，要把猎物切割分块，然后熏烤腌制，以备今后食用。村里能来的人都来了，近二百人，男女老少，寒暄的、玩笑的、吹牛的、感慨的，担抬东西叫让路的，使劲儿剁着土蝼肉的，全混在一起，加之一帮小鬼在人群里穿来穿去，就更加热闹了。

周孜越忽然放慢了脚步。他看见沈挚风被一大圈人围着，眉飞色舞，似乎正在讲述狩猎中遭遇的精彩故事。我也应该有这样的荣耀。他酸酸地想，思绪再度回到五年前。那时候，他刚满十二岁，自信满满地认定自己也能前往扬州，学得一技之长，成就一番英雄盛事……

“磨磨蹭蹭干吗？快来。”走到前面的方小雅回头招呼周孜越，把他从回忆里唤醒了。周孜越紧走几步，赶上方小雅，然后一起汇入祖屋前热闹的人海。丰收了，喜庆的笑意挂在每个人的脸上。

“我错过什么了吗？”方小雅一阵风似的跑到几个姑娘的身旁，长长的辫子飞舞在身后，宛如灵动无比的小龙。

“错过了，错过了。”姑娘们七嘴八舌地说，“刚才挚风大哥提到你了。”“他说他专门为小雅妹妹猎了头小猪。”“对，对，小猪。小雅妹妹最喜欢小猪了，对不对？”

一股酸意浮上周孜越心头。他注意到，沈挚风已经抽身离开围着他的村民，走到老村长跟前，说了几句话，然后两人一起进了祖屋。片刻之后，一个小孩跑来告诉周孜越，老村长叫他去。

祖屋是村里的公有之物，专门用来存储粮食、腌肉和其他生活必需品，用石头砌成，比其他建筑结实得多，大堂又是祖屋中最大的一间，通常是村里调解纠纷的地方。周孜越带着疑惑走进堂屋，能容纳三十多人的大堂此刻只坐了老村长和沈挚风两个人，显得格外空旷。敦煌男人的头发多数是披散着的，即使讲究的，也是用发绳一拴了事，唯有去过扬州的沈挚风绾着和九州人一样的发髻。

“阿越，你过来。”老村长端坐在村长的兽皮靠背椅上。

沈挚风坐在老村长下首，冲着周孜越微笑。周孜越假装没看见，劈头就问：“老爹，找我什么事？”

老村长捋捋银白的胡须，道：“挚风这趟带队狩猎，收获颇丰，功劳不小啊。不过，狩猎途中他有些奇怪的见闻，想告诉我。这些事情，我想你听听也有好处。村里能帮我出主意的人实在太少了。”

“村长、周先生，说到功劳，挚风实在愧不敢当。”沈挚风无限诚恳地说，“若不是火神保佑，若不是狩猎队队员个个用心、人人努力，这次外出狩猎不但可能无功而返，甚至可能全军覆没，没一人能活着回到葫芦沟。”

“发生了什么事？难怪你们花的时间比往年长得多。”周孜越忙问，“又遇到陆吾了？史书上说陆吾是神，怎么会是怪兽呢？”

“阿越！不要着急，耐心是美德。挚风自会慢慢道来。”对周孜越，老村长一向要求甚严。

“是的。村长，请容我从头说起。”沈挚风道，“在此次狩猎途中，我见到了这辈子见过的最惨烈的场面。”

“是什么？”周孜越还是没能忍住，瞥见老爹责备的目光，忙低下了头，找了个位置坐下。

“你们也知道，土蝼在火神节前繁殖，它们会成群结队钻出山洞，漫山遍野地相互追逐。这个时候，即使是最蹩脚的猎人也能满载而归，那就是火神赐予我们的美食。但今年很异常。我们离开葫芦沟，在黄龙坡一带搜索了三天，也没有看到一只土蝼，仿佛一夜之间它们都蒸发掉了。我和几个老猎人商议后决定去昆墟的另外几个地方看看。

“青龙山和黑龙岭也没有土蝼的影子。各种谣言开始在狩猎队里流传。第七天晚上，狩猎队在白龙溪畔扎营休息。半夜值班的猎人听到响动，把我们叫醒了。我们循着声音，找到了困在一条石缝里的一群土蝼。有三十多头，不知道为什么全掉进那道石缝里，出不来了。看见有人来，一个个都哼哼唧唧，吵个不停。我们都高兴极了，这不就是现成的便宜嘛。要知道土蝼皮糙肉厚，生性强悍，四只角锋利无比，极难对付。但现在，一箭一个，易如反掌。

“等我们把死土蝼从石缝拖出来，天已经快亮了。我手上全是血，就到附近的白龙溪洗手。在一处平坦的地方，小河汇聚成潭。我刚蹲下，危险的感觉就袭上了心头。在扬州大学堂，我受过专业的游猎训练，感知危险是其中之一。当时弓箭在我背上，我也不敢贸然起身，不然只会引发对方的杀机。然后我看见了隐伏在我身后的敌人。太阳刚刚升起，晨曦正好从我背后射来，把我身后那棵沙棠树，连同隐藏在枝叶间的敌人，投射到平缓的溪水上。看不清细节，只有轮廓，但已足够惊人。它有半人大小，像猿猴，一对纵目，瞳孔呈血红色，生在扁突的额头上，背后两对肉翅更是与我所知的一切生物相异。

“我身处劣势，只能伺机而行，那怪亦不知为何，按兵不动，而僵持越久于我越不利。忽然一声哨响，声调非常之高。那怪猝然抬头，我趁机长身跃起，于空中转身，拔弓搭箭，不及落地，已是连环三箭射出。

“本是生死时刻，我自是全力施为，只道那怪不死也伤。”说到这里，沈挚风棱角分明的脸上浮出苦笑，“可惜，待我过去察看，那怪全无踪影，三支利箭，全射在了沙棠树上。”

周孜越被深深震撼……见沈挚风停下来了，忙追问：“后来呢？”

“后来的事更可怕。”沈挚风沉吟片刻，说道，“当时，我觉得诧异，壮着胆子搜寻白龙溪那边的矮树林。在一片针草丛里，我发现了一具被劈成了两半的尸体，看穿着，来自轩辕之地的九州，腰间配着刀，一身发达的肌肉，显然练过武，但遭到袭击的时候，他根本没有拔刀的机会。不久，我找到了另外两具尸体，肤色温润如玉，衣襟上有银色闪电纹绣章，是来自遥远的东华洲的东华人。继续往前走，我发现了十几个宿营地，每个都空荡荡的，因为住在里面的人都成了尸体，无一例外。

“他们，有来自轩辕之地的九州人，有来自苍雾灵州的苍雾人，有联袂而来的笑乡人和泪谷人，有修罗族狰狞的美女，有浑身鳞片的蛇人，有大虫似的昆丁，有骑着猛虎的山鬼，甚至还有来自末日海域的海盗。他们或独自前来，或结伴而行，或原本就属于一个团体，不知出于什么原因，都宿营到白龙溪畔。也不知道出于什么原因，他们——我粗略地估计，有近二百人——全都被某种神秘而可怕的敌人杀死了。我认为他们是在同一时间，死于同一批敌人之手。

“我猜杀死他们的神秘而可怕的敌人就是刚才企图伏击我的怪……不，不能再说他是怪了。他是有智慧的，会计划、会潜伏、会选择最佳的时机出手，力保一击致命。而且，他袭击的方式极为残忍，不用刀，也不用剑，而是直接将受害者撕开。现场找不到一具完整的尸体，每具尸体都几乎被撕成了碎片，仿佛袭击者与死者有不共戴天之仇。

“我想起狩猎队，急忙赶回营地，还好，没事。死人的事太可怕了，我谁也没敢告诉，就催促他们赶回葫芦沟。一路上我都在琢磨这事。那群土蝼肯定是受了惊吓，慌不择路，跑进地缝出不来，才成了我们的猎物。土蝼生性强悍，能把它们吓得惊慌失措，也只有那神秘而可怕的袭击者了。他们会是谁呢？”

良久，老村长沉吟道：“半人大小，红色纵目，扁突额头，背生两对肉翅。你在暗示——鬼蝠？”

“是的，鬼蝠。《沧灵百族图鉴》有记载。”

“你肯定？”

“我肯定。”沈挚风神色凝重，“而且不是一只，是一群。一只鬼蝠，是不可能在短时间内杀死那么多人的。数量还在其次，更为重要的是，虽然死者来自天南海北，但无疑个个都是高手。”

据史书记载，洪荒年代结束之后，诸神引退，不再干涉沧海灵荒的发展。于是各种智慧生物得以自由发展，其中山鬼、修罗、有鳞、昆丁、焦土等族相继走上强盛之路，进而对别族用兵，征战天下，史称百族争霸。那是沧海灵荒历史上最黑暗的一段日子，绵延三千年，无休止的征战与无目的的杀戮贯穿始终。其中，以鬼蝠与人类的争战最为持久，也最为惨烈，鏖战八百余年亦无法分出胜负。直到“兵圣”岳鹏旭临世，创制兵法，编制战阵，统领人类大军，多次重创鬼蝠，使其再无作战的能力，不得不签下《无垠之盟》，从此受人类制约，退守无垠海外，永不涉足人类之地。老村长叹息道：“鬼蝠重现轩辕，浩劫在所难免。只是，他们为何会来敦煌？”

“不光是鬼蝠，还有那些无名的死者，他们为何而来？历史上，敦煌国也曾盛极一时，敦煌铁骑名扬天下。但现在，敦煌最有名的，不是神奇的鸣沙山，不是神秘的三危山，不是洪荒时代就辉煌于世的敦煌城，也不是曾经诸神的聚居地昆仑山，而是若羌沙漠和漠北戈壁。在外族人眼里，敦煌是边远荒芜之地！敦煌人是愚昧、未开化的野蛮人！”沈挚风似乎意识到自己语气过激了，皱了皱眉头，接着说：“他们是不会到沙漠和戈壁游玩的。那些被生生撕裂的来自天南海北的死者为着何种目的而来？我翻检了他们遗留的物品，所有的证据表明，他们为一件神兵而来。我想，鬼蝠也是为同一件神兵而来。”

沈挚风身体前倾，逼视老村长，“彤灵火凰剑。村长，真有这样一把神剑吗？”

老村长转向周孜越：“阿越，你来说说，关于彤灵火凰剑，你都知道些什么。”

周孜越思忖片刻，斟酌字句，道：“天地初开之时，器物之神偃师借万物显化所激发的无边生气，亲手用火元素锻造出一把神兵，名为彤灵剑。这把剑后来归火神祝融所有。火神利剑在手，所向披靡，立下无数丰功伟绩。再后来，诸神大战，火神祝融攻下昆仑山万神殿后，被女娲、夸父、燧人和有巢四位大神围攻，眼见要败，遂以爱人火凰之血为祭品，重铸彤灵剑。重铸后的彤灵剑更名为彤灵火凰剑，威力是以前的数倍。在四位大神的夹击下，火神全力施为，挥舞彤灵火凰剑，相继重创燧人和有巢，迫使他们退出战斗。但最后，女娲的权杖全力施为，射出能粉碎星星的光束，将彤灵火凰剑击成不可复原的碎片。火神最终落败。此战乃是诸神之战中的经典战役，惊天动地啊，高万仞的昆仑山就是在此战中被五位大神的无边神力所击毁，坍塌成了今天的昆墟。”

沈挚风坐直身体，接着说道：“我在扬州听过另一个传说。火神祝融战败之后，气恼万分，将彤灵火凰剑全力掷向昆仑山，昆仑山就此完全坍塌为昆墟。但彤灵火凰剑并未毁灭，而是静静地待在昆墟下面的某处，等待下一个主人。传说拥有此剑者，不仅能获得火之终极力量，如果得到彤灵火凰剑的真正认同，还能满足剑主三个愿望。”

“无稽之谈。”老村长断然否定，“要真能满足剑主的任何愿望，那当初火神就不会落败。”

“老村长这么肯定——”沈挚风试探着问，“——你亲眼见过？难道说——彤灵火凰剑就藏在葫芦沟？”

“呵呵，如果彤灵火凰剑在葫芦沟，我还会只是个老而不死的村长吗？”老村长笑道，“挚风你好像很相信那个传说？”

沈挚风微微摇头：“我只是想，如果鬼蝠袭击葫芦沟，彤灵火凰剑肯定比我的弓强——村里都是些不会打仗的庄稼汉和老弱妇孺啊。”

“你说得很对，鬼蝠确实很可怕，提防鬼蝠来袭很有必要。白龙溪离这里很近啊。”老村长说，“不过，明天是火神节，鬼蝠的事我们暗中留意就行了。先不要告诉其他人，以免败了大家的兴致。毕竟，火神节一年只有一次啊。”

沈挚风起身告辞。周孜越留下了。

老村长问：“阿越啊，对这事你有什么看法？”

“故事很精彩。”

“好像你不相信挚风说的？”

“不是好像，我确实不相信他。老爹，他是个喜欢哗众取宠的家伙，把自己说成大英雄，和鬼蝠对决还能全身而退，要知道，全狩猎队没有一个人可以证实他的话呀！”

“阿越！”老村长面露愠色，转瞬又释然，道：“我知道你对挚风有成见。但在人世间，每个人都有自己的位置，觊觎那不属于你的位置，只会让你得不偿失。”

“没试过怎么知道那位置不属于我？”周孜越的语气明显弱了。我试过，5年前，神技天赋甄别，我没有通过。他后面的话像是呢喃，“凭什么我是教小屁孩识文断字的小先生而他是万众瞩目的大英雄？难道就因为他是沈挚风而我是周孜越？”

“阿越，忌妒只会蒙蔽你的心智。”老村长以一声叹息结束了对话。

周孜越满腹惆怅，告别老爹，走出祖屋。坝子上的人群已经散了，只留下一小部分人为明天的火神节庆典做准备。没有看到小雅。橘红的太阳还未完全落下，月亮已经在东边升起了，带点儿昏黄，就如同周孜越此刻的心情。

回到家，做好晚饭，周孜越想等老爹一起吃，可左等不来，右等也不来，他就自己吃完，洗洗睡下了。睡觉前，他特地找出钦原鸟的尾羽，细细把玩，欣赏尾羽柔嫩的绒毛和青红相间的色彩。明天，我要把它送给小雅，我要告诉小雅，我喜欢她，我要她做我漂亮的新娘。他把尾羽握在手里，搁在胸口，不知不觉睡着了。

周孜越以为自己会梦见小雅。但梦里，他身穿火红的战甲，手持金色利剑，率领千军万马，与数以万计的不可名状的魔物浴血厮杀。

——只是那剑上的凤凰为何变得如此凄惶？

3　教官

天亮了很久，周孜越才起床。老爹昨晚没有回来。他热了饭，刚扒拉了两口，小雅来了，一阵风似的跑进屋里。“哟，周先生，才起床啊，太阳都晒屁股啰。”她模仿小孩子的口气，声音里说不出的可爱。

周孜越讪讪地笑着，满嘴的话说不出来。

“好漂亮的羽毛！”小雅发现了桌上的钦原鸟尾羽，一把抓起，“告诉我，准备送给谁？说出来，我告诉她去。瞧你，脸都红了。周先生居然会脸红，奇迹啊奇迹。”

就是你啊，小雅。周孜越说：“你猜猜看，猜中有奖。”

“不说算了。”小雅说，“我还不想知道呢。”

知道了就没有惊喜了。“坐下吃饭，别客气。”

“早吃了。你以为我是来吃你家早饭的吗？老村长叫我来通知你，村里来客人了，你快些去祖屋。”

“老爹昨晚没有回来睡，精神头还好吧？”

“老村长忙着安排今天的庆典，精神头还不错。阿越，你越来越啰唆了。”

周孜越抬头看着小雅，辩解道：“我这不是啰唆，我是……”小雅已经不耐烦了，抢道：“还吃不？要吃就吃快点儿，不吃就马上走。”小雅这样一说，周孜越当然不能继续吃了，赶紧丢下碗筷，和小雅一块儿去了祖屋。

老村长和村里几位长者都在，围成一圈，谈得正兴起，主角赫然是个九州人，一袭白袍，在粗布麻衣的敦煌人中，特别显眼。他坐在老村长边上，看不出年纪，头发绾成发髻，面皮白净，唇红齿白，很是秀气。周孜越进屋，就听见老爹介绍：“这是我的螟蛉之子周孜越。在村里当先生，还算称职。阿越，这位尊贵的客人是谈瀛洲谈教官，来自扬州大学堂。”

不但是九州人，还是扬州大学堂的教官！周孜越不禁再次打量起眼前这位尊贵的客人：脸庞圆润，眉毛不浓，鼻子不高，眼睛不大，胡子刮得很干净，四肢修长，并不特别健壮。很平常嘛。周孜越有些失望。

“呵呵，什么教官不教官的，叫我谈叔叔就成。要是实在觉得我平常，直接叫我谈瀛洲也行。”谈瀛洲很客气。

“他怎么知道我觉得他平常？”周孜越心中嘀咕，嘴上却说：“谈教官，我差点儿就成你的学生了。”

“是吗？”谈瀛洲略带惊奇地问道。

老村长笑道：“天底下哪个孩子不想去大学堂学点儿本领啊？我家阿越就是因为当年没过天赋甄别这一关，无法去习练神技，至今耿耿于怀啊。”

“天赋的事很难说，可遇而不可求。至于学习嘛，其实哪里都是学堂，哪里都能学习，只要你肯学。”谈瀛洲呵呵一笑，“真想学，改天我教你啊。”

谈瀛洲的和蔼周孜越很喜欢，但问题是——“算了吧，谁不知道《大魏律》规定，学堂之外私自传授神技，诛三族。况且，我也没那个天赋啊。”

“大魏一统东南九州以前，人们是想练什么神技就练什么神技。”谈瀛洲不以为然，“阿越，我告诉你，遵守规则不是坏事情。但拘泥于规则，就不是什么好事情了。制定规则的目的有两个：一是遵守它；二是打破它。”

老村长插话道：“教官就是教官，什么事都能讲出道理来。只是不知道谈教官何以驾临葫芦沟？”

谈瀛洲转向几位老人，说道：“我早就知道，每年的9月15日是火神节。各地的火神信徒都要举行隆重的庆典。东华洲的东华人尤其崇拜火神，他们的庆典仪式是沧海灵荒最盛大的。但你们敦煌人的火神庆典历史最为悠久，因为传说里，敦煌人是火神祝融的后裔。”

“不是传说，是真的。“老村长自豪地说，“我们的族谱记载得极为详尽，可以追溯到火神本人。也就是说，敦煌人是火神的直系后裔。很久很久以前，敦煌人以制陶闻名天下，一度被称为有陶族，而制作陶器的方法就是火神发明并传授给我们的。”

周孜越记得这个传说。传说盘古重造“沧海灵荒”之后，天地交合，天为公，地为母，孕育出数位大神。其中火神祝融是最先出世的，他传下火种，教人类如何制造火、保存火、使用火和对付火。人类用火驱赶野兽，抵御寒冷，烧熟食物，开荒种地，从此摆脱蒙昧，走上了文明之路。火神节的目的，就是取悦火神，保证今后的生活更加红红火火。

谈瀛洲继续说:“还在扬州的时候我就听说，敦煌的火神节很有意思，有吃的、有喝的、有玩的、有看的，一直想来。这次凑巧到敦煌来办点儿事，逢上了火神节，我怎么能错过呢？我又听说葫芦沟就是当年昆仑山万神殿之所在，顿时生出寻古思旧之幽情，想来走走看看，哈哈，我就不请自来，还望父老乡亲海涵，叨扰各位了。”

“哪里的话，谈教官能来，是我们的荣幸啊。”

“传扬出去，也于葫芦沟脸上有光啊。”

老人们也不完全是在拍马屁。葫芦沟不过是散落在昆墟中的十余个小村子之一，籍籍无名，鲜有外人来。这次来的居然是个九州的教官，他们的自豪溢于言表。至于葫芦沟就是当年昆仑山万神殿之所在的说法，既无法证实，也无法证伪，所以谁都不再提起。

一帮子人寒暄了一阵子，就散了。周孜越觉得无聊，正要离去，谈瀛洲叫住了他:“阿越，能带我四处逛逛吗？”周孜越本想拒绝，虽然带姓谈的游山玩水，难度不大，但是会大半天见不到小雅；又想起谈教官的身份，多作了解也不是什么坏事，就点头同意了。“先去看点将台吧。”他说。

点将台位于葫芦沟东边的山崖下。山路崎岖，周孜越在前带路，谈瀛洲不紧不慢地跟着。

“谈教官，沈挚风是你的学生吗？”

“沈挚风？哦，不是。他学的是游猎，没有习练我教的神技。”

“那你教什么？”

“我教战魂。”

“很厉害吗？”

“神技本身没有高低之分。”

“战魂和游猎比，哪个更厉害？”

“关键不是习练什么神技，而是你习练到什么程度。”

“都有哪些神技啊？——当心路滑。”

“战魂、游猎，还有乐风、役灵、药师、巧匠、魅影、行珈和幻罗。任何神技修到最高级，都能接近神的境地，但真要修到那个程度，是亿中无一的事情。”

“我以前对神技了解一些，只是不够系统。我知道役灵善于与生物沟通，初级就能与各种生物言语，进而能操控生物的行为，高阶役灵甚至能同时指挥数千虎豹冲锋陷阵——不对吧，谈教官，你只说了九个神技，还差一种。”

“记性够好。谁都知道有第十个神技的存在，但即便是最博学的人也无法明确地告诉世人，第十个神技到底是什么。有人说它是最强大的一个，习练得法，甚至可以和神媲美，所以才被诸神从人间收回。也有人说它太弱了，即使花上百年的时间艰苦修行也难以有所作为，在这个崇尚强力的年代，后继无人，终于从人们的视野里消失掉了。到底哪种说法更合理呢？恐怕只有萧星寒萧大师才知道。”

“萧大师——就是那个第一个窥破星流奥秘创制神技的人？”

“百族争霸之初，人类完全居于劣势，徘徊于灭绝边缘。你想想：人类既没有坚硬的壳，也没有尖利的牙，跑得不快，跳得不高，更不会在天上飞，拿什么和修罗、鬼蝠、焦土斗？直到萧星寒萧大师窥破诸神留下的玄机，学会吸纳并运用星流的神力，创制出十大神技，人类这才得以摆脱处处挨打的局面，进而成功反击，经过近千年的奋战，取得百族争霸最终的胜利。”

“可惜，我一种都学不到。”

转了一个弯，一块纵横各三百步的草地出现在两人面前。草地靠山崖那边，一个青色的石台，五步见方，就是传说中的点将台。他们踏着过膝的青草，走过去。要到的时候，周孜越一时性起，疾走几步，跳上点将台，站定，振臂一呼：“众将士听令！”

谈瀛洲停在台下，居然很配合：“请问将军有何吩咐？”

“今日大军向北，分三路进发，务必在天黑之前……”周孜越忽然想起台下并非自己的学生，而是扬州大学堂教官，顿时慌了神，“我……我……闹着玩呢。”

“很有神韵。”谈瀛洲笑道，“不知道的人会以为你是祝融转世。这就是万神殿的点将台？”

“其实昆仑山都已经坍塌了，时间也已经过去无数年，哪里还能找到万神殿的影子呢？这所谓的点将台不过是后人穿凿附会上去的罢了。”周孜越坐到点将台边，双腿轻轻叩击着石头，仰首望天。峡谷两边悬崖壁立，把天空围成白亮的河。他曾经爬到悬崖最高处，回望葫芦沟，发现葫芦沟名副其实，就像是一个巨大无比的葫芦从天上掉落到昆墟砸出的深坑。当时他这样想，现在也这样想：我就是葫芦里发不了芽的小葫芦籽。

“阿越，你是在葫芦沟长大的吗？”

“算是吧，老爹在谷口捡我的时候我还不到一岁。村里没人肯收养我。老爹没别的办法，只好把我带回家。那时候他已经六十岁了，照料自己都有些困难，再加上照料我……用脚趾头想都知道，那会有多艰难。”

谈瀛洲沉默了片刻，“十多年里你有没有发现葫芦沟有什么神异之处？”

“神异之处？没有没有。葫芦沟每个旮旯我都摸过，要真有什么神异之处我早就发现了。哦，你不是来访古的，你是来寻宝的，彤灵火凰剑。对吧？”

“算是吧。”谈瀛洲被说中秘密也不着急，淡淡地说，“有人找过？”“有人。”周孜越笑道，“就是我。自从知道昆墟就是当年诸神汇聚之地昆仑山坍塌而成，我就认为，地下一定埋有宝贝。宝石什么的我不稀罕，我最渴望得到的是一把神兵利器，赐予我无尽的力量，把邪恶势力消灭得一干二净。书上说埋宝贝的地方会有异象，我就四下寻找。有一回，村南边的一棵树让雷劈了，我想，这就是异象。于是连夜带了铲子去挖，汗流浃背，挖了一天一夜，整棵树的根都被我挖出来了，结果什么都没找到。这事成了我的笑柄，直到现在，我的学生都还在背地里叫我‘挖坑小子’。”

“和我小时候差不多。哈哈。”

两人一起笑起来。

“传说彤灵火凰剑不仅拥有火之终极力量，如果能得到它的认可，它还会满足你三个愿望。”谈瀛洲问，“阿越，如果你得到了彤灵火凰剑，你会许下什么愿望？”

“我？”周孜越兴致勃勃地说，“第一个愿望当然是老爹身体健康，长命百岁。为了我他付出了太多。第二个愿望嘛——”小雅的影子跳进他的心里，不过这个太容易了——“让我学会十大神技，一个不落，包括那个无名的第十神技，全修到神的境界，不，远远超过神，就叫超神。我左手一挥，哗，漠北戈壁没了；右手一挥，哗，若羌沙漠没了；双手一合，整个敦煌全变成了青青草原，霓裳花开满每一个角落——我会不会太贪心呢？”

谈瀛洲笑道:“还有第三个愿望呢。”

“第三个?”周孜越挠挠后脑勺,“这个还没有想好。”

“两个愿望你就满足啦!还真不贪心。”

周孜越反问:“那你想实现什么愿望?”

谈瀛洲忽然变得伤感。“我不需要三个愿望,一个就够了。”他说,“不过,谁知道彤灵火凰剑是不是真的啊。大家都在传说,但大家都是听别人说的,谁也不知道是谁第一个说出彤灵火凰剑的故事。最为可疑的是,现如今的传说已经具体到了彤灵火凰剑的位置,说它就在敦煌昆墟的野鸾凤栖息地。阿越你想想,说得这么具体,难道有人亲眼见过?假设他已经见过,为什么不自己取了去实现那三个愿望?假设当时没办法得到,为什么后来不悄悄地寻找,而是搞得全世界都知道?”

谈瀛洲的话里,既有对彤灵火凰剑的怀疑,也有对它的渴望,非常矛盾。周孜越说:“我老爹也说,如果彤灵火凰剑真能实现任何愿望,那当年火神祝融就不会落败了。”

“老村长的话很有深意啊。”谈瀛洲露出遭遇打击的神情,片刻之后他说道,“其实失望是生活的一部分,没有失望,你就无法体会成功的喜悦。你看,我千里迢迢来到这里,只看到假冒的点将台,别人也许会失望,而我不会。岁月的风吹走了英雄的身影,但故事留存了下来;那故事也许变了形,但热血青年会把英雄的故事重新书写一遍。”

“英雄。”周孜越玩味着这个词。

“英雄——”谈瀛洲打趣道,“——还有没有比这更好的寻宝遗迹呢?”

“有,望月潭。不过,晚上去效果更好。”

“那好,我们说定,晚上去。”

4 村长

回到祖屋，火神节的庆典已经开始了。坝子中间早搭了舞台，台柱上一边挂着一大串金黄的稻穗，另一边是一个土蝼白生生的头颅骨，都是丰收的象征。方大叔——就是小雅的爸爸——正在台上说评书：“……花开两朵，各表一枝。这里按下兵圣岳鹏旭庆贺胜利不表，单道鬼蝠之王血魑兵败，退回无垠之海那神秘的所在，心中的郁闷不可言说。想当初五百万雄兵远征轩辕之地，何等威风；何承想，今日竟只千余残兵回乡！血魑越想越气，越气越想，这气郁结在心就是病根，某日出猎，偶感风寒，从此一病不起。宫中良医倾尽所学，用尽良药，全然不见好转。这日血魑睡在榻上，自觉时日无多，遂命人找来吸髓团首领离魅。鬼蝠以义治国，这离魅本是血魑的结义兄弟，听得兄长召见，急急忙忙来到宫中……”

台下多为孩童，听得津津有味。

“鬼蝠以义治国。”谈瀛洲琢磨着这句话，又问，“这说的是《兵圣传》吧？”

“说的正是兵圣之事。”周孜越答道。

谈瀛洲道：“如今沧海灵荒人类最强，九州人、东华人、苍雾人，在各自的大陆占据着主导地位，这都是前有萧星寒，后有岳鹏旭的结果啊。”

“那鬼蝠现在怎么样呢？”周孜越想起了昨天沈挚风说的故事。

“鬼蝠战败后，被迫签订《无垠之盟》，做出了三项承诺：承诺退居无垠海外，永不涉足人类之地；承诺放弃武力，永不发展军队；承诺控制鬼蝠数量。鬼蝠特别重视信义，刚才评书里说了，它们以义治国，所以签订《无垠之盟》后，它们就从人类的视野里消失了。”

也不尽然吧，昨天——周孜越思忖着要不要把沈挚风讲的故事告诉谈教官——“阿越，你们在说些什么？我怎么听不懂呀？”小雅不知道从哪里冒了出来。

周孜越望向谈瀛洲，见对方也望着自己，不由得粲然而笑。平日里老爹管教甚是严格，极少与周孜越说笑；村里年轻人不多，能与他交心的人几乎没有；虽然和小雅谈得来，但小雅学识有限，很多话题无法深入：今天与谈瀛洲相遇，言谈甚欢，大有知音之感。

“我们在说，方大叔的评书说得真好。”周孜越答道。

“我爹就会这一个，都不知道听过多少回了，耳朵都起茧子了。”小雅扑闪着大眼睛，问，“看见挚风大哥没？”又是沈挚风。周孜越心中隐隐不快。“没有。你找他做什么？”小雅说：“不是我找他，是老村长找他。”然后，她转身离去，探头探脑继续寻找。

“看来今晚望月潭之约很可能落空。”谈瀛洲嘻嘻笑道，“因为你会忙着把小凤鸟的尾羽送给她。”

周孜越大窘。“不会啦。”却不知道是望月潭之约不会落空，还是不会把尾羽送给小雅。继而想起，谈瀛洲不会知道尾羽的事，忙追问：“你怎么知道？”

“我猜的。”谈瀛洲笑着走向舞台。

钦原鸟栖息在昆墟各处的树林里，传说它有鸾凤的血统。以前人们认为钦原鸟雌雄各有一只翅膀，需雌雄配对才能展翅翱翔，就把钦原鸟作为爱情的象征。后来才知道，这是个美丽的误会：钦原鸟身体两侧颜色各异，一侧为青，一侧为红，远远看去，就像雌雄合体，比翼双飞。钦原鸟身体两侧颜色分明，只有尾羽青红相间，分外漂亮，用钦原鸟尾羽在火神节舞会上向心仪的人表明心迹，这是敦煌人的习俗。它长有尾针，蛰了野兽，野兽一定会死；蛰了树，树也会枯死。所以捕捉它，也是勇气的象征。

想通了这点，周孜越就不再奇怪了。冷不防小雅从背后凑近他的耳朵，低声喊道：“阿——越——！”周孜越早就习惯小雅的神出鬼没，回问：“干吗？没找到你的挚风大哥？”小雅还是那个神秘的腔调：“早就找到了。老村长还要我找一个人，你猜是谁？就是你，周孜越周先生。不过，老村长说，不能让谈教官知道。别问我为什么，我也不知道。”

有时候周孜越也问自己：村里的年轻姑娘不止小雅一个，为什么单单喜欢她？也许是喜欢她的单纯？也许是喜欢她甜甜的酒窝？也许是喜欢她的风风火火？也许是喜欢她的大大咧咧？都没有明确的答案。也许，喜欢一个人是不需要理由的吧。

周孜越一边想着，一边穿过热闹的人群。腰鼓队在稻田边练习，六七个年轻人和小孩正在学踩高跷这项从九州传来的运动，还有一帮人围在一起探讨如何跳好干舞和盾舞。另一边近二十个厨师正挥汗如雨，一个老头子正指挥村民把自家圆桌和条凳搬到坝子上，四百多人需要五十多张桌子啊。

老村长和沈挚风在祖屋一个不起眼的角落里等他。“阿越，”老村长开门见山，“陪谈教官可有收获？”

“收获很多啊，超乎想象。”

老村长却神情严肃：“谈教官表面客气，骨子里却不知藏了什么。他何以选这个时候来葫芦沟？葫芦沟在外并无名气，即便是敦煌，知晓的人也屈指可数。而且，早上村民发现他的时候，他先报的是假名，直到挚风出现，说破了他的教官身份，他才不情不愿地承认。”

沈挚风道：“难道是因为鬼蝠？”

“无稽之谈。”周孜越嗤之以鼻。对于沈挚风，他向来是能不搭理就不搭理，能嗤之以鼻就嗤之以鼻。

“彤灵火凰剑！”沈挚风脸色微变，“我就知道，他也是为彤灵火凰剑而来的！”

"紧张什么，没人抢你那子虚乌有的彤灵火凰剑。"周孜越撇撇嘴说，"听他话里的意思，也认为彤灵火凰剑只是个传说。"

"阿越，务必留意谈教官，这个人的心思我看不透。活了这么些年，我阅人无数，看不透的人不多。"老村长正色道，"找你们来是另有一件大事要说。我老了，头发胡子早白了，现在，连眉毛都白了。头发白，不算老，眉毛白，才是真的老了。村长这副担子我是挑不起了，在年轻人当中挑选继承者势在必行。"

"老爹！"

老村长示意周孜越不要插话，继续说道："挚风，你是年轻一代的翘楚，习过游猎，功夫了得，又对葫芦沟有大恩，村民皆以你为骄傲，年轻一代更是把你当成偶像，本是村长的最佳人选。但若就这样把你留在葫芦沟，势必影响你的前程；你乃人中龙凤，应该到更广阔的天地去奋斗。"

沈挚风郑重地道："敦煌也是雄极一时，现如今却是黄沙漫漫，只剩西北边的古城墙，还有那些岩洞里的壁画，述说着当年的辉煌。重振敦煌声威一直是我的梦想。但老村长你也教过我，做事不可贪多图大，宜循序渐进。葫芦沟是生我养我的地方，挚风愿意留下，从村长一职做起。"

"挚风啊，你的心思我明白，这不，我准备向敦煌守备推荐你，他和我相交多年，给你一官半职没有问题。去那里发展，远比留在葫芦沟强得多。"老村长转向周孜越，"阿越。"

"别叫我！我不听！"周孜越已经预感到要发生什么事情了。

"阿越，听我把话说完。"老村长喘了口气说道，"小孩子读书的唯一目的就是在十二岁的时候通过神技天赋甄别，去九州习练神技。一旦这一梦想落空，谁还会花费心思识文断字？而你，阿越，是个特例，在学习知识方面，你从未放弃。家里那么多历届村长积累下来的书，也就你一个人看完过。"

“那不过是因为我没有别的事可做啊”周孜越无声地反驳。

“敦煌人不重视文化，所以尽管我们曾经强盛过，但就像过眼烟云，瞬间消逝，比起九州来，实在是差得远。所以阿越，葫芦沟需要你，需要你的知识，需要你带领他们继续走下去。我们原本是游牧部落，现在定居下来，要解决的问题还有很多，没有知识不行啊。”

周孜越默然无语。

“这事我已经和几个家族的长辈商议过了，他们都同意我的建议。今天晚上，我将在宴会上宣布你为我的接班人，待我百年后你就继任村长。”

“我才十七岁！”

“你不可能永远十七岁。”

周孜越愤然，却无语。老爹是他唯一的亲人，对老爹的安排，他无力反抗。

沈挚风道：“既然已经决定了，阿越老弟又不反对的话，那我就先恭喜阿越老弟荣升村长了。”

对他的恭喜，周孜越毫不在意。他只是捏紧拳头，在心中绝望地呐喊：难道我真要永远困在葫芦沟里，成为那发不了芽的葫芦籽？

5 望月潭

直到黄昏，周孜越才鼓足勇气，揣了尾羽，走出家门。太阳搁在西边悬崖上，仿佛淡淡的红手印。一群乌鸦扑棱着翅膀，盘旋在林子上空。没走多远，他就听见黄大叔正在田垄边教训儿子：“如果村长真是什么肥差，哪会轮到‘挖坑小子’？你也不想想……”抬眼看见周孜越，尴尬地说：“周……周村长，孩子不听话，不教训不行啊。”周孜越道：“光骂不行，狠狠揍一顿，他就不会跑去挖坑了。”他从这对父子身边走过，走向热闹非凡的祖屋。

宴会已经接近尾声，周孜越已经错过了精彩的村长祝辞。下午的火神庙祭拜，他也只参加了开头，烦躁的心情与冗长的仪式都让他昏昏欲睡，于是中途溜回家去睡觉了。坝子上，五十张圆桌中的多数都收起来了，只剩几桌还在喝酒。看见周孜越来，喝酒的人大声而热情地招呼：“周先生，不，周村长过来喝两碗，这马奶酒，够劲。”还有人过来拉，迟疑中的周孜越被强拉到了酒桌旁。一碗马奶酒立刻递到他手里，喝酒之人齐齐端起酒碗，祝周村长高升。周孜越豪情顿生，一仰脖子，喝干了整碗马奶酒。村里粮食没有富裕的，极少用来酿酒，这马奶酒还是方大叔从瓜洲用稀有药材换来的，也只允许节日里喝。他原本很少喝酒，如今一碗酒下去，整个人都热腾起来。“好，好，周村长好爽快。”立刻有人给他倒酒。他端起碗，“这次我祝大家火神节快乐。”仰头把酒尽数倒进喉咙里。这回喝得太急，他剧烈地咳嗽起来。“周村长，坐下吃菜。”有人腾出位置。他抹去嘴角的酒，坐到酒桌旁，感觉脑袋晕乎乎的，肚子空荡荡的。有人递来碗筷，有人大喊给周村长炒份肉，菜都冷了，还要来盆热汤。这就是当村长的待遇？周孜越鼻子酸酸地想。

更多的人聚集在坝子另一头，桌子都搬开了，三堆品字排列的篝火点燃了，伸缩不定的火舌舔向灰暗的天空。腰鼓队站到了舞台之上，铿锵有力地敲起来。火神节最后一个项目——也是最受年轻人欢迎的项目——舞会开始了。不论男女老幼，额头上都用赭石涂上火神的标志。有许多家伙，脱了上衣，胸前和后背也绘着火神的头像。一群姑娘欢天喜地地跑出来，手里都拿着五彩羽，准备跳皇舞。

周孜越一边吃饭一边盘算着该什么时候送尾羽，送尾羽的时候该说些什么话。突然间，跳舞场那边爆发出惊天动地的起哄声，随即是热烈无比的掌声和欢呼声。“准是哪个小子的尾羽送给了女孩子，女孩子同意了。”有人打着酒嗝说。另一个人嘴里还嚼着饭，说：“舞会才开始，第一个吧，心急，真心急。现在的年轻人，唉。”周孜越心底嘀咕：会是谁呢？他起身走向篝火旁的人群。

透过拥挤的人墙，远远地，周孜越看见人群中间，方小雅灿烂无比的笑靥，她的辫子盘到头顶，斜插一支青红相间的尾羽……他突然觉得整个世界都停顿下来了，安静下来了。他看不见别的，就看见了那尾羽，那青红相间的尾羽，还有牵着小雅的人。

沈挚风。

刹那间，他像被掏空了一般，浑身绵软，感觉不到大地的存在，而天空仿佛在召唤着他。继而，一股热流从心底泛起，直冲脑门，旋即溢满全身，以至于全身都因这冲动而不可遏止地颤抖起来。

——我要杀了他！

——我要杀了那个人！

——我要杀了沈挚风……

一只手按在了周孜越的肩上，也按住了他的冲动。“阿越，”那人说，“记得我们的约定吗？”瞬息之间，周孜越只觉得体内澎湃的暴戾化作无形的汗水，从四肢百骸倾泻而出，大脑顿时变得空明，杀人的魔念消散无踪。他转头对谈瀛洲道：“我记得，望月潭。”

“带我去。”

“我带你去。”

周孜越带着谈瀛洲离开欢乐的人群，往葫芦沟尽头的望月潭走去。月亮还留恋东边的山脉，犹豫着要不要升上天空。左右都是悬崖，月光照不到的地方，朦朦胧胧、神神秘秘。峡谷正中间是一条银色的大道。走在月光大道上，周孜越觉得这样走下去，可以一直走到天上，说不定一伸手，就可以摘下那些闪亮的小星星。

一路无话，两人默然前行，只有忽高忽低的脚步声在山谷回荡，间或还有潺潺流水声。山路与清溪时而远离，时而并行，时而交错，月光下，粼粼的溪水似万千跳跃的白鱼。一刻钟后，当山路与清溪再度交汇的时候，就是路之尽头、水之尽头、峡谷之尽头。

悬崖荫蔽下望月潭冷冷清清，长十丈，宽五丈，大致呈椭圆形，微微泛着涟漪。潭边悬崖如刀削斧砍般陡立，不长一物，往上延伸，直至天顶。

“要说葫芦沟真有什么神异之处，那就只有这个地方了。”站在潭边，周孜越说，“雨水再多，也不见它满过；旱情再重，也不见它干过。而且，谁也不知道它有多深，谁也不知道它的水又流到哪里去了。有一年，村里水性最好的马哥和人打赌，说能摸清望月潭水的去向。他下去之后就再也没有上来。”

“有地下暗河吧？”谈瀛洲猜测。

“村里人都这样说，可没人能证实。”

“为什么叫它望月潭？”

周孜越仰头望天，“你马上就知道了。”

月亮渐渐靠近中天。忽然间，月光照进望月潭，望月潭整个变了模样，潭水里的月亮一分为九，九轮皓月同时散放出奇异的银光，一潭凝重、阴森的水顿时像纱、像雾、像一座银宫，甚至比太阳照耀时还要通透明亮。

“一潭九月！果然神异！”谈瀛洲赞叹道。

“我想杀人。”周孜越盯着潭水里明晃晃的九个月亮，“刚才如果不是你阻止，我已经杀了。”

“难说啊，也许是别人把你杀了呢。据我所知，你们敦煌人有决斗的风俗。”

“对你们九州人来说，很野蛮，是吧？”周孜越不等回答，自顾自地往下说：“我也不想这样啊。我读过的书不比你们九州人少。什么叫文明，我知道。但——这葫芦沟，它就像一个大大的牢笼，想困我一辈子。也许只有葫芦沟毁了，我才能真正离开它。虽然这想法让我有罪恶感。葫芦沟是我长大的地方啊，有老爹、有小雅、有孩子们，还有那么多村民。可我忍不住不想。”

“离开葫芦沟之后的事情你想过没有？”

“想过。”周孜越沉默了。其实他没有想过，至少没有仔细想过；对于外面的世界，他都是通过书本知道的。片刻，他打破沉默，道：“每个传奇的主角都是孤儿。而我就是孤儿，老爹捡我的时候满天星星，仿佛是一场冻结了的大雨，于是给我取名周孜越。我渴望自己也成为传奇的主角。我想周游世界，去末日岛欣赏鲛人天籁般的歌喉，去无涯海追逐滔天的巨浪和比山还大的巨兽，去浮空岛居高临下鸟瞰东华洲的旖旎风光，和晨露之国的人探讨长寿的秘诀，与东华人交流占星术的心得。我想去林莽捉孔雀，它们的尾羽一旦展开，就会有流光霞影，像许多只眼睛在闪烁，又像无数颗宝石在发光。我还想去大荒采人参，它们三分似人，七分似草木，长在土里，有时却能化为人形在山林里游走。我想去沉默之乡、我想去罔良之野。我最想的却是因为某种因缘际会，学得一身超人的本领，然后携最快的剑、骑最骏的马、喝最烈的酒、杀最恶的人、斗最怪的兽，锄强扶弱，任侠尚义，快意恩仇，成就一番史诗般的事业，成为当世敬仰、后世缅怀彪炳千秋的超级大英雄。”

“人生不比传奇。”谈瀛洲道，“但，阿越，你记着，有梦总是好的，不要因为做梦——哪怕是白日梦——而感到羞耻。你的梦是多么绚丽啊。”

“大概是因为白天想这些太多，以至于晚上老是梦见自己是火神祝融。”周孜越说。

“什么？”一向平静的谈瀛洲惊呼，“你梦见自己是祝融？”

“我梦见了很多次。我梦见我挥舞着彤灵火凰剑，和女娲他们决斗。情形几乎和书上写的昆仑大战一模一样。”

“火神……是这样的吗……难道传说是真的？真有彤灵火凰剑？”谈瀛洲忽然挥手止住周孜越说话，“等等，有人来了。”

“谈教官的耳朵好灵啊。”阴影里走出沈挚风，还有牵着他的手的方小雅。

她的长辫子盘到了头顶，那只青红相间的尾羽明明白白插在上面。

周孜越低下头，心如刀绞。

——那是他幻想过无数次的画面。

——牵着小雅的手在柔柔的月光下来望月潭散步。

“比听力谁能比过游猎？”谈瀛洲笑笑。

“所以我就听到了谈教官在说什么剑。”沈挚风道。

“我在说彤灵火凰剑。”谈瀛洲并不否认。

沈挚风微微一笑，“那么，你和白龙溪畔那些死于非命的家伙是一伙的？”

“我不习惯与人同行。”谈瀛洲说，“我看见那些死者的时候，有一个人正在翻检他们的书信。那个人就是你吧。”

“正是鄙人。”

“幸好你不是那些可怕的暗夜袭击者。”谈瀛洲哈哈一笑，转向默然无语的周孜越，“阿越，望月潭我已经看过了，确实神异。现在我们该回去了，把这个浪漫的地方留给这对新人吧。”

周孜越嗫嚅着，终于吐了几个字出来：“小雅，我祝你幸福。”

小雅拽着沈挚风的胳膊，大大方方地说：“谢谢，阿越，我们还是朋友吧。”

“我们——”周孜越觉得喉咙哽咽，“——永远是。”

这时，沈挚风突然脸色大变，扔开小雅的手臂，伏到地上，耳朵贴地聆听。小雅关切地问：“怎么啦，挚风？”沈挚风紧张地说：

“很混乱，有人跑，振翅之声，惨叫，很多很多人。葫芦沟遇到袭击了！”

谈瀛洲急问:“谁会袭击葫芦沟？”

“难道是——”周孜越脸色变得蜡黄，“——鬼蝠？”

沈挚风起身，“对，鬼蝠。”

6 突围

跑。

深入骨髓的恐惧攥紧了周孜越的心。他拼命奔跑，方小雅同往常一样，紧跟在身后，小脸涨得通红，只是黑亮的辫子不再扬起。

“鬼蝠！我幻想过！鬼蝠毁灭了葫芦沟！是我唤来了鬼蝠！我——我——我毁了葫芦沟！”

“周孜越，照顾小雅。”先前，沈挚风如此交代。谈瀛洲也叮嘱:“待在这里，不要乱跑。”然后，两人施展神通，几个兔起鹘落，消失在茫茫夜色里。

周孜越转身就跑，跑向村子，跑向老爹。

心脏在胸膛里狂跳。

呼吸困难。

过了前面那道山岗，就能看见村子了。

跑，跑，跑……

跑上山岗，大半个村子映入眼帘。啊，那是怎样一幅恐怖的画面！天上，月亮又大又圆，给大地洒下旭日般的银辉。月光之下，目之所及，全是尸骸！田间地头，房前屋后，没有一个活人，也找不到一具完整的尸体。

就像是刮过一阵狂风，风里夹裹着无数把锋利的刀子。周孜越如中闷棍，呆立不动。身后传来小雅的脚步声，他转身，“小雅，别看！”但小雅已经看见了。“妈妈！”小雅尖叫着，把心中所有的恐惧化作撕心裂肺的惨叫。

忽然眼前一晃，沈挚风和谈瀛洲从暗地里跃出。谈瀛洲面容焦灼，而沈挚风则悲愤交加，白衣后襟染有鲜血。他们都衣衫不整，略显疲惫，显然经过了搏斗。

“挚风！”小雅扑向沈挚风。周孜越有些忌妒地看着沈挚风把她拥入怀中。这也曾是他幻想过的姿势。“小雅别怕，有我。”沈挚风喃喃地说，“我爹妈都死了！全家都死了！你家也是！全都死了……小雅，我不会让任何东西伤害你！”

“都死了？”周孜越颤巍巍地问。

“都死了。”谈瀛洲回答。

一声尖啸，锐利得像刀子。

紧接着，是一片尖啸，仿佛万千把刀子在相互摩擦。

月色忽然一暗，抬眼看时，村子上方，漫天都是潮水般移动着的红点，数以千计。那是鬼蝠通红的眼睛，隐约可见它们猿猴一般佝偻着的身体覆满紫黑色的毛，背上四只窄小的肉翅使劲扑打，支撑着它们在天空飞行。

沈挚风取出长弓。“谈教官，你带他们先走，我断后。”

“挚风，不要离开我。”小雅把沈挚风抱得更紧了。

“要走一起走。”周孜越说着捏紧了拳头。

“阿越，跟我走！”谈瀛洲出人意料地抓住了周孜越的手臂，“性命要紧！有……”

周孜越打断他的话。“你以为我是贪生怕死之人吗？老爹死了，因我而死，我……”

忽见沈挚风放开小雅，张弓搭箭，暴喝一声："贯穿！"一道金色亮光闪出，射向已然逼近的鬼蝠群，直接命中头一个鬼蝠的肚子，透体而出，去势不减反增，又射中第二个鬼蝠的肚子，再次穿过，射中第三个鬼蝠，这才停在鬼蝠体内，随它一起掉落。

"只要射得死，我就不怕。"沈挚风哈哈大笑，笑里带泪。

第二箭，周孜越看得真切，沈挚风从箭壶中拔出一支红色羽箭，左手尾指在箭杆上空书，口中念念有词，然后弯弓搭箭，再次怒喝："箭雨！"这箭突然从头至尾闪过一道绿光，然后射出，在临近鬼蝠群时爆裂开来，分解成无数细小的羽箭，袭向飞行中的鬼蝠。鬼蝠们未及提防，又有好几个掉落下来。"你还有多少箭？"谈瀛洲指着天空问，"能支持到天亮吗？"

沈挚风摇头。

谈瀛洲忽然转身，右手捏作兰花指，往空中一点，道："破！"一只不知何时潜近的鬼蝠从树上掉落。"鬼蝠，暗夜袭击者，偷袭才是它们的强项。"他说，继而兰花指又是一点："破！"这回是沈挚风背后的草丛。想必空中的鬼蝠只是掩护，佯攻而已，真正进攻的，是这些潜伏过来的。周孜越望着谈瀛洲，只听他说："必须突围，不能恋战。谷口是出不去了，只能先往望月潭。阿越，跟在我后边。"沈挚风也是明理之人，当下拉了小雅，四人一起往望月潭方向逃去。

一队鬼蝠急拍翅膀，径直追来。"排风！"沈挚风回身，连射四箭，这次利箭呈扇面射出，将那队鬼蝠尽数干掉了。

当周孜越回头看时，却发现村子上空，鬼蝠猩红的眼睛消失了。

浓重的夜色重又笼罩了村子。

村子同往日一样宁静。

——也许明天早上，太阳出来，这噩梦就会醒。

"它们潜伏起来了。"谈瀛洲更加焦灼，"大家当心。阿越跟在我后面，有什么事逃出去再说。”

谈瀛洲走在最前面，周孜越拉着方小雅紧跟着，沈挚风断后。山谷里只有四人凌乱的脚步声。还是先前那条月光大道，此刻却觉得分外漫长，夜色遮蔽的地方，统统变得诡异异常。周孜越偷眼去看小雅，这个疯丫头却不时回望沈挚风，那眼神里只有对挚风的信任和依赖。想想刚才沈挚风张弓搭箭的飘逸身姿，周孜越不禁慨叹：难怪这疯丫头会喜欢上他。

陡然，小雅身后凭空出现了两个鬼蝠，利爪一高一低，斩向小雅。鬼蝠的武器就是它们的肢体，利爪比钢刀还快，葫芦沟四百多个村民，全丧命在这利爪之下。周孜越“呀”地一声惊叫，手中却没利器，只得一脚尽力踢出，正中一只鬼蝠下巴。然而另一只鬼蝠仍然刺向小雅。沈挚风张弓欲射，却犹豫起来。弓箭乃远程利器，不善近战，又恐误伤小雅，那箭竟射不出来。危急时刻，只听得一声“开”，两只鬼蝠似乎被闪电击中，向后倒飞数十步距离，这才掉落在地。

“谢谢。”沈挚风对回身相救的谈瀛洲说。话音未落，利箭已经射出，前方两只鬼蝠刚刚显身就中箭倒地。显然，鬼蝠们对游猎沈挚风颇为忌惮，采取了新的策略，一方面潜伏袭击；另一方面分散行动。幸而近处有战魂谈瀛洲。

离望月潭已经不远了。忽然间，潜伏起来的鬼蝠全都现了身，路边、草丛里、岩石缝中、树枝上，一双双猩红的纵目闪闪烁烁。它们发了疯似的双手相互拍击，发出刺耳至极的尖啸，原来尖啸声并非嘴巴嚎叫出来的。然后发生的事情，令所有人瞠目结舌：鬼蝠们放弃了它们的天赋和绝招，转而从四面八方同时进攻。

目之所及，全是鬼蝠。沈挚风无须瞄准，随便射箭，也能命中。箭雨、贯穿、排风，数十箭轮番上阵，转瞬之间，地上已落满鬼蝠佝偻的尸体。

但鬼蝠已经逼得很近，情况变得无比危急。

谈瀛洲在前开路，左手捏成龙头，右手攥成凤尾，双手合什，口中念道:“天予人万物，人无一物予天。世皆可杀！杀！杀！杀！”刹那间，他白净的脸变成古铜色，黑色的瞳孔变为金色，原本扎起的头发此刻散开，无风自动。“裂！”谈瀛洲舌尖如吐惊雷，双手前指，前方数十步远的一群鬼蝠忽然静立不动，继而身体裂为两半，无声地倒下。其余鬼蝠未曾见过这种阵仗，竟四散逃开。四人乘机前行。

片刻之后，鬼蝠重又聚拢来。沈挚风在最后，连射几箭，暂时逼退了鬼蝠的进攻。

已经可以看到望月潭了。

似乎接到了什么命令，鬼蝠们从四面八方发起冲锋，进攻更加猛烈。

周孜越看见鬼蝠从空中扑下、从树上跳下、从草丛中跃出、从清溪里飞出，甚至从地下钻出，而谈瀛洲双臂挥动如车轮，上指下点，左比右画，鬼蝠们纷纷坠地身亡。有的鬼蝠已经攻到了身旁，还是被谈瀛洲击毙了。谈瀛洲仿佛在四人周围制造了一个无形的屏障，无论鬼蝠从哪个方向进攻，等待它的也只有死亡。这就是战魂的战斗力？周孜越为之咋舌。

谈瀛洲往前一指，“裂”，前方再次倒下数十个鬼蝠，而汗水已经湿了他的衣裳。“走。”谈瀛洲拉住周孜越，带着方小雅，一个轻身起跳，到了望月潭边。一潭九月的奇景已经消失，潭水静谧地流淌，丝毫没有注意身边的杀伐。

“挚风！”小雅惊呼。

周孜越扭头，看见二十几步外沈挚风面如白纸，一拉弓弦，怒喝“惊弓！”无箭射出，一片白光闪过，围住他的几只鬼蝠倒下，但更多的鬼蝠扑了上去。

“挚风！”小雅甩脱周孜越的手，向沈挚风跑去。

“回来！小雅！回来！”周孜越惊呼。

这时，望月潭水倏地变成紫红，潭面浮着的，竟全是鬼蝠。“来不及了！”谈瀛洲一把抓住周孜越，一跺脚，腾空而起，于半空中挥出一拳，潭水激荡，水柱高涌，鬼蝠被冲到四面八方。

两人落下，落进望月潭中。

最后的瞬间，周孜越只看见鬼蝠紫红的身影，没有见到沈挚风，也没有见到方小雅。

7 剑与结界

还在空中，就见谈瀛洲指天画地，手臂绕身体一周。待跌落水中，周孜越惊讶地发现，似乎有个透明的圆球将两人罩住，水在咫尺之外，就是进不来，这让他没能去学神技的遗憾更加强烈。

圆球一路下行，天光早已不见，四周遁入无边的黑暗，唯有圆球本身发出冷冷的萤光，照见两三尺外的情形。默默下行一段时间后，圆球轻轻一颤，触底了，停在了一片细沙之上。

“安全了。”谈瀛洲轻舒了口气，“鬼蝠不擅长水下作战，不会追来。当年兵圣岳鹏旭指挥的无垠大决战，就是利用鬼蝠的这一缺陷，假意进攻位于无垠之海外侧的鬼蝠老巢，迫使它们在无垠之海与人类决战，人类与鲛人联军从海底出击，逆袭天空，最后大获全胜。鬼蝠几乎全军覆没，这才有后来的《无垠之盟》。”

“我们就在这里等？”周孜越问。

“不，马上找出路。”

“那小雅他们——”

谈瀛洲摇头。“鬼蝠下手，从不留活口。洪荒之时百族争霸，鬼蝠称雄的时间最长，除了会飞，先天就占尽优势外，对敌人从不手软所营造出的震慑与恐惧也是相当重要的原因。”

“老爹、小雅，我一定为你们报仇！我要杀光鬼蝠！”周孜越愤怒地发誓。

“你错了，阿越。人不能活在仇恨里，仇恨只会扭曲你的心灵。”谈瀛洲说，“现在葫芦沟已经毁灭，你终于可以名正言顺地离开它了。但出现在你面前的，绝非任你驰骋的一马平川，而是荆棘密布、诱惑满天、陷阱遍地的艰险之旅。你将经历的，永远不会像你读过的传奇。你必须有比磐石还坚韧千百倍的精神和意志，才能经受得起挫折与打击，你还得学会爱和宽容，才能在英雄之路上走得更远，才能赢得最后的胜利。”

“我会的。”周孜越握紧拳头，暗自发誓：我要消灭鬼蝠！我要成为英雄！

“你们敦煌的创世传说我听说过，那三棵桃树很有象征意义。”谈瀛洲说，“第一棵桃树结善恶果，吃下之后能分是非，辨善恶；第二棵桃树结智慧果，吃下之后能醍醐灌顶，聪明百倍；第三棵桃树结长生果，吃下之后能长生不老，青春永葆。阿越你记着，这正是一个人成长为英雄的三个阶段：首先，你得有起码的分辨是非善恶的能力，这样才能保证你不会进行错误的选择，不会因为选择了错误的道路而走得越快错得越厉害。其次，智慧是必需的，想要成就一番事业，大智慧、小智慧缺一不可。大智慧着眼于全局、着眼于将来；小智慧应对眼下、应对当前。有了‘首先’与‘其次’，最后一点就很容易了。你看，萧星寒、岳鹏旭，他们人已经不在了，但他们的名字和故事还在流传，还将永远在沧海灵荒流传下去。这不就是永生吗？”

周孜越品味着谈教官的话。

圆球外来了一群古怪的鱼，像泥鳅，比手指略长，皮肉竟是透明的。萤光里，细小的骨骼，暗黑的内脏，全看得清清楚楚。“它们是盲鱼，长期生活在地下，不见阳光，皮肉都变透明了，眼睛也失去作用，瞎了。”谈瀛洲介绍说，“有它们，说明我猜对了，望月潭确实流入了地下暗河，这暗河多半通向敦煌最大的河流——敕勒川。”

说罢，谈瀛洲轻举双手，操控圆球离开沙地，向着盲鱼们逃走的方向追去。

周孜越注视着水从圆球边流过，忽然间他被对葫芦沟的眷恋抓住了心。就要离开了，永远离开了，唉，当初我是多么想离开它啊，但真正离开的时候，竟然舍不得。不，不要舍不得，这就是代价，去往那风起云涌、变幻万千的世界的代价。但他还是觉得身体的某一部分不受控制地留在了葫芦沟。

圆球突然加速，周孜越一头撞在圆球上。“当心！有湍流！”谈瀛洲警告。他双手合什，努力操控圆球，但圆球的行进越发紊乱。猛地，好像是被巨人之手攥住，圆球上下左右胡乱摇晃，连谈瀛洲也站立不稳，和周孜越滚跌在一起。

天旋地转！

混乱中，周孜越听见谈瀛洲默念咒语，看见他身体发出微光，与圆球的荧光渐渐融合，进而圆球暂时稳住，然后如离弦之箭，朝某个方向飞奔。

一道白光劈头盖脸地砸来，又莫名其妙地从身边闪过。

有一瞬间，周孜越感觉自己被无限拉长，似乎一头在天上，另一头在地上。但这天和地似乎是颠倒的……然后四周的景物全变了模样。周孜越惊讶地发现圆球已不在水里，而是悬在某个黑黢黢的空间。

“这是哪里？”

“我也不知道。”谈瀛洲起身，整理衣裳，道，“刚才陷在地下暗河的湍流里了，非常危险。我不得不让圆球瞬间加速度，突破湍流，移动出来。混乱中，我也不知道移动到哪里了。”

荧光渐淡，圆球消弭无踪。黑暗从四面八方涌来，吞没了他们。

周孜越静立不动，等着。冥冥中，某种莫名的情绪在滋生，幽怨、惶惑、期盼、无端。那不是我的情绪。他对自己说，那是别人的。某种阴柔而又急切的呼唤……

黑暗更浓，浓到黏稠。周孜越甚至疑心这黑暗已经悄无声息地渗进肌体，渗进五脏六腑，七经八脉。幸好，他逐渐能辨析出附近的大体轮廓。谈瀛洲就在身旁，负手而立，凝视远方。奇怪，凝视的地方通常很近，但为何……

“奇怪。”谈瀛洲忽然说。他长身跃起，鹰一般展开双臂，直上数尺。

半空中陡地爆出一道月牙状的红色光芒，霍霍燃烧，瞬间扩展为数尺，迎面斩向谈瀛洲。谈瀛洲不及变换身形，被光芒扫中，如中巨锤，扭转着身体跌落下来，及至地面，方才调整好姿势，勉强站稳。

那光芒一闪即逝。

整个世界重又陷入黑暗。

在光芒亮起的瞬间，周孜越瞥见了这奇怪的地方的大体轮廓：到处星星点点，好像是……

谈瀛洲再度跃起。

光芒再度亮起。

“破——”谈瀛洲屈指成拳，中指独出，一声暴喝。

光芒不为所动，再度扫中谈瀛洲。

这回谈瀛洲有所准备，翩然而下，落到周孜越身旁。

“谈教官，你没事吧？”

谈瀛洲摆摆手。“我们现在所处的地方，是由神力凭空营造出来的。刚才在湍流里，我操纵圆球瞬移，无意中竟然突破了它的禁制，进到这里，实属意外。”

“我们被困住了吗？”

“你很怕吗？”

“没有。就是四周黑洞洞的，不习惯。”

谈瀛洲自信地笑笑，“我有办法逼它显出原形。”

但听他诵念道：“人生之不如意，十之八九，可与人言只二三，余皆付酒坛——开！”就见他身体闪烁着一片炫目的青光，在光与影的晃动中，身体轮廓变得模糊，好像有一分为二的趋势。进而他第三次高高跃起，月牙状的光芒扫来，在击中谈瀛洲的瞬间，他消失了。

不，不是消失了，而是瞬移了。在光芒击中谈瀛洲的瞬间，他生生地往上瞬移了十余丈，打出一拳之后，落了下来。

一落地世界就变得透亮起来。

五彩的光从每个角落渗出，柔和得像情人的吻。脚下是半透明的，不知是什么材料做的。半空中，均匀地悬浮着拳头大小的星星点点。到处都飘荡着紫红色的氤氲之气，令远处非常模糊，影影绰绰能看见一些弧形建筑。周孜越想：我们就像走进了一朵硕大无比的珍珠霓裳花里，那些弧形就是花瓣，那些星星点点就是珍珠斑，那边的柱子就是……

他呆住了。

没有什么柱子，只是一团青色的岩石，只是这岩石像水一样会上下流淌，只是它刚才恰好流淌成了柱子的造型。

真正吸引人眼球的，是青色岩石左右环绕、上下流淌的中心。

一把剑！

剑长三尺有余，样式古拙。剑柄红得耀眼，密布鳞片，似乎雕刻着某种瑞兽。剑刃宽阔，其上镌刻着一只栩栩如生的红色凤凰。岩石流转中，那凤凰时隐时现，每一次再现，模样都似乎有所改变。

“彤灵火凰剑。”谈瀛洲说。

周孜越喃喃自语道：“奇迹原来一直在我身边，我竟然不知道。”

他们走向彤灵火凰剑，走向那无数人梦寐以求的剑，走向那传说中器物之神锻造的、火焰之神使用的剑，走向那传说中具有火之终极力量且会满足剑主三个愿望的彤灵火凰剑。忽然，谈瀛洲发出一声闷哼。周孜越扭头看见他停在了自己身后三步之外。“你没有碰到吗？”谈瀛洲问，“这里有结界。”

周孜越摇头。

“果然。”谈瀛洲说。

说罢，他对空气进行了三次进攻。

“破——”

“开——”

“杀——”

空气没有任何反应。

谈瀛洲反而后退几步，低下头，轻声咳嗽后吐出一口鲜血来。

“谈教官！”

“没事。这结界把我的攻击全反弹到我身上来，比我的障壁厉害多了。”谈瀛洲擦擦嘴角的血，“你怎么不去取剑？”

“我等你啊。”

“傻小子，换成别人早取了。”谈瀛洲苦笑，“看来我真的与这剑没有缘分。缘分啊，最是可遇而不可求的。你是敦煌人，你们敦煌人是火神的后裔，所以你看，这结界就允许你进入，却把我挡在了外边，眼睁睁地看着彤灵火凰剑，就是拿不到它。唉，算了，废话不说了。阿越，去拿剑吧。”

欣喜夹杂着恐惧，潮水般涌上周孜越的心头，他的手脚也因这潮水而震颤。他转身走向彤灵火凰剑——欣喜是必然的，但为何夹杂着恐惧？

“阿越，”在他身后，谈教官如是说，“记得你做过的梦，记得你说过的话，记得那三棵树。”

周孜越走到彤灵火凰剑近旁，伸手欲拿，就听晴天里爆出一声霹雳。那霹雳义正词严，铿锵有力。它说：

“住手，你这个叛徒！你没有资格碰那把剑！

8　沈挚风

周孜越走向彤灵火凰剑的时候，心里既有欣喜，也有恐惧。恐惧的理由现在他终于知道了。

似乎命运再次和他开了一个残酷的玩笑。

他的思绪一下子回到了五年前——

那年他十二岁，在老村长的带领下，他和村里三个同年的孩子一起赶往敦煌城。一路上烈日炎炎，黄沙漫漫，说不出的辛苦。到了敦煌城，天气突然变好了。老村长说，这定是那九州来的教官施展神力的结果。啊，多么神奇的力量！所有的孩子都生出习练神技的渴望。小雅说：“阿越最聪明，认字最多，肯定有天赋，肯定会被教官选中的。”那时的小雅最崇拜他了。他自己也这样认为。

老村长告诉他们，大魏统一轩辕之地的东南九州已经有一百余年。魏太祖遭遇多次刺杀后，采纳大臣的建议，将神技收归国有，由各州设立大学堂传授。民间不得再习练，私相授受者诛三族。想习练神技者，需接受神技天赋甄别，有天赋者方可习练。近年来，敦煌与大魏修好，遂每年甄别有天赋的孩子前往大魏习练神技。

他们跟着老村长来到敦煌城议事大厅，看到大厅里站满了候选者。不久，有人宣布来敦煌城甄别的教官来自荆州大学堂。掌声之后教官登场，是个红衣胖子，头发披散着。他说了一番话，具体内容周孜越记不得了，因为他太兴奋了。

然后就是天赋甄别。

直到现在，周孜越都没有搞清楚，神技天赋甄别是怎样进行的。他只记得胖教官讲完话以后，就有黑衣人在人群中逡巡，把某个孩子带走，也就是说，这孩子有天赋，被选中了。全场孩子的眼睛都盯着教官的身影，都渴望他们走到自己身边，告诉自己也是被选中的人。周孜越感觉到了自己内心深处的渴望与紧张。就在这时，一个黑衣人——浓眉大眼红唇白齿——向这边走来，身边一阵骚动，有孩子紧张地喘息起来。

我——我——是我。周孜越咬紧嘴唇，生怕自己叫出声，内心澎湃的渴望比那跳荡的心脏还要强烈千百倍。然而，黑衣人无视他的渴望，从他身边轻轻走过，抓住了同村小南的手，牵走了他。周孜越永远不会忘记，小南回头时，圆如满月的脸上，小小的眼睛里洋溢着的得意与鄙视。他知道小南一直忌妒自己读书比他厉害，然而此时此刻，心里充斥了忌妒的，却是他周孜越——屯兵谷里识字最多，村民一致认定最有天赋的人。他甚至愿意用生命与小南交换位置，哪怕只是被教官牵走的那一小会儿！

可惜，“想成为”与“会成为”是两回事。灰溜溜地回到屯兵谷之后，周孜越拒绝学习种田，态度非常恶劣，似乎每个人都是他的敌人。还好，老村长提议，由周孜越接他的班，教孩子们识字。于是周孜越成了周先生，百无聊赖、无所事事、一无是处的周先生……

——直到现在。

周孜越转身，看见沈挚风独自从紫红色的氤氲之气中现身，手执弯弓利箭，唇红齿白，玉树临风，只听见他说："我就知道，老村长会把所有秘密告诉你。但我万万没有想到，你会把这个秘密出卖给一个九州人、一个外人。"

"我没有啊……"周孜越瞠目结舌。他很想说，不是的，我没有出卖秘密给谈教官，你想错了，我们到了这里，是误打误撞，事先我——我们根本不知道彤灵火凰剑就在这里。但他觉得所有的理由都苍白无力，徘徊在嘴角就是说不出来。

"你对得起死去的村民吗？你对得起把你养大的老村长吗？"沈挚风一边疾走一边质问，"你就是一个孤儿，要不是葫芦沟的乡亲，你早就死了。你说你对得起谁？如果不是我擅长追踪，跟着你们留下的蛛丝马迹，突破那古老的禁制，来到这里，你这个叛徒不就拱手把剑给别人了吗？你说你对得起谁呀？"

"我……"周孜越哑口无言。

谈瀛洲伸手拦住了急行中的沈挚风。

"怎么，谈教官？"

谈瀛洲淡淡地说，"我只想知道，你为什么想要彤灵火凰剑？"

"这很重要吗？"

"很重要。因为这直接关系到我会不会成为你的敌人。"

"不怕我说假话？"

"我自己会辨别。"

沈挚风舔了舔干涩的嘴唇，权衡片刻，道："我到扬州大学堂学艺这十年看起来无限风光，但我自己知道，这十年的每一天我都是在屈辱中度过的。在九州人眼里，我是来自边荒之地的野蛮人，我的口音、我的发式、我的坐姿，我对马奶酒的偏好，全成为了你们嘲笑我的借口。我努力改变自己，学你们柔声柔气地说话，盘上发髻，每天洗澡除去沙漠的气息，学你们的一切繁文缛节，让自己像个九州人那样生活。可不管我怎么努力，你们都不满意，说我鹦鹉学舌，模仿得再像也还是愚蠢的、未开化的野蛮人。我努力学习，教官也说从来没有看到我这样勤奋的学生。我只是想证明，我并不愚蠢，和大多数九州同学一样聪明，甚至更聪明。我成功了，我比所有九州同学都学得更多、学得更快、学得更好。可我也失败了，因为你们根本不在乎。你们说，只有野蛮人才喜欢自我摧残，靠自我摧残取得的优秀成绩根本不值一提，如果需要，你们也能办到，只不过因为你们不屑于此，才让我这个敦煌人夺了第一！”

“所以你就想要彤灵火凰剑？”谈瀛洲接着问。

“是的。我要凭借彤灵火凰剑的神力，重振敦煌国的神威。我要重建敦煌铁骑，南下九州，攻城掠地，席卷九州。我要让每个九州人听到敦煌的名号都瑟瑟发抖，不敢再有丝毫的不敬。谁要再敢口吐不敬之词，诛三族，不，诛九族！”

“你就不怕生灵涂炭，万物凋敝，死亡枕藉？”

“哈哈哈，亏你还是九州教官。连一将功成万骨枯的道理你都不懂。古往今来，哪个做大事、成大业的人不是如此？远的不说，就说你们大魏，不就是魏太祖从他岳父那里抢来的江山吗？”

“唉。”谈瀛洲轻叹一声，“我以为你比阿越优秀，其实你不如他。”

“他不过是个白痴。你看，我们说这么久的话，他都不知道趁机取剑。”

“他只是善良罢了。”

“这么说你下定决心要和我作对？”

“你说对了。”

“哈哈哈。”沈挚风爆发出一阵狂笑，“晚了。你以为我一个远程杀手为什么会让你靠这么近吗？游猎之外，我还兼修了药师，还是个毒药师。原本只是想制作毒箭，顺便学了几手言谈举止之间下毒的本领。我是游猎，你肯定会特别提防我的利箭，却没承想，我还会下毒，无形之毒。哈哈哈。”

“我早该明白。”谈瀛洲后退一步，脸色变得黝黑，“那天，你在死人堆里搜集值钱的东西，然后分成五包，藏到河边，我以为你不过是贪财。现在才清楚，其实，你什么都想要啊。”

“果然被你看见了。”沈挚风冷笑着说，“不过你知道得太晚了。脸色发黑不过是毒发的第一个症状，然后你会四肢酸软、无力动弹，接着会浑身痉挛，抽搐而亡。”

谈瀛洲双膝一软，跌坐在地。“谈教官……”周孜越奔过来扶他，却怎么也扶不起来。“不妨事。”谈瀛洲努力控制自己，转向沈挚风，“你以为在听你的长篇大论的时候，我真的什么事都没有做吗？”

他伸出右手，打了一个清脆的响指。

沈挚风应声倒下。

“我乃战魂，近战之王……”谈瀛洲话未说完，身体忽然痉挛，如同岸上的泥鳅一般，抽搐起来。

沈挚风躺在半透明的地上，喘着粗气：“无形之毒，追魂夺魄。你死定了。我只是受伤，还是轻伤，你的功力——你先前受过伤？”沈挚风摇晃着站起身子，大笑道，“真是天助我也！就算受伤，对付那个大白痴也是绰绰有余。谈瀛洲，你输了。彤灵火凰剑是我的了。”

周孜越眼睁睁看着痉挛的谈瀛洲，毫无办法，听沈挚风这样说，不由得火起，大喊：“我先杀了你！”说完，周孜越急步上前，一把抓住沈挚风胸前的衣服，朝他脸上挥拳而去。

“取……剑……”谈瀛洲沙哑着声音，一双猩红的眼睛瞪着周孜越。周孜越明白他的意思，也许彤灵火凰剑就像刚出生的小鸡会把见到的第一只动物当成自己的父母一样，只认第一个握住它的人。随即他松开沈挚风的衣服，转身向彤灵火凰剑跑去。

“谁敢取剑，我就要谁死！”

就在这时，远处响起一个尖而细的声音，仿佛玻璃和玻璃相互切割。周孜越停下脚步，向后看去，沈挚风也停下了脚步。那声音继续说：“好好好，两败俱伤，螳螂捕蝉黄雀在后。该我们上场了。”

9 吸髓团与谈瀛洲

话音未落，十二只鬼蝠并排飞来，悬停在半空。又是十二只鬼蝠并排飞来，悬停在另一边。显然，这架势是迎接重要人物登场的。果然，一个块头很大的鬼蝠粉墨登场，扁突的额头上密布皱纹，探出眼眶的纵目上下晃动。周孜越仔细看，这些半人高的鬼蝠与先前在葫芦沟里看到的有所不同，毛色更深，块头更大，不但穿了细小鳞片织成的锁子甲，爪子里还攥着细小的兵器，弓、刀、剑、叉、杖都有，好些个叫不上名字来。为什么这些鬼蝠不怕水，能进到望月潭，追踪到这里呢？他心中疑惑。

忽然一声低吼：“贯穿！”沈挚风弯弓搭箭，斜斜地射出，目标直指鬼蝠头目。

忽然来了一只小箭，在半空中将沈挚风射出的箭击得粉碎。周孜越还没回过神来，又一只小箭射到沈挚风的发髻上，令他九州式的发髻松开，像敦煌人一样披散开来。

沈挚风一脸惨白，低了头，不作声，任凭头发散落到眼前。

谈瀛洲全力抑制住身体的痉挛，挣扎着坐起来。

“你们学会了人类的语言？”他的声音颤抖着。

“对。”鬼蝠头目回答。

“你们重建了吸髓团？”

“对。”

“你们还学会了神技？”

“对。”

鬼蝠头目的回答一个比一个惊心，一个比一个可怕。当年，人类与鬼蝠争夺沧海灵荒的领导权，会飞的鬼蝠占尽优势，打得人类毫无还手之力。吸髓团是鬼蝠的精锐部队，归鬼蝠国主直接指挥，它们自称近卫团，传说近卫团的鬼蝠喜欢吸食人类婴孩的脑髓，是以得此恶名。《无垠之盟》中明文规定，吸髓团必须解散，且永远不得重建。至于神技，是萧星寒大师专为人类发明，原来也有异族学过，但鬼蝠显然不在被允许之列。那么现在，鬼蝠们学会了人类的语言，重建了吸髓团，学会了神技，它们想干什么呢？

周孜越厉声质问道：“你们竟然敢违反《无垠之盟》？”

鬼蝠头目尖声笑道：“有什么是我们飞天不敢干的？《无垠之盟》像魔咒将我们飞天死死地绑缚，我们在梦里都诅咒它。我们一直想，国主想、将军想、圣者想、仆从想；想了一年又一年，想了一千年：只想知道无论比什么，人类都不是飞天的对手，那当初为什么会是飞天败北？日思夜想，绞尽脑汁，磨白头发。我主血垠终于想明白了：飞天输就输在不了解人类这点上。于是，我主血垠励精图治，任人唯贤，学习神技，学习人类文化。你说，我们要做什么？”

两队“吸髓者”在半空中拍击着翅膀，变换着队形，尖而细的声音好像是麻袋里装满玻璃渣子在拖动：

总有一天

飞天要再度君临灵荒。
我们的翅膀要遮蔽天空，
连太阳也要失去神采；
我们的双爪要攥住山脉，
令大地也为之震颤；
我们要驰骋沧海，纵横灵荒；
我们要流血千里，伏尸百万；
我们要让所有生灵惨叫，
在惊慌失措中匍匐，
跪下；
我们要再现昔日飞天的全部荣光！

它们祈祷着、诅咒着、梦想着，恶毒与怨恨乘着歌声的翅膀，充溢了整个“珍珠霓裳花”，令人心惊胆寒。

鬼蝠头目说：“我就是现任近卫团首领离魂。请你们记住这个名字。在新一轮的进攻当中，我将充当先锋，替我主血垠征战天下，开创飞天新时代。”

“哎，人生飘忽百年内，且需酣畅万古情。”谈瀛洲一声长吟，双手屈指成拳，擂在自己左右太阳穴上。然后，他的身体不再痉挛，从容地站了起来。

沈挚风惊讶地抬头，轻喊：“怎么可能？”他不敢相信身中剧毒的谈瀛洲就这样没事了。

“恶有大小，罪有远近。”谈瀛洲一字一顿地说，同时看了周孜越一眼，“沈挚风，我们只有一次机会。一旦错过，就是永远。”

周孜越已然明白谈瀛洲的用意，全身的肌肉都绷紧到极致。

“一夫当关，万夫莫开——关！”谈瀛洲舞动手臂，画了个大大的弧形，最后定格为双腿微屈、两臂意欲合抱的防守姿势。同时，沈挚风起身，张弓连射三箭。

周孜越回身就跑。

跑向绿色岩石包裹着的剑——彤灵火凰剑。

一伸手，抓住了剑柄。

绿色的会流动的岩石立刻碎裂开来，化为几道云气，消失不见了。

剑到了周孜越手里。

这个时候，他才觉得心咚咚咚地跳得厉害。

——仿佛战鼓在狂野地擂动。

“我拿到剑了！”他惊喜万分，双手紧张地握着彤灵火凰剑。回头看见吸髓者们对谈、沈二人的攻击犹如暴风骤雨：三个吸髓者习的是游猎，手中的短弓射出一支支利箭。一个吸髓者习的是乐风，嘴里叼着一支短笛，凑出凄婉的死亡之音；另两个吸髓者习的是行珈，一个吸了口气，身体暴涨三倍，飘上半空，然后石头一般落下，另一个吐了口气，身体变得纤细，一扭身，已钻到了半透明的地面之下。还有三个习的是药师，翅膀扇动着撒出无数的毒物……但这些都被谈瀛洲“编织”成的障壁给挡住了：利箭穿不透、乐声进不来、毒物散不开……他像一座大山，把所有的攻击都阻挡下来了。很难叫人相信，他身中剧毒，刚才还无助地浑身抽搐。沈挚风在他身后，从容地射箭。

“我拿到剑了！”周孜越又喊。

“快进攻啊！”谈瀛洲喊。

“我……”周孜越一时语塞。彤灵火凰剑造型粗犷，做工却很精细，剑柄雕着火麒麟，双手对握非常适合，宽阔的剑刃上，绘着一只呼之欲出的红色凰鸟，这些都不是问题。问题是——“我没有习练过神技，不会用啊！”

“把剑给我！”

“别给他！”沈挚风厉声阻止，“你知道他要剑干什么吗？”

周孜越紧走两步，问：“谈教官，你为什么夺剑？”

谈瀛洲不答反问：“你听说过北山天门吗？”

周孜越听说过：北山天门是一个神秘的岛屿，靠近极北的沉默之乡，与莲界相通，是进出莲界的唯一门户。其中心有数块琼田，田里栽种的不是庄稼，而是几丈高的会生长的玉树琼枝。根是水玉，茎杆是碧绿的翡翠，镶嵌着猫眼石和芙蓉石，叶子是烟水晶或者绿松石，花朵是斑驳的绿色橄榄石，无一不是天然极品，价值连城。最为诱人的是果实，全是玲珑剔透的钻石，普通的也有鸽子蛋大小，至于极品，比拳头还大……

——谈瀛洲为何会问这个问题？

谈瀛洲幽幽地说：“三年前，我和我的爱人曾经是北山天门的奴隶，我逃出来了，而她，永远地留在了那里。我夺剑，是想解除北山天门的诅咒，释放那里的奴隶。”

多种情绪涌上周孜越心头——

北山天门有一种神秘的力量，任何有智慧的生灵，只要踏入它的领地，就会被它奴役，不会说话、不会思考、不会反抗，只会劳作。每年琼田收割的时候，奴隶们就用琼田所产之美玉，来营建一座完全由美玉打造的宫殿。当宫殿筑成后的那一日，天门就会打开。那时，奴隶们会暂时苏醒，有机会去往神秘的莲界，或者离开北山天门，回到正常的世界。这种机会非常之渺茫，因为当天门打开之后，美玉建成的宫殿将在一天内完全崩塌，天门随即关闭，而那些奴隶苏醒后又将面对琼田里珠宝美玉的诱惑，多数人会把时间浪费在带走更多的珠宝美玉上，不能及时离开北山天门的力量范围，再次被北山天门所奴役。只有极少数人能凭借超人的毅力，抵御珠宝美玉的诱惑，成功逃离。

听老村长讲这个故事的时候，周孜越曾经天真地问：“如果我只拿一点点，能不能逃出来呢？”老村长回答说，“谁知道呢，直到现在也没有听说过谁从北山天门逃出来。”

现在，周孜越听说了。

——谈瀛洲。

他被北山天门奴役过。

他从北山天门逃出来了。

他夺剑是为释放北山天门的奴隶。

——寥寥数语，不知道包含了多少艰辛、多少惊险、多少传奇啊！

“给你剑！”周孜越调转剑身，将剑柄递向谈瀛洲。不提防，沈挚风回身，以迅雷之势夺走了剑。

“你——”周孜越的愤怒与自责无法言表，“好卑鄙！”

沈挚风扔下弓，双手握住彤灵火凰剑，高举过头，得意地大喊：“我是敦煌之王！”

然后一剑砍向谈瀛洲。

谈瀛洲已然转身，双手合十，竟将彤灵火凰剑宽阔的剑身夹住。但部分的剑尖业已刺进了他的胸膛，鲜血激射而出，宛如绚丽的赤色霓裳花。

“你去死吧！”沈挚风的话里满是仇恨。

“我三年前就该死了。”谈瀛洲微笑着说。随即双手一松，利剑轻而易举地穿透了他的胸膛，半尺长的剑尖出现在他后背。他仍旧保持着微笑，似乎离家数年的浪子，终于找到了回家的路。

沈挚风将彤灵火凰剑从谈瀛洲身上抽出。

更多的血流了出来。

周孜越僵住了。他看见那个男人半边身子都浸泡在自己的血里，身体摇晃了两下，脸上还保持着无比从容的笑。那个男人的嘴角翕动着，似乎说了什么，又似乎不是说话，仅仅是疼痛引发的抽搐。

谈瀛洲，这个来自扬州的教官，这个逃出北山天门的英雄，这个大山一样的男人，倒下了。

彻底地倒下了。

再也不会起来。

周孜越觉得自己的生命忽然被抽空了，但马上又被什么注满了。

他知道他为什么生、为什么死。

他解脱了、顿悟了、升华了。

没有哭泣、没有悲伤，甚至没有愤怒。

没有谁可以依靠的时候，就只有靠自己。他静静地看着，宛如云端的大神俯瞰人间的悲欢离合。

10 剑上的凤凰

那边，吸髓团首领离魂正向沈挚风发动攻击。只见它的小爪子举着一根拐杖，四翅展开，凌空扑下。沈挚风挥剑迎接。剑与拐杖相击，发出“砰——”的一声。离魂退开，退到高处，调整姿势，发出一声短促的尖啸，再次扑击。沈挚风再次挺剑回击。

“砰——”没有火花四溅，也没有流光溢彩，只有普普通通的金铁交鸣之声。

离魂毫发无损地退开。沈挚风一脸的疑惑，放低剑身来看。这时离魂的第三次进攻到了，他仓促迎战，未及发力，拐杖已碰上了彤灵火凰剑。于是那剑顺势飞了出去，一直飞，最后落到了周孜越跟前。他一把抓住剑，拼尽全身力气，就像是这辈子的最后一抓，抓住了就永远不放。

沈挚风退后几步，脸色非常难看。“那剑是假的，没有神力，根本就不是彤灵火凰剑！”他说。

离魂闻言，挥一挥爪子，停止了攻击，和其他吸髓者一起悬在半空观察。显然，如果它们冒着暴露野心的危险，千里迢迢赶到敦煌，损兵折将，却带了把假剑回去，是交不了差的。

“你错了，沈挚风。”周孜越双手紧握彤灵火凰剑，自信地说，“这就是传说中的彤灵火凰剑。它现在没有神力，是因为属于它的器灵没有归位。如果你读的书和我一样多——本来我也没有想起来，是谈教官临终的话提醒了我——你一定也知道祝融不但是司火之神，还是铸造神兵利器的始祖。淬火、凝金、聚灵，这些打造神兵利器的窍门都是他的发明。所谓聚灵，就是在熔铸神兵的时候，将具有灵性的生物聚合进神兵里，是为器灵。神兵择主，其实是器灵择主。器灵会记忆，可以记住主人的使用过程，并自动转移到新主人身上，也就是说，获得神兵的人，等于同时获得了从前持有者的所有战斗技巧。”

“可我刚才并没有感觉到。”沈挚风一脸疑惑。

“我也没有感觉到。”周孜越笑笑，尽管有模仿谈教官的痕迹，但脸上保持笑容总归是件好事，他继续说，“这是因为当主人离世，器灵会离开器身，在陪伴主人走进阴阳界之后，再回到兵冢沉睡。此时的神兵就会成为凡铁，单看外表也许是连普通武器都不如的平凡器物。直到下一位主人的出现，他的手握在武器上的时候，器灵才会得到感应，才会立刻飞离兵冢与器身结合，旷世神兵才会再次出现。你我都不是彤灵火凰剑命定的主人，器灵也就没有归位，当然不会有神力。”

“这不可能。”沈挚风不相信。

“你有更好的解释吗？”周孜越反问道。

半空中的吸髓团首领离魂插话道:“那就没有办法了吗?”

“有啊，可我不会告诉你。”周孜越看向剑身，一脸无辜。

离魂嘿嘿一笑，“这可由不得你。”它发出两声粗短的啸声，两队吸髓者分列左右，身后的紫红色氤氲之气波动着，衣衫不整的方小雅幽灵般现身。在她身后，一左一右，两只鬼蝠架着她的双臂，八只窄小的肉翅拼命拍打，使她悬在半空。

周孜越终于明白先前沈挚风为什么只身一人。

“这可是跟你们人类学的。”离魂说，“告诉我那个秘密，使彤灵火凰剑的器灵归位，恢复神力。不然，我就现场表演吸髓者的拿手好戏给你看。”

方小雅睁开双眼，抬起低垂的头，环顾四周，眼里全是惶恐。“挚风，救我。”她的呼唤似乎从遥远的地方传来，有气无力。周孜越觉得心疼，似乎一把利剑直直地洞穿了身体。

——就像刚才倒下的谈瀛洲。“你——说吧。”离魂再度要挟，探出眼眶的三寸有余的红色眼睛放出可怕的光。

周孜越再次握紧了手里的剑，把眼光转向小雅，艰难地说道:“小雅，早上你问我，准备把钦原鸟尾羽送给谁，当时我没有说。现在，我告诉你，我怀里的这片尾羽其实是为你准备的。“阿越……”小雅的脸上露出难受的神情，欲言又止。离魂怒斥道:“少说废话。”“小雅，谈教官告诉我，人生在世，凡人也罢，英雄也好，第一要紧的是能分是非，辨善恶。是非有大小，善恶有远近。所以——”他舔了舔嘴唇，接着说，“以前我一定会为了你说出来，但现在，我不会说。如果我说了，我们整个沧海灵荒将会面临比葫芦沟还惨重的危难。小雅，请原谅我。”

“他不说我说。”沈挚风抢着说道，“条件是你们协助我登上敦煌王位，重振敦煌声威。还有，放了小雅，不要伤害她。”

“沈挚风！你……别忘了他们刚刚杀了葫芦沟全村村民，其中就有你的父母！”“成大事者不拘小节。你少管我。”沈挚风厉声道，“离魂，我的建议如何？”

“哦，有趣。这就是你们人类所说的交易吧？与你们人类打交道真有意思。”离魂颇感意外，稍顷道，“成交。你说，说出他不肯说的秘密。我们飞天一言九鼎，向来信守承诺。”

“你们先放了小雅。”

离魂也不犹疑，挥一挥拐杖，架着方小雅的两个吸髓者飞过来，将她放下。小雅站定，几步走到沈挚风身边，焦急地问道：“挚风，你会说什么秘密给他们？”

“小雅，为了你，我愿意做任何事。”沈挚风握住小雅的手，“还记得我对你的承诺吗？”

“当然记得。”

“相信我，我绝不会辜负你。”

说罢，沈挚风转向离魂：“先前我一时着急，忘了器灵一事，现在我全想起了。轩辕之南的蛮荒之地，有一处神秘的所在，位于险峰环抱之中，人称兵冢，神兵利器的器灵就沉睡在那里。如果得到神兵的人不能让器灵自动认主，还有一个方法就是亲自到轩辕之南的兵冢唤醒自己武器的器灵。”

“那兵冢到底在哪里？要怎样唤醒沉睡的器灵呢？”离魂追问。“沈挚风！你会后悔的！”周孜越厉声喊道 。

沈挚风自顾自地往下说：“兵冢之所在非常神秘。器灵虽是火神所创，建造兵冢的却是另一位大神有巢……”

就在这时，一颗闪闪的红星从顶上快速坠落下来，直接落到了彤灵火凰剑宽阔的剑身上。在众人诧异的目光里，剑身变得通红，一抹极亮极亮的白光，从剑尖，闪到剑柄。“器灵归位！”周孜越不由自主地双手举剑，举过头顶。剑身立刻向左右两边放出万丈彩光，犹如凤凰绚丽的翅膀。旋即，彩光消散，剑身变得灿烂耀眼。力量，前所未有的汹涌澎湃的力量，瞬间充盈周孜越全身。就在这一瞬间，他忽然懂得了用剑的全部窍门，那一次次冲锋、一次次搏杀、一次次决斗，积累下来的技巧，他全部懂得……“为了老爹！”

他奋力地左边一挥，一队吸髓者消失了。“为了乡亲！”接着往右边一砍，又一队吸髓者消失了。“我的誓言我记得！”再向中间一刺，离魂消失了。

没有神光，也没有声响。吸髓者全都消失了。

大音希声，大象无形。真正的神力就是这样简单、直接而有效！然后他拿彤灵火凰剑对准了沈挚风。“不！阿越！”方小雅喊道，横过身子挡在了沈挚风的前面。周孜越垂下彤灵火凰剑。他无法对方小雅用剑，他霍然发现，拥有绝世神兵的他，依然不是无所不能。他的心在滴血……

就在这时，一个颤抖的声音顺着他的听觉神经飘进他的心底：放我出来，放我出来，放我出……那声音哀怨、彷徨而又执着，而且又那么脆弱，仿佛动一动手指、眨一眨眼睛，就会消散得无影无踪。那声音又是那样熟悉，在每夜的梦里，在刚才倾听到的呼唤里……他仿佛看见敦煌的沙漠与戈壁幻化为大片大片的霓裳花海，颜色眩目多彩，如云霞弥漫，白色的、赤色的、墨绿色的、珍珠光泽的，重重叠叠、挨挨挤挤，一直蔓延到天边。一个红衣的绝色女子，躺在花海中，睡在花香里，仰望着湛蓝深远的蓝天，仿佛就要融化在这美景里……他仿佛看见一柄利剑洞穿了那绝色女子的胸膛，她眼里有泪和决绝的光，而淌血的利剑握在自己手里……他仿佛看见无数的光影闪过，山川隆起又坍塌，河流干枯又奔流，斗转星移，沧海桑田，然而那魁梧的身影没有再来……那呼唤持续着……一种非常迫切而凄惨的呼唤，像是要穿破时空去追随那魁梧的身影……周孜越用手轻轻地抚摸着剑身，像是在抚摸自己心爱的人。

虽然这句话说出之后再也无法反悔，虽然这句话说出之后将会失去很多很多，但周孜越还是毅然决然地低声说道：“我知道你是谁，也知道你为了什么，我明白你的想法，你出来吧。”

剑身上方，一个人形渐渐显现。不知何故，仿佛是隐藏在一团红色的雾里，她的轮廓很模糊，一袭红衣，脸不是很清楚，最明显的，就是双臂所在的位置，是一对巨大而蓬松的彩色羽翼。

“谢谢。”这是火凰出来的第一句话，是对周孜越说的。

“你，就是火凰吗？”沈挚风惊奇的声音从小雅身后传来。

火凰没有回答。她向上飞升，做出极目远眺的姿势。她说——失望的语气流露无遗，“为何会这样？为何敦煌成了沙漠？”

“我知道原因。”沈挚风从容地从小雅身后走了出来，尽量保持自己的风度说，“敦煌地区曾经是沃野千里的青青草原，那时，敦煌国势如日中天，敦煌铁骑天下无敌。然而，后来，草原开始退化，沙漠和戈壁先后登场，从最初的一块、两块，疯狂成了今天的茫茫戈壁，千里流沙，敦煌国也跟着衰败，从此一蹶不振。是什么造成的呢？是埋藏在地底的彤灵火凰剑。它是火神的法宝，蕴含着火之终极力量。虽然埋在底下，但它毕竟是上古神兵，热力一点点发散、一点点积聚，竟使得敦煌越来越热，最终由青青草原退化为大漠黄沙。”

“那时的敦煌多美啊！”火凰感叹，“流光一瞬，华表千年。时光荏苒，世事沧桑。我该想到的。”说完，火凰黯然地低下了头。

“容我冒昧地问一句，”沈挚风道，“如何能得你认主？”

火凰转过头看向周孜越，旋即从半空飘落到他身旁，道：“我已有新主人。在他握住彤灵火凰剑，为着整个沧海灵荒做出了正确选择之时，我便认定他为新主人，于是在兵冢中沉睡的我苏醒过来，回到了这神兵之上。”火凰顿了顿，把目光转向沈挚风接着说，“不过，他又释放了我，解除了我作为器灵的契约。现在，我是自由之身——这是我期待已久的事情。虽然解除契约之时，就是我湮灭之时。”说到最后一句时，火凰的语调低了下去。

沈挚风的脸色再度变得难看起来。

周孜越感慨道:“你是沧海灵荒第一位器灵，彤灵火凰剑是沧海灵荒第一把拥有器灵的神兵。你是器灵之祖，长生久视，选择解除契约自然是在痛苦挣扎之后做出的决定。”

火凰接着道:“是啊，世人皆以长生久视为乐，殊不知长生久视实乃永恒的囚笼。千百年来，我一直在兵冢沉睡，这样活着有何意义？祝融已随众神引退，还会有谁来把宝剑举起？我还会允许谁，进入我的心底，成为我的新主人？我不要谁再来掌控我。只是，虽然我是器灵之祖，与一般器灵有所不同，但我还是不能自己解除自己的诅咒。神兵与器灵的契约我还是必须遵守。所以，我编织了一个个关于彤灵火凰剑的梦，许下虚假的承诺，借助千百年累积起来的微弱的神力，突破兵冢的桎梏，一点点散播到四面八方。因着兵冢的桎梏，散播出去的梦大多支离破碎，但自会有人将这些残破的梦，拼接出彤灵火凰剑具有火之终极力量能实现任何三个愿望的传说，生出寻找宝剑实现愿望的念头。那样，我或许就能解除契约，实现自己的愿望。”

“一个梦？就为了你的一个梦？包括我在内的无数人来了。”沈挚风苦笑，“他们，有世袭罔替的王孙公子，有富甲一方的豪强巨贾，有心狠手辣的江洋大盗，有名闻天下的帮会门派，有神秘莫测的异族杀手，有边远蛮荒的撮尔小国，也有名不见经传的想凭运气走到成功尽头的店小二和庄稼汉。他们，怀揣着各种目的，为自己、为亲人，为部落、为国家，从东边、从南边、从西边、从北边，跋千山、涉万水，从四面八方赶到敦煌、赶到昆墟、赶到这死亡格斗场，妄自送了性命。这一切，都是因为你编织的一个梦？”

“有梦总是好的。”周孜越说，“哪怕是白日梦。”

这话在沈挚风听来无异于莫大的讽刺，他不甘心地说：“一定有办法把你重新聚入彤灵火凰剑里，让神剑恢复神力！”

火凰温柔地笑道：“你忘了我刚才说过的话了吗？我的主人已经答应我出来，我已经解除了契约，已经回不去了。”

沈挚风愤怒地叫嚣着：“既然彤灵火凰剑是器物之神偃师与司火之神祝融联手打造的神兵，即使你湮灭了，失去了神力，但如果再次聚灵，纳入新的器灵，彤灵火凰剑仍然会威震沧海灵荒。”

“你还真执着。”周孜越说。

“火凰姐姐，可以这样叫你吗？”沉寂中，方小雅忽然向前几步，说，“我有几个问题想问姐姐。”火凰莞尔一笑，道：“你问吧，小妹妹。”“祝融火神是英雄吗？”“他当然是英雄，而且是举世无双的大英雄。”“那么，”小雅停顿了一下，郑重地问，“他犯过错吗？”“祝融性子刚烈，脾气暴躁，难免犯错。”火凰的眼睛看向远方，虽然提到的是缺点，但火凰仍然陷入了甜蜜的回忆中。“可你一如既往地爱他？”“是的。”火凰点头道，眼睛里充满柔情。

“谢谢火凰姐姐。我想我知道该怎么做了。”小雅退后，一直退到沈挚风身边，抓住了他的手——紧紧地抓住。

周孜越看在眼里，记在心里。他忽然觉得小雅很陌生，不像他以前认识的那个小雅。继而，几分敬意浮上心头。他约略明白，自己喜欢小雅，也不是全无道理的。

火凰环顾四周，道：“当年昆仑大战，祝融以一敌四，相继重创燧人和有巢，迫使他们退出战斗。女娲祭出权杖，祝融力竭战败，愤怒地将彤灵火凰剑掷向昆仑山，竟使得万仞昆仑完全坍塌。我跟着剑到了这里。我以仅余的神力将这里塑造为我最喜爱的珍珠霓裳花的造型，设下禁制和结界。然后兵冢的召唤来了，身为器灵的我无法抵御，只能前去。我在兵冢沉睡，几千年还是几万年，记不得了，只有这里没有变。可惜——它马上就要崩塌了，因为我的大限到了，还真有点儿舍不得了。”

“那我们呢？”沈挚风问。

“我会把你们送回地面。”

说完，她开始泛红，然后瞬间变得通红，犹如一团霍霍燃烧的烈焰。烈焰中，她开始分解、消散，一丝丝、一缕缕、一点点……

周围的一切都变得模糊、扭曲。

当周孜越眨着眼睛努力想看清的时候，发现他们已经回到了葫芦沟，站在了望月潭边。

尾　声

天将亮未亮。月亮已经落下，太阳还未升起，天空寥寥几颗晨星。

谈瀛洲血红的尸身在周孜越脚边。他现在应该和他的爱人在一起了，周孜越想。

沈挚风牵着方小雅，抬头骂道：“周孜越，你真是个不折不扣的大白痴。到手的神兵你居然不要，把器灵给释放了！我真想不通，你脑袋里装的到底是什么？”

“豆腐渣，还是纯的，没有羼水。”周孜越说。

“你不要给我就行了嘛，一把剑就够敦煌纵横天下了。”

“想要纵横天下的不是敦煌，是你沈挚风吧。”

“就算这样，那又如何？”沈挚风反问，继而说，“把剑给我，反正你又不想要，而且现在也没什么神力了。”

“我不会给你。”周孜越把彤灵火凰剑——火凰已逝，剑身上镌刻的红色凤凰也已消失，该叫彤灵剑了吧——提了起来，“我知道你想的是什么。再次聚灵，对吧？”

“我是火神后裔，聚灵应该很容易。”

“问题是，谁是器灵？火凰自愿献祭，成为器灵。谁为你献祭？小雅吗？我不会让小雅成为第二个剑上的凤凰。”

“阿越，挚风不会那样做的。”方小雅说。

“你说得没错。”周孜越强调，脸上依然保持着笑容，“但我不会把剑给沈挚风。”

“别逼我动粗，”沈挚风脸色一沉。

“以前我肯定怕你动粗，但现在——你真以为谈教官什么都没有教我吗？”周孜越竖起一只手，做了个打响指的准备姿势，“这招叫拳蛊，谈教官在你身上布下了拳之蛊，只要我这里打响指，你就——你现在身体很虚，我虽然是新学，但全力以赴的话，哼哼，可不要给我为谈教官报仇的机会。”

沈挚风脸色骤变，这对他来说，打击不可谓不大。“那你为什么不动手？”他不解地问。“因为小雅，因为小雅选择了你。而我希望小雅永远幸福。”沈挚风深吸了一口气，说：“你变了。”

“我不可能永远十七岁。”周孜越引用老村长的话，心里想的却是：智慧是必需的，要想成就一番事业，大智慧、小智慧缺一不可。大智慧着眼全局，着眼将来；小智慧应对眼下、应对当前。说个小谎也算智慧吧。

“那剑——你打算怎么处理？”沈挚风还是不死心。

“我会毁了它。”周孜越说，“听说无垠之海上有座北珠岛，岛上有三座火山，名为焰鼎峰。我会把彤灵火凰剑丢进火山口，从此世上就再也没有彤灵剑了。”

“唉。”沈挚风长叹一声，“夺剑夺剑，轰轰烈烈来，凄凄惨惨去。结局怎会如此？”

“起码你还有小雅。”周孜越努力保持着脸上的笑容，不让心中的疼痛显露：小雅的单纯、小雅的酒窝、小雅的风风火火、小雅的大大咧咧、小雅的神出鬼没、小雅的忠贞，都是你的了。而我，只有这把剑。

他抱紧彤灵剑，望向东方。

那里，一轮红日正奋力挣脱云层的束缚，要把灿烂的光辉洒遍沧海灵荒。